# SCHICKSALSBEGEGNUNGEN

## KYLIE GILMORE

Schicksalsbegegnungen: © 2018 by Kylie Gilmore
First Edition August 2018
Coverdesign von Kim Killion
Publiziert durch: Extra Fancy Books
Übersetzung: Anna Drago



ISBN-10: 1-942238-66-5
ISBN-13: 978-1-942238-66-9

# Kapitel Eins

*Erschlag mich jetzt nicht mit einem Blitz.* Ben Wright trat schnell durch den Eingang der katholischen Kirche St. Joseph und überlebte es. Seit seiner Kindheit hatte er keinen Fuß mehr in eine Kirche gesetzt. Er ging nach rechts die Treppen hinunter in das Untergeschoss, wo der Weihnachtsbasar stattfand. Nicht, dass er auf Selbstgemachtes stand. Mit seinen einsdreiundachtzig, kurzen hellbraunen Haaren und seiner üblichen schwarzen Lederjacke, ausgewaschenen Jeans und Wanderstiefeln war er eher der toughe Typ. Wenn er lächelte, lenkten seine Grübchen davon ab und machten ihn „nahbar" oder zu einem „süßen Bengel", wie seine Großmutter immer gesagt hatte. Genauso wie an diesem Morgen, bevor sie ihn angewiesen hatte, selbstgekochte Kirschmarmelade und einen handgestrickten Pullover vom Bazar zu holen. *Fröhliche Weihnachten!*

Er schmunzelte. Großmutter war erkältet und hatte darauf bestanden, dass er genau tat, was sie gesagt hatte. „Der Basar ist nur an diesem Tag. Du darfst ihn nicht verpassen!" Und als er ihr versicherte, dass er keine Geschenke brauchte, sondern einfach nur Weihnachten mit ihr verbringen wollte, hatte sie gereizt reagiert und ihn mit den Worten: „Du musst dein Geschenk holen, bevor es dir jemand wegschnappt", verabschiedet. Als gäbe es einen Run auf handgestrickte Männerpullover.

Doch wer wäre er, seine Hilfe zu verwehren, wenn eine

Frau ihn brauchte?

Er blieb am Eingang des belebten Kellersaals stehen und staunte angesichts der Anzahl der Leute, die hier ihre Weihnachtseinkäufe erledigten, wo es doch noch nicht einmal Dezember war. Doch hier unten fühlte es sich bereits wie Weihnachten an – angefangen bei den silbernen Girlanden an der Decke über die Weihnachtsmusik, die leise aus den Lautsprechern dudelte, bis hin zum Duft von heißer Schokolade und köstlichem Gebäck. Er vergrub seine Hände in seinen Hosentaschen und betrachtete die viel zu vielen Tische, die alle über und über mit handgemachtem Kram vollgeladen waren. Er brauchte einen Plan – schnell rein und genauso schnell wieder raus.

Er bahnte sich seinen Weg durch die Menge zu dem Tisch, auf dem heiße Schokolade, Punsch und Frischgebackenes zum Verkauf angeboten wurden. Er ging davon aus, dass die Frauen ihm dort sagen konnten, wo er die Marmelade finden würde. Ein paar Minuten später hatte er die Marmelade gekauft und wollte gerade fragen, wo die Männerpullover waren, als jemand eine Hand auf seine Schulter legte.

„Ben, schön, dich wieder hier zu sehen!"

Er erschrak, als er den uralten Pfarrer Munson sah, jetzt vollkommen kahl und deutlich fröhlicher, als er je bei der Messe gewesen war. Ben wurde rot und fühlte sich schuldig für … *alles*. „Wie geht es Ihnen, Pfarrer?"

„Gut, danke dir. Deine Großmutter hat gesagt, dass du hier bist. Lass mich dir die Pullover zeigen, von denen sie glaubt, dass sie dir gefallen könnten."

„Sicher, danke." Er folgte ihm durch die Menge in die entgegengesetzte Ecke des Saals, wo zwei lange Tische mit geschorener Wolle ausgelegt waren. Er schmunzelte, als er sich all die nackten Schafe auf der Weide vorstellte.

„Gleich da drüben", sagte Pfarrer Munson und marschierte los, überraschend flink für sein Alter.

Ben blieb am Ende einer der Tische stehen, wo ein paar

ältere Damen die Pullover begutachteten. Es gab auch Hüte, Schals und Fäustlinge. Er berührte eine Mütze und schon juckte es ihn. Okay, sobald diese Frauen fertig waren, würde er den erstbesten Pullover in seiner Größe nehmen und verschwinden. Doch dann würde seine Großmutter wollen, dass er ihn trug und sicher bemerken, wenn er ihn nur einmal anhatte.

Die Frauen gingen weiter. Er trat an den Tisch, stellte die Marmelade ab und suchte unter den Pullovern nach einem, der für seine breiten Schultern groß genug und nicht zu hässlich war.

Plötzlich hatte er das Gefühl, dass jemand ihn anstarrte. Er hob den Kopf und hätte beinahe gelacht. Sie schon wieder? Ausgerechnet hier?

Missy Higgins. Die einst Rothaarige, jetzt Brünette mit den scharfen braunen Augen, zarten Wangenknochen, süßer Nase und den erotischsten vollen Lippen. Sie trug einen eng anliegenden roten Pullover, der jede ihrer süßen Kurven betonte.

Das würde lustig werden. Das erste Mal, als er ihr vor ein paar Monaten in der Stadt in der Bar seines Ehrenbruders Marcus begegnet war, war sie ihm wegen ihrer roten Haare aufgefallen. Doch dann hatte sie diese schönen Haare braun gefärbt, und bei ihrer zweiten Begegnung hatte er sie zunächst nicht wiedererkannt. Als ihm endlich bewusst geworden war, wer sie war, war sie schon angesäuert gewesen. Doch nicht ernsthaft, eher als wäre es ihr egal.

Er klatschte mit der Hand auf den Tisch. „Missy Higgins, das muss Schicksal sein!"

Sie schüttelte den Kopf und lächelte. „Ja, klar. Eine magische Kraft, die uns im Untergeschoss einer Kirche zusammengebracht hat. Wie romantisch!"

Ihr trockener Humor brachte ihn zum Lachen. „Du musst zugeben, dass es eine magische Kraft gewesen ist, die uns zur gleichen Zeit durch die Drehtür von Claires Hotel hat gehen lassen." Da hatte er sie das erste Mal mit braunen Haaren gesehen.

„Das Schicksal muss es ziemlich langsam angehen lassen. Das ist drei Wochen her und du hast dich nicht einmal an mich erinnert."

„Doch, das habe ich."

Ein Lächeln umspielte ihre Lippen. „Nein, das hast du nicht."

„Du hast deine Haare gefärbt. Hat ein bisschen gedauert–"

Sie hob die Hand, um ihn zu unterbrechen. „Und es war vollkommen logisch, dass wir zur gleichen Zeit durch die Tür gegangen sind. Ich bin reingekommen, um die Jacke zu holen, die ich vergessen habe, und du warst auf dem Weg nach draußen, um sie mir zu geben."

„Schicksal", beharrte er.

Ihre braunen Augen funkelten amüsiert. „Zufall."

„Und was war letzte Woche im Deli?"

Sie rollte mit den Augen. „Wir arbeiten im selben Kaff. Da müssen wir uns irgendwann über den Weg laufen."

„Aber es ist nie zuvor passiert." Er hob einen Finger. „Einmal ist Zufall." Er hob einen zweiten Finger. „Zweimal ist–"

„Genauso Zufall."

Er unterdrückte ein Lächeln. „Ungewöhnlich." Er hielt drei Finger in die Höhe. „Und dreimal … also selbst ein Hardcore-Skeptiker wie du muss zugeben, dass das–" Er senkte die Stimme. „– Schicksal ist."

„Ohhh", sagte sie und wedelte mit den Fingern durch die Luft. „Suchst du nach einem Pullover?"

„Auf Großmutters Befehl hin."

„Oh, die Damenpullover sind am anderen Ende. Cheryl kann dir helfen." Sie deutete in Richtung einer Frau am zweiten Tisch.

„Der ist für mich. Ich habe den Auftrag, mein Weihnachtsgeschenk zu kaufen."

Sie lachte, ein kehliges, sanftes Lachen.

Er hob das Marmeladenglas und mimte den nahbaren sexy Charmeur mit dem Grübchen. „Das hier auch. Da bin ich mir allerdings nicht sicher, ob das für mich ist oder für sie."

Sie lächelte. „Was für ein guter Enkel du bist, ihre Weihnachtseinkäufe für sie zu erledigen."

Er zuckte mit den Schultern. „Sie hat sich nicht gut gefühlt, doch sie wollte nicht, dass ich mir diese edlen Strickereien entgehen lasse. Ich bin ihr einziger Enkel. Darum verwöhnt sie mich offensichtlich."

„Offensichtlich. Welche Größe?"

Er stellte die Marmelade ab und straffte seine Schultern. „Groß genug für diese männliche Brust."

„A-ha." Ihre Augen funkelten amüsiert. „Dann suchen wir nach zierlichen Größen?"

*Extra* Large", sagte er gedehnt in eindeutig zweideutigem Ton.

„Dann vielleicht ein Poncho?", fragte sie und presste die Lippen aufeinander, um nicht zu lachen.

„Häng deinen Beruf nicht an den Nagel. Du bist eine furchtbar schlechte Verkäuferin."

Sie schmunzelte und fing an, die Pullover zu betrachten. „Ich bin mir sicher, dass es hier was für dich gibt." Sie holte einen dunkelgrünen Pullover aus dem Stapel und hielt ihn hoch.

„Da ist ein Vogel drauf."

Sie warf einen Blick darauf. „Das ist ein Glücksvogel." Sie sah ihn ernst an. „Nein?"

„Nein."

Sie hob einen anderen Pullover hoch. „Rentiere? Toll für Weihnachten mit Oma." Als er schwieg, nahm sie den nächsten. „Schneemann. Und schau, da sind sogar winzige Schneebälle."

„Den nächsten", knurrte er.

Sie hielt einen weiteren Pullover hoch und verzog das

Gesicht. „Der ist langweilig, aber vielleicht ist das ja dein Stil."

Klugscheißer. Der Pullover war dunkelgrau, der am wenigsten hässliche von allen, doch wenn er sagte, dass er ihn wollte, riskierte er, dass sie ihn für langweilig hielt.

Das größere Risiko jedoch – mit einem Vogel, einem Rentier oder einem Schneemann auf der Brust wie ein vollkommener Idiot auszusehen – ließ ihn die Augen zusammen kneifen. „Ist das überhaupt eine Frage?" Er griff nach dem schlichten grauen Pullover, doch sie drückte ihm stattdessen den mit dem Vogel in die Hand.

„Ich wusste es", sagte sie mit einem verschlagenen Grinsen. „Du bist eher der Glücksvogel-Typ …" Sie verstummte, dann erstarrte sie und alle Farbe wich aus ihrem Gesicht.

„Bist du okay?"

„Ja, sicher." Sie schluckte und begegnete seinem Blick mit angespannter Miene. „Großartig."

„Warum bist du dann so weiß wie eine Hostie?"

Sein erster katholischer Witz stieß auf taube Ohren. Sie sah ihn ernst an, bevor sie sich vorbeugte und flüsterte. „Bitte tu so, als wärst du mein Freund."

Er sah sich um. „Ist da ein Typ – oh, hey." Sie war neben ihm, näher als je zuvor, ihr Kopf auf Höhe seiner Brust, ihr Duft blumig und frisch. Dann ergriff sie seinen Arm und zog ihn mit sich hinter den Tisch.

Bevor er die Gelegenheit hatte, den Arm um sie zu legen, wie der besitzergreifende Freund, der er nie gewesen war, presste sie sich an ihn, strich ihm mit den Fingern durchs Haar und lächelte ihn an, als wäre er der einzige Mann im Raum. Und es funktionierte. Gott ja, es funktionierte. Er legte den Arm um ihre Taille und hielt sie fest.

„Hallo, Schönheit", sagte er mit vor Lust rauer Stimme.

Einen Moment lang riss sie die Augen auf, dann legte sie die Hand in seinen Nacken und zog ihn zu sich hinunter, um ihm ins Ohr zu flüstern. „Wir sind seit einem Jahr zusammen. Es ist ernst."

Er strich ihr mit der Hand durchs Haar und flüsterte seinerseits: „Meine längste Beziehung hat zwei Monate gehalten. Das *muss* Schicksal sein."

„Ha-ha." Sie schlang ihre Arme um ihn und drehte ihn, sodass sie über seine Schulter den Saal beobachten konnte.

„Ist die Luft rein?", fragte er.

„Fuck." Sie schob ihn herum, sodass sie seitlich zum Raum standen.

„Okay." Er legte seine Hand in ihre Taille. Es war beinahe wie ein langsamer Tanz.

„Tu so, als ob wir uns unterhalten." Sie lächelte ihn angespannt an und ließ einen Arm sinken. Ihre andere Hand wanderte zurück in seinen Nacken und spielte mit seinen Haaren.

Er ließ ihre Taille los und strich ihr mit dem Finger über ihre zarte Wange. „Kommst du oft hierher?"

Sie konzentrierte sich voll und ganz auf ihn und antwortete mit heiserer Stimme. „Nicht oft genug, Süßer."

Gespielter Freund hin oder her – er war angetörnt.

Er spielte mit einer Haarsträhne. „Warum hast du deine schönen roten Haare dunkelbraun gefärbt?"

„Weil ich sie hasse."

„Ich aber nicht."

„Dann kannst du deine hellbraunen Haare ja rot färben."

Er schnaubte. „Nein, im Ernst, warum hasst du sie?"

Ihre Hand in seinem Nacken spannte sich an, als sie sich im Raum umsah.

„Missy–" Plötzlich waren ihre Lippen auf seinen, heiß und süß. Das Weihnachtswunderland verschwamm und trat in den Hintergrund, als er eine Hand an ihre Wange legte und den Kuss erwiderte. Elektrische Energie schoss durch seine Adern. Sie schmeckte nach Pfefferminz und Sünde, und er konnte nicht genug von ihr bekommen. Er

labte sich an ihrem köstlichen Mund wie ein Verhungern-
der.

Sie riss ihre Lippen von ihm los, atemlos, mit weit
aufgerissenen Augen.

Sein Herz pochte in seinen Ohren. Er starrte ihre rosa
Lippen an, so voll und weich.

Sie kam ihm auf halbem Weg zu einem zweiten Kuss
entgegen.

Ihm war egal, dass es nur gespielt war, denn es fühlte
sich so richtig an. Und als ihre Zunge mit seiner zu tanzen
begann, übernahm sein Instinkt die Kontrolle.

# Kapitel Zwei

Missy ließ von Ben ab, atemlos und überwältigt angesichts der Intensität des Kusses. Ihre Knie waren weich, und sie hatte das Gefühl, sich setzen zu müssen. Darum zog sie den gepolsterten Hocker hervor, der unter dem Tisch stand, und setzte sich. Er blieb stehen, schob seine große Hand unter ihre Haare und ließ sie beruhigend in ihrem Nacken liegen. Sie erlaubte sich, seine Berührung einen Moment länger zu genießen, während sie sich sammelte, dann stand sie abrupt auf, und seine warme Hand glitt von ihrer Schulter. Das belebte Untergeschoss der Kirche kam wieder in den Fokus. Sie musste wissen, ob Louis noch immer hier war.

Ben legte den Arm um ihre Taille und lenkte sie mit seiner sexy Stimme ab. Er duftete nach warmen Gewürzen und Leder. „Nach wem suchst du? Soll ich ihm in den Hintern treten?"

Sie biss die Zähne zusammen. Louis war ihr Problem, und sie wurde gut allein mit ihren Problemen fertig.

„Moment", sagte sie leise. Sie ging auf Zehenspitzen und reckte den Hals, um sich nach dem hochgewachsenen, dünnen Mann mit den struppigen schwarzen Haaren, der einen armeegrünen Parka trug, umzusehen. Ihr Exmann war drogensüchtig und lebte in einem Auto. Ihn hier zu sehen, wäre ihr egal gewesen, doch er war vor ein paar Tagen bei ihr zu Hause aufgetaucht und hatte Geld von ihr verlangt – wahrscheinlich für den nächsten Schuss. Sie erschauderte. Seitdem stalkte er sie und behauptete, dass sie ihm Geld schuldete. Wo sie auch hinging, hielt sie die Augen offen nach dem blauen Toyota Camry, von dem sie vermutete, dass er ihn gestohlen hatte. Selbst wenn sie Geld übrig hätte, würde sie ihm keinen müden Cent geben. Ihr Hass auf ihn war zwar in den letzten neun Jahren verblasst, doch vergeben würde sie ihm nie.

Er schien gegangen zu sein. Sie seufzte und ließ sich wieder auf den Hocker sinken. Louis musste verzweifelt sein, nach so vielen Jahren wieder Kontakt aufzunehmen. Vielleicht schuldete er seinem Dealer Geld, oder vielleicht waren ihm seine Drogen ausgegangen. Ihr war egal, was er tat, solange er sie in Ruhe ließ. Irgendwann würde er sie wieder in Ruhe lassen und sich nach einer besseren Geldquelle umsehen. Sie war sicher, dass er eine lange Liste von Exfreundinnen hatte, die er um Geld anbetteln konnte. Er war einmal ein charmanter Frauenversteher gewesen und attraktiv, wenn er sich ordentlich anzog.

Sie blickte zu Ben auf, der immer noch an ihrer Seite stand. Er war der perfekte Schild, um einen anderen Mann abzuschrecken. Auf den ersten Blick sah Ben mit seinen kurzen Haaren, seinen kantigen Zügen und dem Dreitagebart ziemlich tough aus. Dazu kam, dass er groß und muskulös war, und seine schwarze Lederjacke betonte seine breiten Schultern und seine starke Brust. Sie wusste jedoch, dass er harmlos war – und das nicht nur, weil er offensichtlich seine Großmutter liebte. Sie hatte Ben schon, als sie ihm vor Monaten das erste Mal auf einer Party begegnet war, in die Kategorie „harmlos" eingeordnet. Sie hatten zusammen Billard gespielt. Er hatte charmant mit ihr geflirtet und sie hatten ihre Gegner vom Tisch gefegt. Daran erinnerte sie sich noch gut. Als er sich später nicht an sie erinnerte, hatte sie sich alles andere als geschmeichelt gefühlt und war zu dem Schluss gekommen, dass seine Flirterei nicht ernst gemeint gewesen war.

Harmlos.

Abgesehen von diesem Kuss. Der war alles andere als harmlos gewesen. Er war tödlich, nahm ihr den Atem, vernebelte ihren Verstand und reduzierte sie auf ein bedürftiges Häuflein Lust. Mit einem Flirt konnte sie umgehen, alles andere könnte in Richtung Beziehung führen, etwas, das sie nie wieder einzugehen sich geschworen hatte. Die Tatsache, dass ihr Exmann sie gegen Ende ihrer dreijährigen Ehe misshandelt hatte, war Grund genug. Doch sie war eine *Überlebende*, entschlossen, sich nicht mehr in Gegenwart von Männern unbehaglich zu fühlen und sich zu behaupten. Jahrelange Therapiesitzungen und Selbstverteidigungskurse hatten sie dorthin gebracht, wo sie heute war – Single und sicher und in der Lage, zu ihren eigenen Bedingungen mit Männern Umgang zu pflegen.

Männern konnte man nicht vertrauen.

Sie wusste das von Louis, aus den Jahren, in denen sie als Freiwillige im Frauenhaus hier in Seattle ausgeholfen hatte, und von ihrer derzeitigen Freiwilligenarbeit bei einer Notfallhotline für Frauen. Und trotz dieses Wissens war sie letztes Frühjahr unvorsichtig gewesen und hatte sich auf einen Zeitarbeiter der Baufirma, für die sie arbeitete, eingelassen. Sie hatte mit ihm vereinbart, im Betrieb nicht darüber zu reden, damit es nicht so aussah, als hätte sie als Lohnsachbearbeiterin eine Beziehung zu einem anderen Angestellten. Matt, so hieß er, sollte die Firma im Sommer nach dem Projekt verlassen, darum hatte sie gedacht, dass es keine große Sache war. Sie hatte viele Nächte in seinem Studioapartment verbracht, das nur spärlich mit einer Matratze auf dem Boden und einem Sofa eingerichtet gewesen war. Es hatte ihr nichts ausgemacht, dass er kein Geld hatte, weil er so herzlich und liebevoll war. Er hatte ihr das Gefühl gegeben, geschätzt zu werden, etwas, das sie zuvor bei keinem Mann empfunden hatte. Als drei Monate später sein Zeitarbeitsvertrag geendet hatte, hatte sie sich gefreut, der Welt endlich von ihrer Beziehung erzählen können, doch dann hatte Matt ihr erklärt, dass das unmöglich war, denn er war verheiratet, und seine Frau war schwanger. Verrat.

Missy fühlte sich so erniedrigt und schämte sich so sehr, dass sie nie jemandem davon erzählte. Wieder eine Lektion gelernt – diesmal für immer: man konnte keinem Mann vertrauen. Sie hatte ihre Schwester, ihre Freundinnen, und das war mehr als genug.

Sie blickte zu Ben auf, Zugbrücke hochgezogen und verriegelt, Schießscharten bemannt. Er strich ihr die Haare hinters Ohr und blickte mit einem lodernden Feuer in den Augen auf sie herab. Sie spürte, wie sie rot wurde. Normalerweise hätte sie nichts gegen einen One-Night-Stand mit jemandem, mit dem die Chemie stimmte, doch Ben war einer der Jungs, der im Dunstkreis der Campbell-Familie aufgewachsen war. Und der Campbell-Clan mit all seinen biologischen Brüdern oder „Brüdern ehrenhalber" wie sie sich nannten, besuchte oft die Bar, in der Missy und ihre Freundinnen vom Buchclub gerne einen trinken gingen. Ein paar der Jungs hatten sich in letzter Zeit verlobt oder ein paar ihrer Freundinnen geheiratet, und die Vermischung der beiden Cliquen hatte epische Ausmaße angenommen. Sie war sich sicher, dass sie Ben immer öfter über den Weg laufen würde. Die Tatsache, dass sie ihn bisher nur ein paarmal gesehen hatte, reichte nicht aus, sie davon zu überzeugen, es zu riskieren. Sie bevorzugte es, ihre One-Night-Stands von ihrem „richtigen" Leben zu trennen.

Sie stand auf, beschämend überhitzt von seinem Kuss. „Danke für deine Hilfe."

Er nickte. „Wer war das?"

Sie bemühte sich um einen entspannten Ton. „Nur ein Typ, der nicht mein Typ ist. Er hat mich zuvor zu einem Date eingeladen, und ich dachte, er wollte es vielleicht wieder tun. Ich wollte kein Drama und ihn lieber glauben lassen, dass ich schon einen Freund habe."

Er sah sie eindringlich an. Einen Moment lang

fürchtete sie, er könnte ihre Lüge durchschauen, doch dann lächelte er und seine Grübchen tauchten unter seinen Bartstoppeln auf. „Ich muss dein Typ sein. Dieser Kuss–"

„Ist nie passiert."

Er kniff die Augen zusammen.

Sie warf einen Blick in Richtung des nächsten Tischs, wo mehrere Leute darauf warteten, bei Cheryl ihre Einkäufe zu bezahlen. Scheinbar hatten alle dezent Missy und Bens Knutscherei ignoriert. Es hätte ihr peinlicher sein sollen, doch sie hätte es sofort wieder getan. Es hatte wunderbar gewirkt, um Louis loszuwerden. Und sie musste zugeben, dass sie den Kuss immens genossen hatte, genug, um bei Ben in Versuchung kommen zu können. Sie war seit der Sache mit Matt vor fünf Monaten mit niemandem mehr zusammen gewesen, und die Chemie zwischen Ben und ihr war anders als alles, was sie bisher erlebt hatte. Und das nach nur einem Kuss! Ihr Magen flatterte, als sie sich Haut auf Haut vorstellte, den heißen Rausch von –

Das Problem mit Ben – erinnerte sie sich streng – war, dass sie einander durch alle ihre gemeinsamen Freunde oft sehen würden. Wenn sie miteinander ins Bett gingen, würden sie einander danach sehen müssen. Da würde er wahrscheinlich mit anderen Frauen flirten – und ohne jeden Zweifel wäre da mindestens eine ihrer Freundinnen dabei. Oh nein.

„Komm, ich kümmere mich um deinen Kauf", sagte sie zu ihm. „Dann muss ich Cheryl helfen."

Er sagte leise irgendetwas, dann kehrte er auf die andere Seite des Tischs zurück.

Sie ignorierte sein Gemurmel, faltete ordentlich den dunkelgrauen Pullover, der ihm gefiel, und wickelte ihn in Seidenpapier ein, bevor sie ihn in eine weiße Schachtel packte. Nachdem sie ihm den Preis genannt hatte, zeigte sie ihm, wo er als nächstes hingehen sollte. „Da drüben bei den Strandgemälden ist die Geschenkeverpackstation, wenn du das machen lassen willst."

Er holte ein Bündel Zwanzigdollarnoten aus dem Geldbeutel und reichte sie ihr. „Hier."

Sie zählte den Betrag ab und wollte ihm das überschüssige Geld zurückgeben, doch er verschränkte die Arme. „Das ist zu viel, fast das Doppelte."

„Bitte behalt es. Meine Spende an die Kirche."

Der Kloß in ihrem Hals wuchs erneut. Er hatte keine Ahnung, wie viel Gutes sein Geld diese Weihnachten bewirken würde. „Ben …" Mehr bekam sie nicht heraus.

„Was?" Sein Ton war schroff.

Sie schluckte schwer. „Danke. Ich werde einen guten Zweck dafür finden."

„Gut." Noch eine angespannte, einsilbige Antwort.

„Bist du wütend, weil ich dich geküsst habe?"

Seine Lippen zuckten. „Ich bin nicht wütend."

„Du siehst … nicht glücklich aus."

Er beugte sich zu ihrem Ohr hinunter, und sie spürte seine Worte heiß auf ihrer Haut. „Wenn eine atemberaubend sexy Frau dich so küsst – zweimal sogar – und dir dann die kalte Schulter zeigt, dann wärst du vielleicht auch ein bisschen *nicht glücklich*."

Ihr wurde warm angesichts des Kompliments. Noch nie hatte sie jemand als atemberaubend bezeichnet, und von einem atemberaubenden Mann wie ihm? Wow. „Tut mir leid, ich wollte dir nicht die kalte Schulter zeigen."

Er richtete sich auf. „Okay, und was jetzt?"

„Ich muss wirklich weiterarbeiten. Ich bin mir sicher, dass wir uns wieder begegnen werden. Schicksal, nicht wahr?"

Sein Blick war gereizt. „Klar." Er nahm seinen Pullover und ging.

„Warte!"

Er blieb stehen, drehte sich langsam um und sah sie erwartungsvoll an.

„Du hast deine Marmelade vergessen." Sie streckte sie ihm entgegen.

Als er zurück zu ihr ging, stand ihm seine Wut ins Gesicht geschrieben. „Danke", presste er heraus und nahm die Marmelade.

„Tschüss und danke noch mal."

Er ging, die Marmelade in der Hand, den Karton mit dem Pullover unter dem Arm. Sie seufzte leise und blickte ihm nach, bevor sie sich wachrüttelte und Cheryl zur Hilfe eilte.

Als der Basar um fünf Uhr endete, war Missy stolz auf den Erfolg. Ihr Ziel, zweitausend Dollar einzunehmen, hatten sie sogar noch übertroffen. Insgesamt waren es zweitausenddreihundert Dollar, die an die Harper-Familie gehen würden. Rena Harper hatte drei Kinder im Alter von zehn, acht und sechs Jahren. Sie war eine der Frauen, denen Missy bei der Frauenhotline geholfen hatte, und sie hatte ihr einen Neuanfang in einem Apartment in Clover Park ermöglicht, nachdem sie ihrem gewalttätigen Ehemann entkommen war. Die Kirchengemeinde hatte zusammen geholfen und dafür gesorgt, dass die Harpers Möbel und das Nötigste hatten, doch Missy hatte noch mehr tun wollen. Sie wollte, dass das erste Weihnachten der Kinder in ihrem neuen Wohnort etwas Besonderes wurde. Sie waren mit jeweils einem Koffer geflohen, da Rena nicht gewollt hatte, dass ihr Mann mitbekam, dass sie ihn für immer verließen. Die Kinder brauchten Kontinuität – einen Baum mit Dekoration, Geschenke, ein Weihnachtsessen –, um ihre Kindheit intakt zu halten. Sie mussten wissen, dass es alles, was sie an Weihnachten liebten, noch gab, auch wenn sich alles andere verändert hatte. Missy wusste aus eigener Erfahrung, wie wichtig es für ein Kind war, etwas zu haben, worauf es sich verlassen konnte, wenn seine Welt auf den Kopf gestellt wurde.

Sie steckte das Geld, das sie von den Händlern gesammelt hatte, in eine kleine Metallkasse, schloss sie ab und verstaute sie unter dem Tisch. Alle Händler räumten ihre Stände ein, und sie half ihnen dabei. Da war immer noch ein Haufen Männerpullover – wahrscheinlich die am schlechtesten verkaufte Ware. Sie holte eine große Plastikkiste unter dem Tisch hervor und packte sie hinein. Sie lächelte, als sie den Glücksvogelpullover ansah. Einen Moment lang überlegte sie, ob sie ihn für Ben als Juxgeschenk kaufen sollte, doch dann kam sie zu dem Schluss, dass er das womöglich falsch auffassen könnte. Als wollte sie weiter flirten, necken und … küssen. Beim Gedanken daran wurde ihr heiß. *Einmalige Sache.* Sie packte ein paar andere Pullover obenauf, um den dummen Vogel nicht mehr sehen zu müssen.

Als sie die übrigen Strickwaren verpackt hatte, sah sie sich um, ob sonst noch jemand Hilfe brauchte, doch die Hälfte der Freiwilligen war bereits gegangen, und der Rest kam gut allein klar. Sie ging nach oben zum Putzschrank, nahm einen Besen und ein Kehrblech und machte sich ans Werk. Es war der Samstag vor Thanksgiving, und sie hatte das Datum bewusst gewählt, damit sie die Preise beim Black Friday Ausverkauf für die Harpers ausnutzen konnte. Sie wollte, dass diese Kinder am Weihnachtsmorgen einen Haufen Geschenke unter dem Weihnachtsbaum vorfanden, damit sie glaubten, dass Santa jetzt noch mehr denn je für sie da war, und wussten, dass sie auf der Liste der braven Kinder standen, ganz gleich, was ihr Dad getan hatte.

„Schönen Abend!", rief Cheryl, die die Kiste mit den Pullovern trug.

Missy lehnte den Besen gegen die Wand. „Soll ich dir beim Einladen helfen?" Cheryl hatte blonde, toupierte Haare, auch wenn sie mindestens schon siebzig Jahre alt war.

„Danke, nicht nötig. Harry ist hier. Er kommt gleich runter und holt den Rest."

„Okay. Danke für deine Hilfe heute."

„Gern geschehen. Dein Freund war niedlich. Mr. Lederjacke."

Missy kämpfte gegen das Rotwerden an, denn Cheryl

musste sie beim Küssen gesehen haben. „Oh, haha… er ist nicht mein Freund.”

Cheryl zog die Brauen unter ihren bauschigen Pony. „Was immer ihr jungen Dinger heute auch dazu sagt.”

Missy ignorierte die Bemerkung, nahm den Besen und machte sich wieder ans Fegen. Sie durfte nicht zu viel über Ben nachdenken. Sie hatte größere Probleme. Was, wenn Louis wieder bei ihr zu Hause aufkreuzte, um sie allein zu treffen? Sie sollte das Geld nicht zu lange mit sich herumtragen. Sobald der Schalter am Montagmorgen öffnete, würde sie es einzahlen und am Freitag dann mit ihrer Karte für die Einkäufe bezahlen. Sie benutzte ihre Kreditkarte nie und hatte immer mindestens eine Monatsmiete extra auf dem Konto für den Fall, dass etwas passierte. Dieses Sicherheitsnetz hatte sie nun schon seit Jahren. Das Mädchen, das als Teenager von zu Hause ausgerissen war, brauchte jetzt das Gefühl der Sicherheit.

Als sie mit dem Fegen fertig war, waren alle gegangen. Sie blieb einen Moment lang stehen, und da sie schwitzte, zog sie sich ihren Pullover aus und fächelte sich frische Luft zu. Sie hatte Durst, doch zuerst wollte sie hier fertig werden. Sie bückte sich, um das Kehrblech aufzuheben, als sie ein Geräusch hinter sich hörte. Mit pochendem Herzen wirbelte sie herum.

Louis stand an ihrem Tisch, die Geldkassette in der Hand.

„Nein!”, schrie sie und rannte auf ihn zu.

Er rannte seinerseits auf sie zu, stieß sie aus dem Weg und rammte ihr dabei die Metallkassette gegen die Schulter. Sie rappelte sich auf, rannte ihm hinterher und schrie dabei: „Stehenbleiben! Aufhalten! Bitte, jemand muss ihn aufhalten!”

Er war schnell. Sie rannte die Treppe hinauf, den Blick fest auf die Geldkassette gerichtet.

Vater Munson kam aus dem Beichtstuhl. „Was ist los?”

Er war zu alt, um Louis aufhalten zu können. Sie

rannte weiter und stieß die schwere Tür auf, die Louis hinter sich zugeworfen hatte. Als sie den Parkplatz erreichte, war er jedoch schon in seinem Auto und fuhr davon.

Bittere Tränen brannten in ihren Augen. Er durfte nicht gewinnen. Diese Kinder konnten seinetwegen nicht leiden.

Vater Munson erschien neben ihr. „Was ist passiert? Wer war dieser Mann?"

Sie schüttelte den Kopf. „Niemand. Alles okay."

„Sicher?"

Sie zwang sich zu einem Lächeln. „Ja, ich dachte, er hätte seine Geschenke vergessen, aber ich habe mich getäuscht."

Vater Munson tätschelte ihre Schulter. „Ich habe einen Mann im Beichtstuhl gelassen. Ich sollte wieder reingehen."

Sie nickte. Als sie zu ihrem Wagen ging, trieb ihr die Scham die Galle in den Hals. Sie hatte den Teufel in die Kirche gebracht. Sie hätte Louis einfach einen Scheck schreiben und ihn loswerden sollen. Stattdessen hatte sie sich stur an ihren Notgroschen geklammert, aus Angst, noch einmal obdachlos zu werden wie damals, als sie als Teenager auf der Straße gelebt hatte. Wieder einmal hatte ihre Angst sie kontrolliert. Verdammt.

Sie schluckte die Galle hinunter. Ihr Erspartes war nicht genug, um das gestohlene Geld zu ersetzen.

Alle hatten so hart gearbeitet, um den Basar zu einem Erfolg zu machen. Die meisten hatten ihren gesamten Gewinn für die Harpers gespendet. Sie musste einen Weg finden, bis Weihnachten das Geld zu ersetzen.

Es war ihre Schuld. Ihr Problem. Niemand musste wissen, dass sie jemals etwas mit einem Mann wie Louis zu tun gehabt hatte. Ihr Ex würde ihr peinliches Geheimnis bleiben.

# Kapitel Drei

Vier Tage später fuhr Missy mit ihren Freundinnen in einer Limousine und träumte vor sich hin. Hätte ihr damals, als sie auf der Straße gelebt hatte – hungrig und verzweifelt im Kampf ums nackte Überleben –, jemand gesagt, dass sie eines Tages auf die Abschlussparty der Dreharbeiten eines Filmstars wie Claire Jordan eingeladen werden würde – in einem palastartigen Herrenhaus auf dem Land in Connecticut –, hätte sie es nicht geglaubt. Claire war ein Mitglied des Happy End Buchclubs und der Star der Fierce-Trilogie-Filme, basierend auf den Büchern des ehemaligen Buchclubmitglieds Julia Marino. Alles Gute in Missys Leben ließ sich auf den Happy End Buchclub – einen Romantikbuchclub, dem sie sich nie aus eigenem Antrieb angeschlossen hätte – zurückführen. Sie glaubte nicht einmal an romantische Happy Ends. Doch ihre jüngere Schwester Lily hatte sie dazu gebracht.

Vor drei Jahren hatte Missy aus heiterem Himmel einen Anruf von einer Frau bekommen, die behauptete, ihre Schwester zu sein. Beide waren als Babys zur Adoption freigegeben worden und von verschiedenen Familien adoptiert worden. Missy hatte sich mit ihr getroffen und sie hatten sofort einen Draht zueinander gefunden, doch mehr als eine Woche hatten sie nicht miteinander verbringen können. Missy hatte damals in Seattle gelebt und geglaubt, Lily danach nie wieder zu sehen. Doch Lily hatte den Kontakt gehalten, und als sie sich zwei Monate später verlobt hatte, hatte sie Missy gebeten, ihre Trauzeugin zu sein, ein riesiger Schritt für ihre zaghafte Beziehung. Ihr Band wurde enger, als Missy an ihrer Hochzeit teilnahm, was letzten Endes dazu geführt hatte, dass sie nach Clover Park gezogen war. Lilys angeheiratete Familie, die Marinos, hatten Missy mit offenen Armen aufgenommen, ihr einen Job gegeben und sie zum Happy End Buchclub eingeladen. Sie schuldete den Marinos eine Menge. Sie hatten ihr geholfen, sich in Clover Park zu Hause zu fühlen.

Sie konzentrierte sich auf ihre Freundinnen, die sich alle für den besonderen Anlass schick gemacht hatten. Lexi und Hailey saßen ihr gegenüber, Sabrina neben ihr. Die anderen Mitglieder des Clubs hatten auf die Fahrt in der Limousine verzichtet und fuhren mit ihren Männern oder Verlobten. Die Mädels in der Limousine waren die letzten Singles in ihrer Clique. Missy machte das nichts aus. Sie waren ihre Schwestern und wichtiger als jeder Mann. Amen.

Lexi hatte ihre schulterlangen braunen Haare zu einem edlen Knoten hochgesteckt. Ihr Make-up war perfekt, und sie trug ein skandalös bis zur Taille hoch geschlitztes Kleid. Missy war sich sicher, dass sie nichts darunter trug. Lexi war Missy sehr ähnlich – sie ließ sich nichts bieten und war praktisch veranlagt.

„Champagner?", fragte Lexi und reichte Missy die Flasche. Claire sorgte immer dafür, dass welcher in der Limousine war, wenn sie ihnen eine schickte.

Missy trank einen Schluck aus der Flasche und wischte sich das Kinn ab. Sie lächelte Lexi an. „Sieht aus, als wäre dein Kleid gerissen."

Lexi wedelte mit dem Saum ihres Kleides. „Hallo, Blake Grenier, Blick gefällig?" Blake war der super-sexy Co-Star der Fierce-Trilogie.

„Pass auf, dass du dich nicht erkältest", feixte Missy, und alle lachten.

Als Missy Sabrina die Champagnerflasche reichte,

schnaubte sie: „Wo sind die Gläser? Ich kann nicht auf einer Hollywood-Party auftauchen, wenn ich mir vorher Champagner über Claires Designerkleid schütte." Ihr langes lavendelfarbenes Kleid war wunderbar romantisch, weich fließend mit halbtransparenten Spitzeneinsätzen. Ihr langes, sandblondes Haar war glatt und glänzend, ihre braunen Augen dramatisch als Smokey Eyes geschminkt, und selbst ihre runden Apfelbäckchen wirkten durch das Konturmake-up definierter. Das Mädchen von nebenan war plötzlich glamourös – wenn auch süß wie eh und je.

Missy fühlte sich ein bisschen schlicht neben Sabrina, da sie ihr übliches kleines Schwarzes trug, und ihre braunen Haare nicht extra gestylt hatte – von Hollywoodglanz kaum eine Spur. Wenigstens trug sie einen Push-up-BH, der für ein bisschen Dekolleté sorgte.

„Dann pass eben auf, dass du nichts verschüttest", sagte Missy.

„Warte", sagte Hailey, öffnete eine kleine Schiebetür und holte einen Stapel Plastikbecher heraus. Hailey schaffte es irgendwie, dass ihre Bewegungen in ihrem hautengen trägerlosen Kleid mühelos wirkten. All die Jahre, die sie an Schönheitswettbewerben teilgenommen hatte, halfen da sicher. Sie war eine ehemalige Schönheitskönigin mit rotblonden Haaren, blassblauen Augen und perfekter Haut. Jetzt arbeitete sie als Hochzeitsplanerin und leitete den Happy End Buchclub.

Sabrina beugte sich vor und nahm den Becher, den sie ihr anbot. „Danke, Hailey. Ich muss vorsichtig sein. Das Kleid kostet sicher ein Vermögen."

Hailey nickte. „Ist auch stilvoller, aus einem Becher zu trinken." Was immer Hailey tat, sie tat es mit Stil.

Lexi streckte das Bein auf der Schlitzseite ihres Kleides aus und lallte übertrieben. „Was? Willst du damit sagen, dass ich keinen Stil habe?"

Missy rückte demonstrativ ihren trägerlosen BH zurecht. „Ja, wir sind so was von stilvoll!"

„Aber so was von", bemerkte Sabrina, und Hailey musste lachen.

Hailey betrachtete ihre Freundinnen mit einem strahlenden Lächeln, das bedeutete, dass sie in Planungsmodus umgeschaltet hatte. „Hat jemand dieses Wochenende Zeit, mir bei den Vorbereitungen für den Weihnachtsspaziergang und beim Schmücken der Bäume zu helfen? Es gibt immer noch so viel zu dekorieren, dazu kommen die Geschenke für die Kinder, die Tombola und die Geschenke für die Senioren, die noch verpackt werden müssen – habe ich euch von dem Event erzählt? Ich habe das Geschenke-Einpacken mit dem Baumschmücken zusammengelegt. Ich bin auch auf der Jagd nach Mini-socken für …"

„Atempause!", sagte Missy. Sie wandte sich Sabrina zu. „Gib ihr den Champagner." Hailey war schon immer hoch motiviert gewesen, doch seit sie ihre Freunde-mit-gewissen-Vorzügen-Beziehung beendet hatte, war sie hyperaktiv. Das echte Problem war jedoch Josh Campbell, da waren sich alle einig. Hailey und er verband eine ausgeprägte Hassliebe, die immer weiter zu eskalieren schien, angefacht von einer offensichtlichen sexuellen Spannung. Doch seit Josh eine Freundin hatte, hatte das Gezanke abrupt geendet. Auch den anderen fehlte etwas, denn Hailey und Josh im Garner's, wo sie alle gerne einen trinken gingen, zu beobachten, war immer unterhaltsam gewesen. Josh war der Manager und Barkeeper der Bar und hatte Spaß daran, Hailey ihren Lieblingsdrink zu verwehren, wofür sich Hailey mit den teuflischsten Racheplänen revanchierte. Das Gerücht, dass Josh eine winzige Banane hatte, war durch einen von Haileys brillanten Zügen entstanden. Joshs neue Freundin war eine Anti-Hailey – eine entspannte, süße und unkonventionelle Yogalehrerin.

Sabrina reichte Hailey die Flasche. „Süße, versprich mir, dass du nach den Feiertagen einen Gang runter-schaltest." Sabrina war Beziehungstherapeutin und von

Natur aus mitfühlend.

Hailey goss sich lächelnd einen Becher Champagner ein. „Mir geht's gut. Das ist mein Job." Sie stellte die Flasche zurück in den Eiskübel und hob den Becher. „Auf die Planung fantastischer Veranstaltungen!"

Missy und Sabrina tauschten besorgte Blicke aus.

„Mir geht's wirklich gut", zwitscherte Hailey. „Im Ernst, ich bin nie glücklicher gewesen!"

„Das glauben wir dir aufs Wort!", zwitscherte Lexi mit einer perfekten Hailey-Imitation zurück.

Hailey kniff ihre blassblauen Augen zusammen. „Du bist in letzter Zeit ganz schön schnippisch. Wann hast du das letzte Mal einen Mann in deinem Leben gehabt?"

„Fang bloß nicht damit an", sagte Lexi leidenschaftslos.

Hailey zuckte mit den Schultern. „Das ist mein Job. Ich mache Happy Ends möglich."

„Liebesjunkie", fügte Sabrina mit ausdrucksloser Miene hinzu. „So steht es auf ihrer Karte."

Hailey lächelte gelassen, stolz auf ihren selbstgewählten Titel. „Und, Sabrina, du erarbeitest dir langsam den Ruf als Beziehungsheilerin."

Sabrina wurde rot. „Es ist wie ein Perpetuum Mobile. Zufriedene Paare erzählen anderen davon und immer mehr Leute, die ihre Beziehung reparieren wollen, kommen zu mir. Wer zu mir kommt, ist bereit, an sich zu arbeiten."

Hailey warf sich ihre rotblonden Haare über die Schultern. „Wir sollten unsere Köpfe zusammen stecken für mehr aktives Kuppeln."

Lexi schnaubte. „*Kuppeln.* Das klingt schmutzig."

Alle lachten.

„Was ist mit dir, Sabrina?", fragte Hayley. „Du bist eine Expertin, was Beziehungen angeht. Heißt das, dass du bald auch selbst eine willst?"

Wieder wurde Sabrina rot und wandte den Blick ab. „Manchmal ist es ein Fluch, wenn man so viel über Beziehungen weiß wie ich." Sie wandte sich wieder Hailey zu. „Ich kann Warnsignale und Inkompatibilität aus einer Meile Entfernung sehen. Das macht es schwer, sich zu entspannen und einfach zu genießen."

„Ich kann dir dabei helfen", sagte Hailey. „Ich habe schon so viele Paare zusammen gebracht, und ein paar der Kandidaten hatten ernsthafte Beziehungsangst."

Missy unterdrückte ein Lachen. Hailey schrieb sich viele Paare als Erfolg zu, die sowieso zusammengekommen wären.

Sabrina deutete auf Missy, um Haileys Aufmerksamkeit abzulenken.

Hailey neigte den Kopf und sah Missy an. „Was ist so lustig?"

Missy zwang sich, ernst dreinzublicken. „Nichts."

Hailey schlug die Beine übereinander und sah Missy abschätzend an. „Wie lange kennen wir einander jetzt schon? Zwei Jahre? Ich glaube nicht, dass du in dieser Zeit je einen Mann in deinem Leben erwähnt hast."

Missy beugte sich vor. „Das liegt daran, dass es in meinem Leben keinen Mann gibt. Weil. Ich. Keinen. In. Meinem. Leben. Haben. Will. One-Night-Stand ja. Beziehung nein."

Die Frauen schwiegen. Es war das erste Mal, dass Hailey nach ihrem Beziehungsstatus fragte. Lexi und Sabrina wussten bereits, dass sie ungezwungene One-Night-Stands bevorzugte. Missy hatte nie erklärt warum, und ihre Freundinnen hatten nie gefragt, wahrscheinlich weil sie eine gewisse Abwehrhaltung bei ihr gespürt hatten. Die einzigen, die über Missys Vergangenheit Bescheid wussten, waren ihre Therapeutin in Seattle und ihre Schwester. Sie hatte in Clover Park neu anfangen wollen. Dort wusste niemand, dass sie einmal ein Opfer gewesen war. Sie wollte eine neue Missy sein, eine stärkere, smartere Version ihrer selbst. Und ihr jüngster Griff ins Klosett mit dem verheirateten Matt war immer noch zu erniedrigend frisch. Missy hatte gelernt, dass der Schlüssel zum Überleben war, sich nur um eine unmittelbare Gefahr zu kümmern, und sich erst später, wenn sie emotional dazu bereit war, mit den Konsequenzen auseinanderzusetzen.

Und sie war nicht bereit. Sie hätte es besser wissen müssen, und es tat immer noch weh, dass sie dumm genug gewesen war, Matt so nah an sich heranzulassen.

„Darf ich fragen warum?", fragte Hailey sanft.

„Wir können einander vertrauen", fügte Sabrina in so ernstem Ton hinzu, dass Missy beinahe gelacht hätte.

Lexi nickte. „Es bleibt hier in der Limo."

Missy seufzte, da sie wusste, dass ihre Freundinnen es gut meinten. „Lasst uns einfach sagen, dass ich zu viele schlechte Erfahrungen gemacht habe, um je wieder einem Mann zu vertrauen." Sie dachte an ihren Exmann und all die Frauen, denen sie persönlich geholfen hatte, Opfer wie sie. „Und ich meine nicht nur eine unangenehme Trennung. Ich meine traumatisch schlimm." Als sie sie mitfühlend ansahen, schnürte sich ihr Hals zu, und das Brennen in ihren Augen sagte ihr, dass sie nicht weiterreden sollte. „Lasst uns über was anderes reden. Ich habe mich auf diese Party gefreut und will mich nicht über vergangenen Mist aufregen."

„Absolut", sagte Sabrina. „Ein andermal. Ich will nur, dass du weißt, dass meine Tür für dich immer offen ist." Sabrina wohnte ein paar Türen weiter auf demselben Flur.

„Meine auch", sagten Lexi und Hailey gleichzeitig.

Missy blinzelte und presste die Lippen aufeinander.

„Mehr Champagner?", fragte Hailey, um die Spannung zu entschärfen. Alle hielten ihr ihre Becher entgegen, und mit jedem Schluck lachten sie lauter. Als die Limousine in einer großen runden Auffahrt mit Springbrunnen in der Mitte anhielt, verstummten sie. Das Haus sah aus wie ein europäischer Palast mit perfekt manikürtem Rasen – und das mitten in Connecticut. Kein Wunder, dass hier andauernd irgendwelche Filme gedreht wurden.

Der Fahrer öffnete die Tür für sie und half ihnen aus

dem Wagen. Manchmal hatte Missy das Gefühl, sich kneifen zu müssen, um sich zu versichern, dass das alles real war.

Ein distinguiert aussehender älterer Herr im schwarzen Smoking (ein Butler?) öffnete die Tür und nahm ihnen die Mäntel ab. Hailey, immer ganz die selbstbewusste Anführerin, spazierte in die Menge im zweistöckigen Foyer, vorbei am überfüllten Salon und Speisenraum und direkt in die Orangerie. In dem großen Raum standen nur zwei Sofas, ein paar Lehnstühle und ein Flügel – wahrscheinlich war alles andere ausgeräumt worden, um genug Platz für die vielen Gäste zu bieten. An der Bar am anderen Ende des Raumes hatte sich eine kleine Menge versammelt.

Schnell fanden sie Claire, die von einer Gruppe von Leuten umgeben war. Hailey zögerte nicht, zu Claire zu gehen und ihr mit einem herzlichen Lächeln zu gratulieren. Claire sah immer noch aus wie ihre Rolle im Film – Mia. Ihre Haare waren schulterlang und braun anstatt blond. Claire umarmte Hailey, und die anderen Mitglieder des Buchclubs drängten sich ebenfalls zu ihr vor.

„Ich freue mich so, dass ihr hier seid!", rief Claire und umarmte sie alle, bevor sie sich den anderen zuwandte und sagte: „Diese Mädchen sind wie Schwestern für mich. Im Ernst, während der Dreharbeiten für alle drei Filme sind sie mein Fels in der Brandung gewesen."

Die Gruppe begrüßte sie, und Claire stellte alle einander vor. Sie waren Teil der üblichen Crew, die für ihre Produktionsgesellschaft arbeitete. Dann kam Blake Grenier zu ihnen, seines Zeichens Top Filmstar, Hauptdarsteller in den erotischen Fantasien jeder Frau und laut *People Magazine* der sexieste Mann auf Erden. In natura war er atemberaubend. Seine Augen waren unglaublich blau, betont durch seinen dunkelblauen maßgeschneiderten Anzug und seine rabenschwarzen Haare. Seine Gesichtszüge waren perfekt männlich, stark und scharf geschnitten, seine Lippen sinnlich. Missy hätte weiche Knie bekommen, wenn er ihr Typ gewesen wäre. Er strotzte nur so vor Sexappeal.

Die Crew verstummte, als Blake zu ihnen trat. Alle starrten ihn an, Missy eingeschlossen.

Blake wandte sich Hailey zu. „Ich erinnere mich an dich", sagte er mit einer tiefen, charmanten Stimme. „Du hast die Firmenpartyszene gerockt. Ich war mir sicher, dass du nicht das erste Mal geschauspielert hast." Ein paar von Claires Freundinnen waren als Statistinnen im ersten Film aufgetreten.

Hailey strich sich mit der Hand durchs Haar. „Meine Erfahrung kommt von Schönheitswettbewerben."

Blake lächelte lüstern. „Davon musst du mir erzählen."

Claire warf Hailey einen warnenden Blick zu, den diese jedoch geflissentlich ignorierte.

„Kann ich dir einen Drink besorgen?", fragte Blake und deutete in Richtung Bar.

„Gerne."

Hailey ging mit ihm.

Claire runzelte die Stirn, und Missy fragte sie leise: „Ist er gefährlich?"

Claire nickte und flüsterte: „Er will sie nur abschleppen."

Missy zuckte mit den Schultern. „Vielleicht will sie das ja."

„Meinst du wirklich?", fragte Claire. „Hailey? Sie ist eine Romantikerin. Ihr ganzes Geschäft fußt auf ihrer Leidenschaft für Romantik."

Missy neigte den Kopf. „Sie ist im Moment nicht sie selbst. Lass sie die Aufmerksamkeit genießen. Ich gehe später nach ihr sehen."

Claire blinzelte. „Danke, Missy. Ich weiß, ich neige dazu, die Glucke zu spielen, aber ihr Mädels …" Ihre Stimme versagte.

„Ich weiß", sagte Missy und bekam selbst einen Kloß im Hals, als sie die Emotionen in Claires Stimme hörte. Ihre Clique war eng befreundet und Missy wusste, dass

Claire diese Nähe zu schätzen wusste, da es ihr als Berühmtheit schwer fiel, echte Freundschaften zu schließen. Die meisten Leute wollten etwas von ihr.

„Ich liebe euch, Leute", sagte Claire und wischte sich eine Träne aus dem Augenwinkel.

Missy drückte ihren Arm. „Wir lieben dich auch."

Sabrina lächelte und nickte, und Lexi hob solidarisch eine Faust.

Claire lachte. „Tut mir leid, wenn ich einen Film abgedreht habe, bin ich immer ein bisschen emotional. Und das war ein Riesenprojekt. Drei Jahre, drei Filme, und alle mit derselben Besetzung und so gut wie immer derselben Crew. Das fühlt sich an wie Familie. Abschiednehmen fällt da schwer."

Sabrina beugte sich zu ihr vor. „Wir sind immer für dich da."

In diesem Moment mutierte Claire zu einem schluchzenden Häuflein Elend. Sabrina legte den Arm um sie und redete leise auf sie ein, während sie sie weg führte. Sobald Claire gegangen war, zerstreute sich auch die Gruppe von Kollegen.

„Willst du einen Drink?", fragte Missy Lexi.

„Ich sollte erst einmal was essen", sagte Lexi. „Lass uns einen Kellner vom Flying Buffet suchen."

Sie machten eine Runde durchs Erdgeschoss, probierten sich durch die Köstlichkeiten, die die Kellner auf ihren Tabletts trugen, und kamen zu dem Schluss, dass die mit Flusskrebsen gefüllten Champignons am besten waren. Schließlich kehrten sie in die Orangerie zurück, wo Hailey und Blake in einer stillen Ecke heftig flirteten.

Missy und Lexi machten an der Bar halt, dann ließen sie sich nah genug nieder, um ein Auge auf Hailey haben zu können, ohne, dass es zu offensichtlich war.

Mad, das einzige Mädchen in der Campbell-Familie, gesellte sich in ihrem schwarzen Anzug zu ihnen. In einem Kleid bekam man sie so gut wie nie zu sehen. „Was zum

Teufel macht sie da?" Sie nickte in Haileys Richtung, und ihre feuerrot gefärbten Haare fielen ihr ins Gesicht. „Sie weiß doch, dass er ein Arsch ist, der Frauen nur benutzt."

„Vielleicht ist sie einsam", bemerkte Lexi.

„Vielleicht will sie ihn", sagte Missy. Gott, jede Frau mit einem Puls würde ihn haben wollen.

Mad sah sich um und antwortete mit einem verschwörerischen Grinsen. „Vielleicht will sie Josh eifersüchtig machen."

Sie folgten ihrem Blick zur anderen Seite des Raumes, wo Josh in einem weißen Hemd und grauer Anzughose an einem Fenster stand und Hailey zu beobachten schien. Josh war groß und athletisch gebaut wie alle Campbell-Männer. Seine dunkelbraunen Haare waren ein bisschen lang, was ihm ein sexy-zerzaustes Aussehen verlieh. Sein entspannter Charme hatte Ecken und Kanten, was ihn auf der Skala von gutaussehend zu verdammt heiß katapultierte. Er war ein ehemaliger Soldat, ein Fallschirmjäger, der aus dem Flieger über feindlichem Gebiet abgesprungen und dort mehr als einmal in Kampfhandlungen verwickelt gewesen war. Missy und ihre Freundinnen hatten nie ernsthaft mit ihm geflirtet, da sie wussten, dass er für Hailey bestimmt war, ob es den beiden nun gefiel oder nicht. Für den Moment war Josh mit der unkonventionellen Clarissa zusammen, die in einem dunkelblauen Etuikleid mit aufgestickten Blüten vor ihm stand, die zahllosen langen dünnen Zöpfe zu einem kunstvollen Knoten gesteckt, ihre hellbraune Haut strahlend vor Gesundheit. Clarissa hatte Hailey den Rücken zugewandt, doch sie musste bemerken, dass Josh sich auf jemand anderen konzentrierte. Jedes Mal, wenn Josh Hailey ansah, flirtete sie aggressiver.

„Es funktioniert", bemerkte Missy.

„Ja", nickte Mad grinsend. „Jetzt fühle ich mich besser. Ich habe erst wirklich gedacht, dass sie auf Blakes Filmstarattitüde reingefallen ist. Bis später. Claire sagt, sie hat eine Pizza für mich in der Küche."

„Oh nein, danke, wir sind voll", sagte Lexi.

„Ihr könnt auch was abhaben", bot Mad verspätet an. „Tut mir leid. Sie hat extra eine für mich machen lassen, da sie weiß, dass ich diesen Schickimickikram nicht mag. Aber ich teile gern mit euch."

„Geh nur, wir haben genug gegessen", sagte Missy. „Guten Appetit."

Mad ging, und ihr Verlobter folgte ihr in die Küche.

Ein paar Minuten später verließen Hailey und Blake die Orangerie. Missy und Lexi folgten ihnen in diskretem Abstand durch ein Labyrinth von Leuten bis ins Foyer, wo sich jetzt nur wenige Leute aufhielten. Missy und Lexi tauschten alarmierte Blicke aus. Es sah so aus, als wollte Hailey entweder mit Blake die Party verlassen oder nach oben gehen. Was sie auch vorhatten, sie würden sie nicht länger im Auge behalten können.

„Wohin des Wegs, ihr zwei?", rief Missy.

Hailey blieb stehen und drehte sich um. „Blake führt mich ein bisschen rum. Sie haben oben ein paar Szenen gedreht."

„Oh, da kommen wir mit", sagte Missy.

„Ja, wir sind große Fans der Fierce-Trilogie", erklärte Lexi.

Blake flüsterte etwas hinter Hailey.

Hailey nickte. Sie ging zu Missy und Lexi und nahm sie beiseite. „Mädels, alles ist gut. Wirklich. Danke, dass ihr euch Sorgen macht."

Lexi beugte sich vor. „Er verschwindet aus dem Zimmer, noch bevor du dein Höschen wieder anziehen kannst."

„Als ob ich ein Höschen tragen würde", sagte Hailey mit einem verschmitzten Grinsen.

Lexi schmunzelte. „Hey, ich auch nicht."

Hailey riss die Augen auf. „Das war ein Witz. Herrgott, Lexi, zieh wenigstens einen Stringtanga an!"

„Im Ernst jetzt", sagte Missy leise. „Willst du das

wirklich?"

Hailey seufzte. „Glaubst du wirklich, dass ich nicht schon mit Männern wie ihm zu tun gehabt habe? Und vielleicht ist mir ja danach. Ich könnte eine Atempause gebrauchen. Sabrina hat es ja vorhin gesagt."

Missy schüttelte den Kopf. „Ich glaube, Sabrina hat Ruhe und Meditation gemeint."

„Oder Therapie", schlug Lexi vor.

Hailey warf ihre Haare über ihre Schultern. „Ich brauche keine Therapie. Ich muss nur mal locker machen."

„Wir warten hier auf dich", sagte Lexi.

„Mir. Geht's. Gut." Hailey setzte ein Lächeln auf, wahrscheinlich, weil sie langsam gereizt war. Sie drückte beiden die Arme, drehte sich um und ging zurück zu Blake, der gar nicht gerne zu warten schien.

Blake legte eine Hand an Haileys unteren Rücken und führte sie in Richtung der Treppe. Sie waren nur einen Schritt weit gekommen, als Josh plötzlich mit entschlossener Miene im Foyer auftauchte.

„Hailey, nein", sagte er mit strenger Stimme.

Hailey wirbelte herum. „Wie bitte?"

Josh redete nicht um den heißen Brei herum. „Nicht mit ihm. Mach's von mir aus mit jedem Typen auf dieser Party, aber nicht mit ihm."

„Was ist dein Problem?", knurrte Blake.

„Du, Arschloch." Josh machte eine Geste mit dem Daumen. „Mach dich vom Acker."

„Josh!", rief Hailey. „Du hast kein Recht–"

„Hailey, geh", befahl Josh. „Zurück zur Party."

Hailey blieb der Mund offen stehen.

Clarissa erschien im Foyer. „Josh, was ist los?"

Joshs Aufmerksamkeit war auf Hailey gerichtet. *„Sofort."*

Hailey hob das Kinn. „Das werde ich nicht. Ich gehe auf eine Tour mit Blake."

Joshs Stimme klang leise und bedrohlich. „Nein, das

wirst du nicht."

„Ich kümmere mich darum", sagte Blake und ging direkt auf Josh zu.

Josh blieb stehen, die Füße schulterbreit auseinander, der Körper angespannt, offensichtlich kampfbereit. Die beiden Männer waren gleich groß und ähnlich gebaut, doch Josh war weitaus gefährlicher.

Die wenigen Leute, die noch im Foyer gewesen waren, verzogen sich schnell, wahrscheinlich, weil die Männer einander umkreisten und sie nicht in eine Auseinandersetzung hineingezogen werden wollten. Hailey blieb auf der Treppe stehen, den Blick auf Josh gerichtet. Auch Clarissa beobachtete Josh mit der Hand vor dem Mund, offensichtlich besorgt, wie viel Ärger Josh bekommen konnte, falls er Blake verletzte.

Blake versetzte Josh einen Stoß, und im nächsten Augenblick lag er flach auf dem Boden, Joshs Knie auf seiner Brust.

Blakes Gesicht war rot gefleckt. „Schlag zu, und ich klag dich an!"

Josh stand auf und trat einen Schritt zurück. „Da würdest du nicht viel bekommen."

Blake rappelte sich auf. „Was willst du von ihr?" Er deutete auf Clarissa. „Du hast doch schon ein heißes Stück–"

Josh rammte ihn gegen die Wand, und Blake schlug wild um sich, um sich zu befreien.

„Josh!", riefen Clarissa und Hailey wie aus einem Mund.

Josh schleuderte Blake zur Seite. „Halt dich von ihr fern."

Blake stolperte und richtete sich auf. „Von welcher? Kannst dich wohl nicht entscheiden? Lass mich es dir leicht machen." Er stürmte auf Josh zu und holte aus. Josh versuchte nicht, sich zu ducken oder den Schlag zu blocken; stattdessen tackelte er Blake und riss ihn zu Boden. Fäuste flogen – doch wer wen schlug, war in dem Chaos nicht zu sehen.

„Ich gehe Jake holen", murmelte Lexi und rannte los, um Joshs Zwillingsbruder zu suchen. Clever. Jake konnte immer zu ihm durchdringen.

Missy biss sich auf die Lippe. Sie brauchten ein paar starke Typen, um diese beiden zu trennen. Gerade, als sie sich umsah, ging die Haustür auf. Ben und Logan, Joshs jüngster Bruder, kamen herein.

„Jungs!", rief sie. „Helft mir, die beiden zu trennen, bevor noch jemand verletzt wird."

„Scheiße!", keuchte Logan. „Ist das Josh?"

„Ja!", kreischte Missy. „Und Blake Grenier!"

Logan und Ben stürmten zu den beiden, um sie zu trennen. Ben ging zu Josh, und gerade, bevor er ihn packen konnte, rief Logan: „Nicht von hinten!"

Zu spät. Ben legte eine Hand auf Joshs Schulter. Josh packte Bens Hand, verdrehte ihm den Arm, und im nächsten Moment saß er auf seinem Hinterteil. „Ich bin's!", rief Ben, als Josh sich bedrohlich über ihn beugte. „Ben!"

Josh ließ ihn schnell los, wich geduckt zurück und sah sich nach weiteren Bedrohungen um, ein Krieger in der Schlacht, seine Augen beängstigend ruhig. Blake war zu Logans Füßen am Boden. Bedrohung neutralisiert.

Logan sah Blake an. „Mann, du hast Glück, dass er dir nicht ernsthaft in den Arsch treten wollte."

Blake war hochrot und stand auf, stieß im Vorbeigehen Logans Schulter an und schlug die Tür hinter sich zu.

Lexi rannte zu Jake, der leise auf Josh einredete, ganz dicht bei Josh.

Josh schüttelte den Kopf. Jake redete weiter, bis Josh ihn abschüttelte und einen Schritt zurückwich.

Clarissa verschränkte die Arme. „Ich will nach Hause gehen", verkündete sie.

Josh ging zu ihr. „Ich bin okay. Ich hab mich schon wieder beruhigt."

Clarissa sah ihn finster an. „Ich nicht. Bring mich nach

Hause."

„Gut, dann bringe ich dich eben nach Hause." Josh winkte halbherzig zum Abschied, seine Miene hart.

Als die Tür hinter ihnen zufiel, starrte Hailey sie einen Moment lang an, die Lippen aufeinander gepresst, dann eilte auch sie aus dem Foyer.

Missy und Lexi sahen einander fassungslos an. Keine von beiden hatte Josh je wirklich wütend erlebt – von einer körperlichen Auseinandersetzung ganz zu schweigen.

„Heilige Scheiße", sagte Lexi.

„Männer." Missy schüttelte den Kopf.

Lexi blickte über Missys Schulter. „Ich geh mal besser nach Hailey sehen."

„Ich komme gleich nach." Sie wandte sich Ben zu, der sich jetzt ebenfalls aufgerichtet hatte und seine schwarze Lederjacke auszog. Er sah so sexy und angepisst aus.

Sie konnte ihm nicht widerstehen.

# KAPITEL VIER

„Ben Wright, das muss Schicksal sein!", erklärte die Frau, die ihn in seine Träume verfolgte. „Du, auf deinem Arsch im Foyer des Hauses, in dem ich zu einer Party eingeladen bin."

„Du schon wieder", brummte Ben. „Das passiert, wenn ich helfen will: Ich lande auf dem Hinterteil und muss mich dann noch von einer Möchtegernbrünetten verarschen lassen."

Missy spitzte ihre köstlichen Lippen. „Es ist unhöflich, die unechte Haarfarbe einer Frau zu erwähnen."

„Es ist auch unhöflich, sich darüber lustig zu machen, wenn ein Mann auf seinem Arsch landet."

Sie unterdrückte ein Lächeln – offensichtlich amüsierte sein wenig heroischer Fall sie.

Logan trat zu ihm. Sie standen einander nah wie Brüder, waren zusammen aufgewachsen und jetzt Geschäftspartner bei „Checkin", einem Online-Service, der Backgroundchecks für private Pflegekräfte und Zeitarbeiter durchführte. Logan sah aus wie eine jüngere, drahtigere Version von Josh, wenn Josh hellbraune Haare und einen Bart gehabt hätte. Seine Augen glitzerten amüsiert. „Ich hab dir doch gesagt, du sollst nicht von hinten kommen. Du weißt, dass er Wahnsinnsreflexe hat."

Ben seufzte. „Ich weiß. Ich habe nicht dran gedacht. Im letzten Moment hab ich dann nur die Hand auf seine Schulter gelegt, anstatt ihn zu packen und von dem

Wichser wegzureißen."

„Wenn du das getan hättest, bräuchtest du jetzt zumindest einen Eisbeutel." Logan wandte sich Missy zu. „Hast du gesehen, was passiert ist? Was hat ihn denn so zur Weißglut gebracht?"

Missy schnitt eine Grimasse. „Hailey wollte mit Blake Grenier nach oben verschwinden."

Logan schüttelte den Kopf. „Josh hat eine tolle Freundin. Was kratzt es ihn da, wenn Hailey mit Blake geht?"

„Die Kirschen in Nachbars Garten und so ..." bemerkte Ben.

„Oder vielleicht hat er doch Gefühle für Hailey", sagte Missy in geduldigem Ton. Als müsste sie den beiden die Feinheiten zwischenmenschlicher Beziehungen erklären. Da Ben von seiner Mutter und später von seiner Großmutter allein großgezogen worden war, hatte er gelernt, die subtilen Untertöne, die Frauen aussendeten, wahrzunehmen.

Logan hob die Hände. „Darüber kann man mit ihm nicht reden. Ich hab's versucht. Er will Hailey nicht wollen, und er reißt einem den Kopf ab, wenn man auch nur erwähnt, dass er es dann hinter sich lassen muss."

„Warum will er sie nicht wollen?", fragte Missy.

Logan wurde still, dann antwortete er: „Das solltest du ihn fragen." Er sah beide an. „Ist schon irgendwie traurig, findet ihr nicht?"

„Bah." Benn knuffte Logans Arm. „Wird schon alles werden."

„Ich gehe rein", erklärte Logan und nickte in Richtung des Partylärms.

„Ich komme nach", sagte Ben.

Logan zog eine Braue hoch und lächelte. „Ach so?"

„Verschwinde." Ben stieß seine Schulter an und Logan ging lachend davon. Ben wandte sich Missy zu und betrachtete ihr enges schwarzes Kleid mit dem tief ausgeschnittenen Dekolleté. Sein Mund wurde trocken. Ihre Taille war schmal, ihre Hüfte kurvig und ihre Beine straff in diesen schwarzen High Heels. Er zwang seinen Blick zurück zu ihrem schönen Gesicht. „So sehen wir uns wieder", sagte er mit rauer Stimme.

„Ich habe dir ja gesagt, dass wir uns öfter sehen werden. Das Netz ist zu eng gestrickt, um entkommen zu können."

Er blinzelte. „Das Netz?"

Sie wedelte mit der Hand. „Deine Freunde, meine Freunde, all diese auf immer und ewig Schwüre."

Er wippte auf den Ballen. „Ja, scheint ansteckend zu sein."

Ein Butler tauchte von irgendwoher auf. „Darf ich Ihnen Ihre Jacke abnehmen, Sir?"

„Danke." Ben reichte ihm die Jacke, und der Mann verschwand wieder. In einem alten Palast wie diesem musste es Geheimgänge geben.

Missy neigte den Kopf. „Du hast keinen Bock darauf?"

Er überlegte kurz. Oh ja, die Jungs, die an die Kette gelegt wurden. „Du?"

„Nein."

Er entspannte sich. Das war fantastisch. Jemand, mit dem er Spaß haben konnte und sich keine Sorgen um irgendwelche künftigen Verpflichtungen machen musste. „Ich glaube nicht an die Ehe."

„Die Institution? Interessant. Warum nicht?"

„Ich habe nie eine gute gesehen. Und du?"

„Meine Schwester."

„Ich schätze, es gibt Ausnahmen", sagte er.

„Was ist mit deinen Kumpels?"

„Wird sich zeigen. Ist ja alles noch frisch."

Ihre braunen Augen strahlten amüsiert. „Du bist ein echter Pessimist, nicht wahr?"

Er lächelte und zeigte sein Grübchen. „Überhaupt nicht. Ich muss es nur sehen, um es zu glauben."

Sie seufzte. „Ich bin eher jemand, der das Glas als halb

leer betrachtet."

„Mein Beileid."

Sie lachte.

Er beugte sich vor und inhalierte ihren blumigen Duft. Er liebte es, dass sie so mädchenhaft roch, wo sie so tough daher redete. „Wenn das Schicksal uns weiter zusammenbringt, sollten wir vielleicht aufhören, uns ihm zu widersetzen."

Sie verdrehte die Augen. „Komm, lass uns zurück auf die Party gehen."

„Nicht so schnell. Versuch erst gar nicht, mir weiszumachen, dass du nichts gespürt hast, als wir uns geküsst haben."

Sie blickte unbeeindruckt zu ihm auf. „Willst du mich abschleppen?"

*Ja.* „Missy, jetzt beleidigst du mich aber."

Sie zuckte mit der Schulter. „Keine große Sache. Wenn's einen juckt, muss man eben ab und an mal kratzen, oder?"

Er war sprachlos. War er wirklich der perfekten Frau begegnet? Unverbindlicher Sex, lockeres und amüsantes Geplänkel, keine Verpflichtungen. Sie schien all das zu repräsentieren. *Ding! Ding! Ding!*

Sie fuhr auf ihre wunderbare Art fort. „Normalerweise würde ich sagen, lass uns ins Bett hüpfen, aber wir haben zu viele gemeinsame Freunde. Es wäre unter Umständen unangenehm, wenn wir uns dauernd wieder über den Weg laufen."

Verdammt. Alles klang so gut bis zu diesem „aber".

„Unangenehm", echote er.

„Ja."

Er ergriff ihre Hand. „Was, wenn es nicht unangenehm wäre?" Er konnte sehr gut mit Worten umgehen, und wenn sie einfach weiter so praktisch dachte, könnten sie eine Menge Spaß haben.

Sie zog ihre Hand zurück. „Du scheinst harmlos zu

sein, aber …"

*Ich sehe dein „aber" und lege noch eins drauf.* „Also, ich bin harmlos, mir ist aber gerade ein bisschen schmutzig zumute."

„Ich hätte nicht gedacht, dass du so darauf anspringst. Vergiss, dass ich was gesagt habe."

„Ich kann es nicht vergessen."

„Nicht mein Problem."

Er wollte sie. Daran führte kein Weg vorbei. „Wie wäre es mit …" Er verstummte, als ihr Handy klingelte und sie es aus ihrer winzigen Handtasche zog.

Er wartete, während sie in professionellem Ton sprach. Dann legte sie auf und lächelte. „Arbeit?", fragte er.

„Ja, in meinem normalen Job arbeite ich nur vormittags. Ich bin in der Verwaltung bei einer Baufirma und das ist die ruhige Saison. Wie auch immer. Ich wollte vor den Feiertagen ein bisschen mehr Geld verdienen. Jetzt kann ich das. Ich fange nach Thanksgiving an."

Er las zwischen den Zeilen. „Hast du Probleme? Wie viel Geld brauchst du?" Seiner Firma ging es so gut, dass sie sich nach Investoren umsahen, um weiter wachsen zu können. Er könnte ihr leicht unter die Arme greifen.

„Oh, bei mir ist alles okay", sagte sie mit angespannter Miene. „Ist nur, um ein paar Geschenke zu kaufen."

In diesem Moment wusste er, dass bei ihr nicht alles okay war. Sein natürlicher Impuls, einer Frau zu helfen, wenn sie in Schwierigkeiten steckte, brachte ihn dazu, ihr anstelle von Almosen einen Job anzubieten. Er spürte, dass sie darauf besser reagieren würde, und sie konnten wirklich jemanden brauchen, der sich im Büro um den Verwaltungskram kümmerte, da ihre Sekretärin bis nach Neujahr Urlaub hatte. Pattys Tochter hatte gerade ihr erstes Baby zur Welt gebracht, und sie war nach Vermont gegangen, um bei ihr zu sein. Die Ablage quoll über, und er und Logan hatten seit Wochen keine Daten mehr erfasst.

Er presste die Lippen aufeinander. Wenn er Missy

einen Job anbot, schoss er sich damit selbst ins Knie. Warum sollte er sich eine Verlockung ins Büro holen, die er wochenlang jeden Tag sehen würde, wenn er nichts unternehmen durfte? Wenn jemand mitbekam, dass er sich gegenüber einer Frau, die für ihn arbeitete, unangemessen verhielt, würde das dem Geschäft schaden. Nicht, dass er das jemals getan hatte, doch sein Ruf hatte bereits ohne sein Verschulden Schaden genommen.

Vor sechs Monaten hatte Ben einem Freund von der Uni geholfen, indem er dessen Cousine Ashley eingestellt hatte, um sich um Vertrieb und Marketing zu kümmern. Es war nicht gut gelaufen. Nach drei Monaten, in denen sie nicht einen Kunden an Land gezogen hatte, hatte er ihr gekündigt, woraufhin sie ihn sexueller Belästigung am Arbeitsplatz bezichtigt hatte. Es hatte ihn krank gemacht.

So war er nicht, und wenn seine Mutter noch am Leben gewesen wäre, wäre sie vor Scham gestorben. Er war dazu erzogen worden, Frauen mit Respekt zu behandeln, und das tat er auch. Im Job war er immer professionell. Außerdem war er nicht ein einziges Mal mit ihr allein gewesen. Die Hälfte der Zeit hatte sie von zu Hause gearbeitet und da wahrscheinlich nicht einen Finger krumm gemacht. Logan hatte ihm loyal beigestanden. Schließlich wurden alle Anschuldigungen entkräftet, doch der Schaden war immens. Allein die Anschuldigung hatte seinen Ruf beschmutzt, und wenn er ehrlich war, hatte diese Erfahrung ihn verändert. Jetzt war er Frauen gegenüber generell viel argwöhnischer.

Diese Anzeige hatte sein dunkles Geheimnis bleiben sollen, doch natürlich hatte es Gerüchte gegeben, was der Grund dafür war, dass Logan die Investorengespräche im Januar führen würde.

Er lächelte Missy an. „Viel Glück bei deinem neuen Job. Was machst du da?"

Missy wurde rot. „Ist nur ein vorübergehender Gig."

„Was für einer?", fragte er, neugierig, warum sie rot

wurde.

Sie räusperte sich, dann murmelte sie: „Kundenservice.”

„Kommt rein!”, rief Claire und kam lachend ins Foyer. „Jake und ich haben eine große Neuigkeit zu verkünden.”

„Wir kommen!”, rief Missy und klang immens erleichtert. Seltsam.

Er folgte ihr in Richtung der Menge. „Glaubst du, sie ist schwanger?”, fragte er Missy leise.

„Würde mich nicht überraschen”, nickte sie.

Sie betraten die Orangerie, in der schon die anderen Gäste warteten. Claire kletterte auf einen Sessel, und Jake pfiff laut, um alle zum Schweigen zu bringen. Claire lächelte ihn an. „Danke, Honey.” Sie streckte strahlend die Arme aus. „Jake und ich haben ein Haus in Connecticut gekauft mit Land für Pferde–”

„Und Hunde!”, fügte Jake hinzu.

„Ja”, lachte Claire. „Und Hunde. Und hoffentlich auch bald Kinder, auch wenn ich nicht schwanger bin–”

„Noch nicht!”, fügte Jake mit erhobenem Finger hinzu. „Aber wir üben, wann immer wir können.”

„Jake!”

Er grinste und blickte verliebt zu ihr auf. „Was?”

Claire schüttelte den Kopf. „Es ist nur eine halbe Stunde von Clover Park entfernt und ich freue mich schon darauf, euch alle einzuladen. Im Januar ziehen wir ein.”

Missy und ihre Freundinnen jubelten.

„Oh, das ist so schön”, sagte Missy mit belegter Stimme. „Ein Zuhause und eine Familie.” Sie bahnte sich einen Weg zu Claire, die schon von ihren Freundinnen umringt war. Alle freuten sich, Claire endlich in ihrer Nähe zu haben. Normalerweise zog sie wie ein Nomade von Drehort zu Drehort. Doch das klang so, als wollten sie und Jake Wurzeln schlagen.

Ben konnte sich dieses Leben nicht für sich selbst vorstellen. Er kannte den Schmerz, jemanden zu verlieren, allzu gut, und nachdem seine Mom nach einem langen

Kampf gegen den Krebs gestorben war, wollte er diese Art von Schmerz nicht noch einmal durchmachen. Missy schien diese Zuhause- und Familie-Sache richtig zu berühren. Sie hatte gesagt, dass sie nichts Festes wollte. Jetzt war er sich nicht mehr so sicher, ob er ihr das glauben konnte.

~ ~ ~

Die Obdachlosenunterkunft in South Norfolk, vierzig Fahrminuten von Clover Park entfernt, war neu für Missy, doch zugleich vertraut.

Wände aus Porenbeton, billiger Vinylfußboden, lange Tische im Speisesaal, der Geruch von Desinfektionsmittel in der Luft. Nichts davon erweckte in ihr den Eindruck von „Zuhause", doch es war ihre Rettung gewesen, wann immer ihr das Geld ausgegangen war, als sie als Teenager auf der Straße gelebt hatte.

Sie war anderen Mädchen begegnet, die sich prostituiert hatten, um zu überleben, doch der Gedanke bereitete ihr selbst heute noch Übelkeit. Sie war im Alter von fünfzehn Jahren davongelaufen, um ihrem neuen „Onkel" zu entkommen, einem Mann, der sie für Freiwild gehalten hatte, weil sie unter demselben Dach lebten. Ihre Tante hatte sie nicht beschützt, wahrscheinlich, weil sie nach dem Tod von Missys Adoptiveltern nur ungern die Vormundschaft für sie übernommen hatte. Missy hatte das hinter sich gelassen. Ihr früheres Leben – verwaist mit zehn, ausgerissen mit fünfzehn, danach diverse Pflegefamilien und die viel zu jung eingegangene Ehe mit einem Mann, der sich als Schläger herausgestellt hatte –, all das hatte sie stärker gemacht. Sie wusste, dass sie für sich selbst sorgen konnte, dass sie überleben konnte, was immer auch das Leben ihr in den Weg warf. Heute half sie Frauen in ähnlichen Situationen, damit auch sie überleben konnten.

Normalerweise arbeitete sie an Thanksgiving als

Freiwillige in ihrer Kirche, um den paar Leuten, die kamen, eine heiße Mahlzeit zu servieren, doch dieses Jahr hatte die Kirche entschieden, das Essen zu den Leuten zu bringen.

Sie ging direkt in die Küche, um ihre Schicht von drei bis sieben anzutreten. Dort wimmelte es schon von Leuten. Schnell trug sie sich in die Liste ein und wurde herzlich von einer Frau Mitte fünfzig begrüßt, die einen kanariengelben Jogginganzug trug und die Haare ordentlich mit einem Haarnetz gebändigt hatte.

„Hi, ich bin Missy Higgins. Ich bin hier für die Schicht von drei bis sieben."

„Schön, Sie kennenzulernen, Missy. Ich bin Leah. Haben Sie Ihre Freiwilligenschicht schon gebucht? Wir sind heute voll."

„Ja."

„Ausgezeichnet." Sie nahm das Klemmbrett mit der Liste und zeichnete Missys Eintrag gegen. „Sie können Ihre Sachen in den Schrank da packen." Sie deutete auf die andere Seite der Küche. „Nehmen Sie sich eine Schürze und ein Haarnetz, um fünf fangen wir an zu servieren." Leah sah sich um. „Wenn es Ihnen nichts ausmacht, würde ich Sie bitten, Kartoffeln zu schälen."

„Kein Problem."

Missy hängte schnell ihre Jacke in den Schrank. Auf eine Handtasche hatte sie verzichtet, da sie lieber nur das Wichtigste mitnahm und in ihre Hosentasche steckte. Nicht, dass jeder in der Unterkunft stehlen würde, doch manchmal taten verzweifelte Leute verzweifelte Dinge. Sie verurteilte niemanden für die Situation, in der er sich befand. Überleben war ein Instinkt, und sie hatte diesen Instinkt als Teenager selbst gespürt.

Ein paar Minuten später meldete sie sich mit Schürze und Haarnetz zum Kartoffelschälen. Ein junges Paar war bereits damit beschäftigt und warf die geschälten Kartoffeln in große Metallschüsseln. „Hi, ich bin Missy. Ich soll euch hier helfen."

„Ich bin Hannah", sagte die junge Frau mit den zu Zöpfen geflochtenen violetten Haaren. „Das ist Jackson. Kannst du einfach ein paar Kartoffeln abspülen und trocknen? Wir sind gerade so schön im Rhythmus mit dem Pellen. Die Säcke stehen da an der Wand."

„Klar, mach ich." Sie schleppte einen großen Sack Kartoffeln zum Waschbecken, legte ein paar Küchentücher bereit und nahm die Bürste zum Schrubben. Bald hatte sie ihren Rhythmus gefunden, und die Bewegung zusammen mit dem Rauschen des Wassers aus dem Wasserhahn versetzten sie in einen zenartigen Zustand. Als eine Männerstimme plötzlich sagte: „Ich kann sie abtrocknen", zuckte sie erschrocken zusammen.

Er lachte. „Schläfst du etwa mit offenen Augen?"

Mit immer noch pochendem Herzen drehte sie sich um und blickte in Bens verschmitzt glitzernde Augen. Vielleicht ließ das Schicksal ihn wirklich immer wieder ihren Weg kreuzen. Warum sonst wäre er hier? Er duftete nach frischer Seife und warmen Gewürzen und sah mit seinem Haarnetz besser aus, als irgendein Mann das Recht dazu hatte. Das Lächeln, das seine Lippen umspielte, und die Grübchen auf seinen Wangen ließen ihre Knie weich werden.

„Du erinnerst dich schon an mich, oder?", fragte Ben mit neckender Stimme. „Anders als gewisse andere Leute habe ich mir nicht die Haare gefärbt."

„Was machst du hier?", fragte sie sanft.

„Ich komme an Thanksgiving immer hierher." Er nahm ein paar Küchentücher und fing an, überaus effektiv die Kartoffeln abzutrocknen und sie in eine große Plastikschüssel zu legen. „Das war eine Tradition mit meiner Mom."

Sie nickte und machte sich wieder an die Arbeit. Doch sie fühlte sich, als beobachtete sie sich und Ben aus den Augen eines anderen. Sie und er leisteten beide Freiwilligenarbeit in derselben Unterkunft? An Thanksgiving? Unglaublich. Er hatte Tiefgang, liebte seine Familie und sorgte sich um andere, die weniger Glück im Leben hatten. Er war nicht nur ein gutaussehender Flirt. Er war ein Komplettpaket. All diese Gedanken schwirrten ihr durch den Kopf, bevor sie wieder in die Realität zurückkehrte und sich seiner plötzlich hyperbewusst war. Seine große, muskulöse Statur gab ihr ein Gefühl der Sicherheit und nicht das Gegenteil, was sie sonst oft in Gegenwart von Männern empfand. Sein graues Henleyshirt mit den hochgeschobenen Ärmeln, seine Jeans, die wie angegossen saß, wie er sich bewegte – all das sagte ihr, dass er sich in seiner Haut wohlfühlte. Er schien tough genug, mit ihr klarzukommen, und brauchte offensichtlich die zuckersüße Leichtigkeit nicht, die viele Männer an Frauen bevorzugten. Und er war so unglaublich sexy. Schnell verwarf sie jedes Argument, weswegen sie ihn nicht haben konnte, und machte dann genauso schnell einen Rückzieher. Er machte sie wahnsinnig.

„Heute keine Witze über das Schicksal?", fragte sie.

Sie zwang sich zu lachen, selbst wenn ihr dabei die Nackenhaare zu Berge standen. Es fühlte sich in der Tat wie Schicksal an, dabei glaubte sie nicht einmal daran! Sonst lachte sie innerlich über Leute, die an so etwas Lächerliches glaubten. Eine magische Macht, die Leute zusammenbrachte? Bah! Humbug! Und doch fühlte es sich richtig an. Jeder Instinkt ihres Körpers war auf ihn ausgerichtet.

„Bist du okay?", fragte er.

Ihre natürliche Abwehrhaltung schmolz angesichts der aufrichtigen Sorge in seiner Stimme dahin. „Ja, ja, danke. Ist deine Mom auch hier?"

Er starrte die Kartoffeln vor sich an. „Nein. Sie … ähm … ist schon lange tot."

„Oh, das tut mir leid. Ich wollte kein Salz in alte Wunden streuen."

Er sah ihr in die Augen und antwortete mit vor Emotionen rauer Stimme. „Schon okay. Es ist lange her. Sie ist nach zehnjährigem Kampf an Krebs gestorben." Er räusperte sich. „Damals war ich fünfzehn."

Ein Stromstoß schoss durch sie hindurch. Auch sie war fünfzehn gewesen, als ihr Leben zu einer Katastrophe geworden und sie von zu Hause weggelaufen war. „Tut mir leid. Das muss schwer gewesen sein."

Er nickte. „Sie war Sozialarbeiterin, hatte ein Herz aus Gold. Und sie hat hier immer Freiwilligenarbeit geleistet, darum tue ich das auch. In gewisser Weise ist es so, als wäre sie hier bei mir."

Ihre Augen fingen an zu brennen. Sie war niemand, der nahe am Wasser gebaut war, doch er hatte etwas mit ihr geteilt, das tief aus seinem Herzen kam, und das rührte sie. Mit einem dicken Kloß im Hals drehte sie das Wasser ab und holte tief Luft, um etwas zu tun, das sie so gut wie nie tat: selbst eine Erfahrung mit ihm zu teilen. „Ich verstehe das. Ich gehe zur Kirche, weil es mich an meine Eltern erinnert. Sie sind, als ich zehn war, bei einem Autounfall ums Leben gekommen."

Seine Miene wurde weicher, seine Stimme mitfühlend. „Das tut mir leid." Er hielt kurz inne, bevor er leise fortfuhr. „Ich weiß, dass der Schmerz nie wirklich vergeht. Man lernt nur, damit zu leben."

Ihre Brust schmerzte in diesem seltenen Moment menschlicher Verbindung mit jemandem, der den Schmerz des Verlustes wirklich verstand. Sie spürte den seltsamen Impuls, ihn zu umarmen, und hob ihre Hände ein Stück weit, ließ sie dann jedoch wieder sinken.

Er sah sie an. „Wolltest du mich etwa gerade umarmen?"

Ihre Wangen brannten wie Feuer, so peinlich war es ihr, dass er ihren seltsamen Impuls bemerkt hatte. „Nein."

„Macht mir nichts aus. Hier, lass mich anfangen." Er öffnete die Arme für sie.

Sie zögerte einen Moment, dann legte sie ihre Arme um seine Taille und drückte ihn zaghaft. Doch als er die Arme um sie schloss, umarmte er sie so herzlich, dass sie das

Gefühl hatte, von purer, strahlender Liebe umgeben zu sein. Sie stellte es nicht in Frage, sondern saugte das Gefühl einfach nur in sich auf.

„Wir könnten ein bisschen Nachschub gebrauchen!", rief Jackson.

Missy löste sich erschrocken von Ben.

„Halt die Klappe, Jackson", schimpfte Hannah. „Die zwei hatten gerade einen so schönen Moment."

„Sorry, wenn wir euch aufgehalten haben", sagte Ben und brachte zwei große Schüsseln mit Kartoffeln an ihren Tisch.

Missy stand wie angewurzelt da. Sie hatte zu viel gesagt, sich zu weit geöffnet.

Ben wedelte mit der Hand vor ihrem Gesicht. „Hör auf zu träumen und mach dich wieder an die Arbeit, Missy." Er schmunzelte. „Ich höre mich jetzt an wie meine Großmutter … Dein richtiger Name ist Melissa, oder?"

Sie schalt sich innerlich, sich zusammenzureißen. „Ja, Benjamin."

„Benward."

Sie starrte ihn an.

Er lachte. „Nein, war ein Witz. Ich heiße Benjamin."

Sie drehte das Wasser wieder auf und schrubbte weiter Kartoffeln. Wenn sie weiterredete, würde sie ihm womöglich noch mitten in dieser Küche voller Fremder ihre ganze Lebensgeschichte erzählen. Er hatte von sich gesprochen, darum hatte sie es auch getan. Nicht mehr. Sie wollte nicht auf der Vergangenheit herumreiten. Sonst hatte sie nur mit ihrer Schwester darüber gesprochen – und sie war der vorurteilsfreiste und liebenswerteste Mensch, dem Missy je begegnet war.

„Willst du tauschen?", fragte Ben. „Ich kann schrubben, dann kannst du abtrocknen?"

„Nein, schon okay."

„Auf uns warten noch zehn Sack Kartoffeln und noch mehr im Lager."

„Frag mich in einer Stunde noch mal."

Ein paar Minuten lang arbeiteten sie schweigend weiter, dann sagte Ben: „Sauce kochen macht viel mehr Spaß. Ein bisschen Umrühren und es riecht so gut."

Sie blickte nicht von ihren Kartoffeln auf. „Was machst du dann hier an der Kartoffelstation?"

„Was glaubst du?"

Ein Schauer lief ihr den Rücken hinunter. Ihretwegen? Hatte er sich ihretwegen freiwillig für die unangenehmste Arbeit gemeldet?

„Keine Ahnung", sagte sie schließlich.

„Gott, bist du schwer von Begriff."

Sie funkelte ihn finster an. „Das bin ich nicht."

„Ach wirklich?"

„Oh, das ist so was von erwachsen." Sie wandte sich wieder dem Schrubben zu.

„Missy Higgins", sagte er in gespielt beleidigtem Ton. „Ich gehe hier heute nicht weg, ehe du nicht zugibst, dass das Schicksal uns zusammengeführt hat. Es passiert zu oft, um Zufall zu sein." Dann verstellte er die Stimme und fuhr wie ein Roboter fort. „Widerstand ist zwecklos."

Sie schüttelte den Kopf. „Du glaubst wirklich an Schicksal?"

„Nicht, bis ich dir begegnet bin."

Wieder erschauerte sie, und eine Gänsehaut breitete sich aus. Sie wagte es, ihn anzusehen, und als er ihren Blick erwiderte, sah es nicht so aus, als machte er einen Witz. Ihr stockte der Atem. Sie fluchte leise und wandte sich wieder der Arbeit zu. Er lachte leise neben ihr.

*Harmloser Flirt, harmloser Flirt,* wiederholte sie wortlos wie ein Mantra, auch wenn sie anfing zu glauben, dass Ben ihrem so sorgfältig strukturierten Leben viel gefährlicher werden könnte als das.

Sie wuschen und trockneten noch eine weitere Stunde lang Kartoffeln, bis sie sich in einem großen Topf daran machten, die Füllung für den Truthahn vorzubereiten. Ben betrieb weiter Konversation, fragte nach ihrem Job und erzählte ihr von seiner und Logans Firma, die Background-checks für Arbeitgeber anbot. Wie sehr sie sich doch wünschte, dass ihr Arbeitgeber Matt einem solchen Check unterzogen hätte, bevor sie ihn im Frühjahr eingestellt hatten. Dann hätte Missy gewusst, dass er verheiratet war. Sie würde ihrem Boss das für die Zukunft vorschlagen, denn sie stellten oft zusätzliche Leute ein, wenn sie große Projekte abwickelten.

Bald war es Zeit fürs Abendessen, und sie und Ben arbeiteten Seite an Seite an der Essenausgabe und luden die Teller für eine lange Schlange von Leuten voll. Sie redeten nicht viel, doch sie waren gut aufeinander eingestimmt. Er sah jedem, dem er etwas zu essen gab, in die Augen und sprach in einem herzlichen, freundlichen Ton mit ihnen, selbst mit einem wenig freundlichen alten Mann. Mit den Kindern machte er Witze. Ihr Herz war zum Platzen voll. Seine Mutter musste ein wunderbares Vorbild für ihn gewesen sein. Oder vielleicht hatte er einfach ihre mitfühlende Art geerbt. Was es auch war, sie wusste, wie selten dieser Zug an Menschen war, und bewunderte ihn darum nur noch mehr.

Um sieben waren alle mit dem Essen fertig und ihre Schicht endete.

„Hast du Lust, beim Saubermachen zu helfen?", fragte Ben, als er mit ihr zurück in die Küche ging. „Diesmal mach ich den Abwasch, du trocknest ab."

„Sicher", sagte sie, auch wenn sie müde war. Wenn Ben mehr geben konnte, dann konnte sie das auch.

Sie ging mit ihm zu einem Spülbecken, in dem bereits diverse Töpfe und große Pfannen im Wasser aufweichten. „Wow, das sieht nach jeder Menge Schrubben aus."

„Ich habe die Kraft dazu." Er nahm einen Topfkratzer und machte sich an die Arbeit. „Viele Hände machen bald ein Ende", sagte er augenzwinkernd. „Meine Mom hat das immer gesagt."

Missy nahm ein Küchenhandtuch. „Du musst ihr Herz aus Gold geerbt haben, so selbstlos, wie du hier hilfst."

„Ich bin adoptiert, aber trotzdem danke."

Einen Moment lang konnte sie nicht atmen. Die Ähnlichkeiten in ihrem Leben waren zu auffällig, um sie zu ignorieren.

„Du bist auch freiwillig hier", sagte er. „Stell dein Licht nicht unter den Scheffel." Er reichte ihr einen Topf.

Sie griff nicht richtig zu, und der Topf fiel mit einem lauten Klappern zu Boden. Beide bückten sich gleichzeitig, um ihn aufzuheben. Beide auf einem Knie sahen sich einander an, als blickten sie in einen Spiegel.

Ben gab ihr den Topf zurück. „Du musst langsam müde sein", sagte er sanft.

„Ich bin auch adoptiert worden. Als Baby", flüsterte sie. „Das waren meine Adoptiveltern, die bei dem Unfall gestorben sind."

Er riss die Augen auf. „Jetzt bekomme ich auch eine Gänsehaut", sagte er und rieb sich die Unterarme.

Sie biss sich auf die Lippe.

Er legte die Hand an ihren Ellbogen und zog sie sanft mit sich hoch. „Die Wahrscheinlichkeit, dass zwei Menschen …"

„Ist verschwindend gering", sagte sie mit zittriger Stimme. Es war verrückt und tröstlich zugleich. Er wusste, wie es war, mit dem Wissen zu leben, dass die biologische Mutter einen aufgegeben hatte. Er wusste, was es bedeutete, eine Adoptivfamilie zu haben und sie zu verlieren. Ihre so ähnlichen Geschichten ließen sie an das Mystische glauben, eine Macht, die viel größer war als sie selbst, musste hier im Spiel sein. Vielleicht war er der eine Mensch auf Gottes Erde, der sie wirklich verstehen konnte.

Mehrere Minuten lang arbeiteten sie schweigend weiter, während die anderen Freiwilligen sich munter beim Einladen der Geschirrspülmaschinen unterhielten und mit dem Geschirr klapperten. Sie musterte sein Profil, seine kurzen, hellbraunen Haare, die seine maskulinen Züge betonten, seine scharf geschnittenen Wangenknochen, seine gerade Nase, seinen Dreitagesbart. Er wandte sich ihr zu und sah sie mit einem Blick an, der sagte: *Schicksal.* Sie hörte das Wort, als hätte er es laut ausgesprochen, und langsam machte es sie nervös.

Vielleicht waren sie einander doch nicht so ähnlich. Vielleicht war sein Dad ja die ganze Zeit über für ihn da gewesen, und er hatte sich nicht so allein gefühlt wie sie, als sie klein war.

„Ist dein Dad noch da?", fragte sie.

Er gab ihr den nächsten Topf. „Er hat sich von Mom getrennt, als ich zwei Jahre alt war, darum waren wir lange allein. Aber Jo Campbell ist so etwas wie eine Vaterfigur. Mom hat mich bei der Police Athletic League angemeldet, und ich habe in seinem Baseballteam gespielt. Sie wusste, dass Joe ein guter Mann mit einem ganzen Stall voller Söhne war. Sie wollte, dass ich einen männlichen Einfluss in meinem Leben habe."

Sie schluckte schwer. Sie waren sich geradezu unheimlich ähnlich. Sie stellte noch ein paar Fragen, da sie wissen musste, ob sie tatsächlich parallele Leben gelebt hatten. „Und später hat dich deine Großmutter aufgenommen?" So musste es gewesen sein, da er ihr so nahe stand. Missy hatte nach dem Tod ihrer Adoptiveltern den Fehler gemacht, ihrer biologischen Mutter zu schreiben und sie zu bitten, sie zurückzunehmen. Die Adresse hatte sie von den Geburtstagskarten, die sie ihr geschickt hatte. Missy hatte danach nie wieder von ihr gehört. Da ihre Eltern keinen Vormund für sie bestimmt hatten, hatte das Gericht die Schwester ihrer Adoptivmutter zu ihrem Vormund bestimmt. Diese jedoch hatte immer wieder deutlich gemacht, dass sie Missy damit einen riesigen Gefallen tat, und sich beschwert, wie wenig Geld sie vom Jugendamt dafür bekam, dass sie sich um sie kümmerte. Das kleine Depot, das ihre Eltern ihr hinterlassen hatten, ging auch in die Verwaltung ihrer Tante über, und Missy hatte nie einen Cent davon zu Gesicht bekommen. Sie verdrängte diese wenig angenehme Erinnerung und bemerkte, dass Ben redete.

„Tut mir leid", sagte sie. „Ich habe den letzten Teil verpasst. Hast du gesagt, dass deine Großmutter in deine Wohnung gezogen ist oder du zu ihr?"

„Sie ist in die Wohnung gezogen, in der ich mit meiner Mom gelebt hatte. Doch meine Familie fühlte sich viel größer an, da ich immer viel Zeit mit den Campbells und all den anderen Kids in deren Haus verbracht habe. Ich war einer der jüngsten. Ty, Alex, Logan und ich sind alle ziemlich im selben Alter. Parker auch, aber er ist erst später dazugekommen."

„Dann warst du glücklich?", fragte sie.

Er lächelte. „Ich nehme das Glück, wo ich es finden kann."

„Das ist schlau."

„Und du?"

Sie zuckte mit den Schultern, da sie nicht mehr über ihr turbulentes Leben reden wollte. „Wie du nehme ich das Glück, woher ich es bekommen kann."

Er wandte sich wieder seinem Topf zu, während sie weiter abtrocknete.

Ein paar Minuten später reichte er ihr den nächsten Topf. „Was machst du, wenn wir hier fertig sind?"

„Warum?"

Er beugte sich vor und schenkte ihr ein sexy Lächeln. „Weil ich gerne tun würde, was immer du vorhast."

Hitze schoss durch sie hindurch, und ihr Puls begann zu rasen. „Ich wollte ein heißes Bad nehmen und ein Glas Wein trinken."

Er zwinkerte. „Es ist eine gute Idee, Wasser zu sparen." Er machte sich wieder an die Arbeit und pfiff vor sich hin.

Sie wusste nicht, was sie sagen sollte. Sie wollte ihn, daran bestand kein Zweifel, doch etwas hielt sie zurück. Sie hatte das Gefühl, auf einem Hochseil zu balancieren, unsicher, ob es besser war, sich zurückzuziehen oder weiter geradeaus zu gehen und einen Absturz zu riskieren. Doch dann machte er es ihr leicht.

„Ich habe eine Idee." Wieder funkelten seine Augen verschmitzt, und seine Grübchen tanzten. „Wie wäre es, wenn wir morgen für ein langes Wochenende nach Vegas fliegen würden? Was in Vegas passiert, bleibt in–"

Sie kühlte merklich ab. „Ich hasse Vegas."

„Wie kannst du einen riesigen Spielplatz hassen?"

„Weil es der Spielplatz meiner biologischen Mutter ist. Sie ist Tänzerin, und ich benutze den Ausdruck im weitesten Sinne."

Er sah sie an, Überraschung im Blick, jedoch kein Urteil. „Okay, dann nicht Vegas." Er ließ Wasser über die Auflaufform laufen und gab sie ihr.

„Ich habe sowieso kein Geld für solche Ausflüge."

„Ich hätte dich eingeladen."

Sie biss die Zähne zusammen. „Ich zahle selbst." Allein für alles aufzukommen bedeutete, dass sie die Kontrolle über ihr Leben hatte und sich um sich selbst kümmern konnte. Niemand würde jemals finanzielle Kontrolle über sie haben, ganz gleich wie verlockend das Angebot auch war.

Er seufzte, sagte jedoch nichts. Smarter Mann. Sie ging davon aus, dass er wusste, wie man in Gesprächen Minen umschiffte, nachdem er von seiner Mutter und seiner Großmutter großgezogen worden war. Das gefiel ihr. Sie hatte nicht die Geduld, einem Mann beizubringen, zwischen den Zeilen zu lesen.

Schweigend arbeiteten sie weiter. Die Anspannung lag dick in der Luft und der Jetzt-oder-nie-Moment rollte wie eine Gewitterfront auf sie zu. Wenn sie ihm jetzt, nachdem sie so vieles geteilt hatten, eine Abfuhr erteilte, würde er es nie wieder versuchen. Andererseits, wenn sie miteinander ausgingen, was war das Schlimmste, das passieren konnte?

Etwas Tiefgründiges. Eine Beziehung. Doch er hatte gesagt, dass er nicht an langfristige Bindungen glaubte. Hatte er nicht gesagt, dass er nicht an die Institution der Ehe glaubte? In diesem Fall würde er etwas Lockeres und Unverbindliches erwarten. Das könnte funktionieren.

Doch was wurde nach „locker und unverbindlich" mit all ihren gemeinsamen Freunden?

Sie beobachtete ihn. Der große, muskulöse, maskuline Mann war voll und ganz auf den Abwasch konzentriert. Er war wirklich ungewöhnlich.

Vielleicht nur für heute Nacht. Eine Nacht.

Als sie mit den Töpfen fertig waren, trocknete Ben seine Hände ab, drehte sich zu ihr um, nahm erst sein Haarnetz ab, dann ihres. „Diese Haare", sagte er. „So was von schade. All das wunderschöne Rot. Echte Rothaarige sind so selten."

Sie verdrehte die Augen, nahm die Schürze ab und brachte sie zum Wäschekorb beim Hintereingang.

Ben folgte ihr, knüllte seine Schürze zusammen und warf sie wie einen Basketball. „Willst du je wieder zu deiner natürlichen Haarfarbe zurückkehren?"

Sie seufzte. „Meine biologische Mutter hat rote Haare. Darum kann ich es nicht leiden. Ab und an kehre ich wieder zu Rot zurück, doch dann kann ich es nicht mehr sehen. Ihre Schlauchbootlippen habe ich auch geerbt, doch daran kann ich nichts ändern."

Ben starrte ihren Mund an. „Missy, dieser Mund. Ich schwöre bei Gott, dass das der sexieste Mund ist, den ich je gesehen habe."

Sie berührte ihre Lippen. „Aber–"

„Glaub mir." Er beugte sich zu ihrem Ohr hinunter. „Dieser Mund hat bei mir schon in ein paar sehr erotischen Träumen eine Hauptrolle gespielt."

Sie runzelte die Stirn. „Siehst du? Pornolippen."

Er zeichnete mit dem Zeigefinger ihre Oberlippe nach, bevor er ihre volle Unterlippe antippte. „Du hast köstliche, süße Lippen, an denen ich mich laben will."

Ihr Mund öffnete sich. Er lächelte, machte jedoch keinen Versuch, sie zu küssen. Stattdessen ließ er die Hand sinken, und sein Blick wanderte von ihren Lippen zu ihren Haaren. „Siehst du deine Vegas-Mom noch ab und zu?", fragte er.

„Nein."

„Warum hat sie dann ein Mitspracherecht darüber, wie du deine Haare trägst?"

„Und warum willst du eins?", gab sie zurück.

Seine Augen tanzten amüsiert. „Du bist stachelig." Er ging zum Schrank, holte seine Lederjacke heraus und zog sie an. „Von jetzt an werde ich dich *Kaktus* nennen."

Sie fand ihre schwarze Wolljacke und zog sie an, irritiert von dem Spitznamen, den er ihr gegeben hatte, wahrscheinlich, weil er ziemlich treffend war. Sie fuhr ihre Stacheln aus, wenn jemand sie zu sehr bedrängte. „Lass mich raten, normalerweise nennst du deine Frauen *Süße* oder *Honey* oder *Häschen*."

Er lachte. „Der war gut! Nein, ich nenne sie bei ihrem Namen. Vielleicht ab und zu mal" – er senkte die Stimme – „*sexy Maus*, wenn es gerechtfertigt ist."

Ihre Wangen wurden heiß, ihr Hals auch, genauso wie deutlich südlicher gelegene Körperteile. „Wir sollten uns von Leah verabschieden."

„Oh ja, sie ist so was wie eine Tante für mich. Sie war eine gute Freundin meiner Mom."

Sie schluckte, da die Offenheit, mit der er über seinen Verlust sprach, ein tiefes Mitgefühl in ihr weckte. Als sie kurz seine Schulter anstieß – eine winzige Geste der Zuneigung – reichte sein Lächeln bis zu seinen Augen, warm und zärtlich. Sie schwankte einen Moment, da sie das nicht gewohnt war, dann ging sie zu Leah, die den Ausgabetresen abwischte. Ben folgte ihr.

„Wir machen dann mal wieder los", sagte Missy. „Happy Thanksgiving."

Leah ließ den Schwamm ruhen und schenkte Missy ein herzliches Lächeln. „Ihnen auch, Sweetheart. Danke für Ihre Hilfe." Sie wandte sich Ben zu. „Da ist ja mein Super-Ben. Deine Mom hat dich heute mit einem Lächeln vom Himmel aus beobachtet."

„Super-Ben meldet sich wie versprochen zum Einsatz", murmelte er. „Ich habe sie gespürt."

Leah nickte mit glänzenden Augen, dann umarmte sie ihn. Sie ließ ihn wieder los und sagte zu Missy: „Der Junge ist jemand, den man nicht wieder loslässt. Er gehört zu den Guten."

„Aww, danke", sagte Ben. „Lob von meiner Lieblingstante gibt mir immer Auftrieb bei den Damen."

„Oh du!", kicherte Leah kopfschüttelnd.

„Bye", sagte Ben und küsste Leah auf die Wange. Dann überraschte er Missy, indem er ihre Hand ergriff und sie aus der Küche hinaus in den Speisesaal führte. Sie war niemand, der Händchen hielt, und sie hielt sich generell mit liebevollen Gesten zurück. Eine Umarmung hier und da. Sex, ja. Händchen halten, nein. Bevor sie sich entscheiden konnte, was sie davon hielt, standen sie auf dem Gehsteig vor dem Haus, und er ließ ihre Hand los.

„Okay …" Sie wippte auf ihre Zehenballen und zurück, nicht sicher, wie sie den Satz beenden sollte. Dann tschüss? Kommst du mit mir nach Hause? Habe ich das alles nur geträumt?

Ben trat auf sie zu und ließ trotz des kalten Novemberabends sofort ihre Temperatur in die Höhe schnellen. Er strich ihr die Haare hinters Ohr und blickte ihr in die Augen, bevor er mit sanfter Stimme sagte: „Sag mir, was du willst."

„Nichts", flüsterte sie. Sie hatte nie gewagt, irgendetwas zu wollen. Sie hatte, was sie brauchte, und das war genug.

Er legte seine große Hand an ihre Wange. „Was kann ich dir bieten, ist die bessere Frage."

Das war eine bessere Frage. Etwas, womit sie umgehen

konnte. Sie benetzte ihre Lippen, und er beobachtete die Bewegung. „Wenn du anbietest, was ich glaube, das du anbietest …"

Er streichelte ihre Wange mit dem Daumen. „Das tue ich."

Sie schluckte. Ihr Magen flatterte, und sie stand wieder auf dem Hochseil, in Todesangst, dass sie herunterfallen könnte. „Eine Nacht."

„Eine Nacht", nickte er. „Und kein Übernachten."

Das war genau das, was sie sich erhofft hatte – klare Grenzen, Leidenschaft ohne verletzte Gefühle danach. Eine leise Stimme in ihrem Kopf warnte sie, dass es vielleicht nicht so leicht sein würde, wie sie es sich vorstellte, doch sie hatte keine Lust mehr, sich alles zu verweigern. „Deal."

Er senkte den Kopf, und seine Lippen streiften ihre. „Wie wäre es, wenn wir heute Abend damit anfangen?" Dann küsste er sie leidenschaftlich. Sein Mund war hungrig und heiß. Er schlang seine Arme um sie und zog sie gegen seinen harten Körper und seine berauschende Hitze. Sie legte die Arme um seinen Nacken und erwiderte den Kuss, presste sich an ihn. Sie brauchte mehr von ihm, und es war ihr egal, dass es ein ungezügelter animalischer Instinkt war, der sie antrieb. Sex, mehr war das nicht. Ja, ja, ja.

Er ließ so plötzlich von ihr ab, dass sie schwankte. Er stützte sie, dann ergriff er ihre Hand, und diesmal verflocht er seine Finger mit ihren, bevor sie zum Parkplatz gingen. Sie entschied, dass es ihr gefiel, mit Ben Händchen zu halten. Es gefiel ihr sogar sehr.

Sie konnte kaum erwarten herauszufinden, was ihr sonst noch an ihm gefiel.

# Kapitel Fünf

Fünfundvierzig Minuten später stellte sie ihren Wagen in der Auffahrt von Bens Haus in Fieldridge ab, einem nicht weit von Clover Park entfernt gelegenen Ort mit Pferdefarmen und einem Mix aus Häusern, der von älteren Bungalows bis hin zu eleganten Villen hoch oben auf dem Hügel reichte. Ben gehörte eines der neueren Häuser am Fuße des Hügels in einer Siedlung mit Stichstraßen – jener Art von Nachbarschaft, in der Kinder auf der Straße sicher spielen konnten. Sie hatte angenommen, dass er vermögend war, und sein Haus bestätigte es. Sein Geschäft musste ausgezeichnet laufen, denn sie wusste ja, dass er aus einfachen Verhältnissen stammte. Eine alleinerziehende Mutter mit dem Gehalt einer Sozialarbeiterin konnte sich nicht viel Luxus leisten. Ihr Respekt und ihre Bewunderung für ihn stieg noch ein paar Punkte an. Ihr Herz pochte, eine Warnung, ihm nicht zu nahe zu kommen.

*Nein, das wird nicht passieren.* Hier ging es um Sex, nicht mehr. Eine Nacht.

Sie beruhigte sich und folgte ihm von der Garage aus durch die blitzsaubere Waschküche in eine große Gourmetküche mit glänzenden Edelstahlgeräten, weißen Corianarbeitsflächen und eleganten weißen Schränken. Er zog seine Jacke aus und hängte sie an einen Haken im kurzen Flur zwischen der Küche und der Waschküche. Dann half er ihr aus ihrer Jacke und hängte sie neben seine.

„Möchtest du was trinken?", fragte er und ging zu den

Schränken.

Sie stand an der Kücheninsel und wartete auf das, weswegen sie hergekommen war. „Nein, danke."

Er goss sich ein Glas Wasser ein und beobachtete sie über den Rand hinweg, während er trank. „Hast du Lust, dir einen Film mit mir anzusehen?"

„Nicht wirklich."

„Hunger? Ich habe Reste von meinem Thanksgiving-Mittagessen mit meiner Großmutter mitgebracht. Sie isst um zwölf, und um drei hält sie ihren Mittagsschlaf."

Sie hatte Hunger, doch das konnte warten. „Vielleicht später."

Er stellte sein Glas auf die Arbeitsfläche. „Könntest du mir einen kleinen Tipp geben? Ich bin gut, aber nicht so gut." Er ging zu ihr und tippte mit dem Finger an ihren Kopf. „Ich kann keine Gedanken lesen."

Sie blickte zu ihm auf. „Vielleicht können wir nach dem Sex was essen."

Er starrte ihren Mund an. „Dann bist du nur zum Sex hier", sagte er mit rauer Stimme.

„Du nicht?"

„Also, ja, aber–"

„Ich brauche keine Nettigkeiten." Sie schlang die Arme um seinen Nacken. „Fick mich einfach."

Als er die Arme um ihre Taille legte und sie an sich zog, sah er sie mit loderndem Blick an. „Jetzt sprichst du meine Sprache."

„Das ist die Sprache, die alle Männer sprechen."

Er runzelte einen Moment lang die Stirn und starrte sie an, als versuchte er, ihre Seele zu lesen. Oh nein. Sie küsste ihn grob.

Ein tiefes Knurren stieg in seinem Hals auf, und er hob sie auf die Kücheninsel, ohne den Mund von ihren Lippen zu nehmen. Seine Zunge drang in ihren Mund ein, seine große Hand hielt ihren Hinterkopf, die andere Hand glitt ihren Rücken hinunter zu ihrem Po. Als er sich an ihr rieb, hart und heiß, traf er genau die richtige Stelle und jagte eine Welle der Lust durch ihren Körper. Ihre Kontrolle, die ohnehin nur an einem dünnen Faden gehangen hatte, riss. Sie war wild auf ihn, wie sie es noch bei keinem anderen Mann gewesen war.

Sie biss ihm in die Unterlippe, dann saugte sie daran, grub ihre Nägel in seine Schultern und reckte ihm in einer offenen Einladung die Hüfte entgegen.

Er öffnete ihren Mund und hob den Kopf, um sie einen Moment lang anzusehen, bevor er mit der Zunge den Umriss ihrer Lippen nachfuhr. Dann überraschte er sie, indem er fest genug in ihre Unterlippe biss, dass es brannte. Dann saugte er zärtlich daran, um das Brennen zu lindern, strich mit seinen Lippen über ihre und jagte ein heißes Prickeln durch sie hindurch.

Sie riss sein Shirt über seinen Kopf und ließ ihre Hände über seinen Oberkörper fliegen, genoss die Linien seiner muskulösen Schultern, seiner warmen Brust und seines flachen Bauches. Er warf sein Shirt hinter sich, dann riss er ihr ihres vom Leib. Sie packte seinen Kopf und küsste ihn, grob und hungrig, ihr Körper vibrierend vor Erwartung. Seine Hände waren an ihrem BH und öffneten ihn, während sie schnell seine Jeans aufknöpfte. Dann hielt sie ihn in der Hand, hart und dick und streichelte ihn.

Er fluchte, dann gelang es ihm endlich, ihr den BH auszuziehen, und ließ ihn fallen. Er nahm ihre Brüste in seine Hände und betrachtete sie, bevor er den Kopf senkte und daran zu saugen begann. Ihr Atem kam stoßweise, während sie den Rücken durchbog, als ein Verlangen durch sie hindurch schoss, schärfer als alles, was sie je gespürt hatte. Als er einen Moment lang von ihr abließ, öffnete sie ihre Jeans, packte seine Hand und schob sie in ihr Höschen.

Mit vor Verlangen dunklen Augen keuchte er gegen ihre Lippen. „Du bist so verdammt feucht."

„Dann fick mich."

Er schob sie auf der Kücheninsel zurück und zog ihr die

Jeans und das Höschen aus. Als er fertig war, riss sie sofort seine Jeans und seine Boxershorts herunter, doch als sie sich wieder seiner annehmen wollte, wich er zurück.

„Eine Minute", presste er durch die Zähne.

„Hoffentlich länger als das", schnurrte sie. Sie streckte die Hand nach ihm aus, doch er blieb frustrierenderweise außer Reichweite.

Er bückte sich nach seiner Jeans, holte eine Kondompackung aus dem Geldbeutel und riss sie auf.

Einen Moment – einen winzigen Moment – lang machte sie sich Vorwürfe, weil sie nicht an Verhütung gedacht hatte, doch als sie ihm dabei zusah, wie er es überrollte, dick und bereit, wurde das Pochen zwischen ihren Beinen nur intensiver. Scharfes Verlangen überflügelte alle Gedanken. „Ich will dich in mir spüren", sagte sie zu ihm.

Er knurrte, und als er sie packte, klatschten ihre Münder aufeinander, bevor er sie von der Kücheninsel zog und mit einem langen Stoß in sie eindrang. Sie riss sich von seinen Lippen los und schnappte nach Luft. Seine Augen loderten, und sein ganzer Körper war angespannt vor Selbstbeherrschung. Das wollte sie nicht. Sie wollte wild. Sie schlang ihre Beine um ihn und küsste ihn aggressiv. Er verstand die Botschaft und stieß schnell und hart und tief in sie hinein. Sie warf stöhnend den Kopf in den Nacken, als die Anspannung in ihr immer unerträglicher wurde. Heiß und hart und unglaublich gut.

„Komm mit mir", sagte er mit kehliger Stimme.

„Mach du nur", keuchte sie.

„Mit mir", presste er hervor.

Sie schloss die Augen, da sie wusste, dass er das Unmögliche verlangte. Die Chance, dass sie–

Er zog sich aus ihr zurück und stellte sie auf die Füße, doch bevor sie protestieren konnte, drehte er sie um und beugte sie über die Kücheninsel und nahm sie mit einem schnellen Stoß. „Sag mir, was dir gefällt, sexy Maus."

Sie spürte, wie sie rot wurde, als er sie so nannte. Jetzt stieß er langsam und tief in sie hinein und schob seine Hände unter ihre Brüste.

„Ich wette, du bist überall köstlich", murmelte er.

„Schneller", keuchte sie. Sie mochte es wild, keine Zeit für Gerede.

Als er ihren Nippel zwickte, keuchte sie; dann schob er seine andere Hand zwischen ihre Beine und ließ seine Finger kreisen. Der Kontrast zwischen hart und sanft ließ ihren Verstand vollends abschalten. Dann ließ er ihren Nippel los und liebkoste ihre eine Brust, bevor er zur anderen wechselte und ihren Nippel zwischen den Fingern rollte. Ein leises Stöhnen entfleuchte ihren Lippen.

„So ist's gut", gurrte er in ihr Ohr. „Sprich mit mir." Er strich mit seinen Zähnen über ihren Hals, bevor er erneut zustieß, härter diesmal.

Sie ließ den Kopf sinken und ergab sich der Lust, die er ihr bereitete.

„Ja", flüsterte er. „Jetzt sprechen wir dieselbe Sprache."

Er zwickte erneut ihren Nippel, und wieder stöhnte sie. Er stieß tiefer in sie hinein, füllte sie weiter aus und weckte einen süßen Schmerz in ihr. Als er weiter mit ihren Nippeln spielte, spannten sich ihre Muskeln immer weiter an, und ihr Stöhnen wurde lauter, als seine Finger zwischen ihren Beinen fordernder wurden und sie schneller und immer schneller massierten, bis sie am ganzen Körper zitterte und sich ihre Muskeln um ihn schlossen. *Zu viel*, dachte sie verzweifelt. Heiße Glut schoss durch sie hindurch, als er immer und immer wieder in sie hinein stieß und seine Finger sie massierten, bis die Lust wie ein Tsunami durch sie hindurch fegte. Ein spitzer Schrei entfleuchte ihren Lippen und seine tiefe Stimme feuerte sie an.

Sie kam unglaublich intensiv. Ihre Ohren klingelten, ihr Herz raste, ihr ganzer Körper bebte angesichts der Intensität.

„Fuck ja", stöhnte er, packte ihre Hüften und rammte

in sie hinein, bis die Nachbeben so intensiv wurden, dass sie spürte, wie sich der nächste Orgasmus aufbaute, jedoch gerade außer Reichweite blieb. Er fasste um sie herum und presste seine Hand bei jedem Stoß gegen sie. Die Laute, die sie ausstieß, waren animalisch, Laute, die sie nie in ihrem Leben von sich gegeben hatte, und er reagierte sofort und stieß immer härter zu, immer tiefer. Der zweite Orgasmus nahm ihr die Luft. Eine Explosion der Lust, die durch ihren ganzen Körper brandete, bis hinunter zu den Zehen, und sie zittrig und schwach zurückließ. Er zog sie fest an sich und stieß ein letztes Mal in sie hinein, bevor er mit einem gutturalen Grunzen männlicher Befriedigung kam.

Sie versuchte, wieder zu Atem zu kommen, als er den Griff um ihre Hüften lockerte, und ließ ihren überhitzten Körper auf die kühle Kücheninsel sinken. Sie war fassungslos. Er war immer noch in ihr, über ihren Körper gebeugt und küsste sie auf die Schulter. Sie seufzte.

Einen Moment später richtete er sich vorsichtig auf und zog sich aus ihr zurück. „Ich bin gleich wieder da." Wahrscheinlich entsorgte er das Kondom.

Sie richtete sich auf und drehte sich um. An die Insel gelehnt versuchte sie, sich zu sammeln. Sie wollte nicht, dass er ihren zittrigen Zustand ausnutzte. Ihre Gliedmaßen waren schwer und all ihre Verteidigungsmaßnahmen waren heruntergefahren. Sie war verletzlich. Ihren Beinen konnte sie noch nicht vertrauen.

Als sie endlich in der Lage war, ihre Kleider aufzuklauben, kehrte er zurück und überraschte sie erneut. Er ging direkt zu ihr, ohne zögern, immer noch nackt, zog sie sofort in seine Arme und hüllte sie in pure, strahlende Liebe ein. Seine Umarmungen waren anders als alles, was sie in ihrem bisherigen Leben gespürt hatte. Sie entspannte sich, und das zittrige Gefühl war verschwunden. Sie wollte für immer so bleiben. Doch im nächsten Moment drohte angesichts dieses Gedankens Panik in ihr aufzusteigen.

„Heilige Scheiße", murmelte er.

Sie lachte. „Heilige Scheiße trifft es gut."

~ ~ ~

Später an diesem Abend, nachdem sie etwas vom übriggebliebenen Truthahn gegessen hatten und es ihm nicht gelungen war, die Hände von Missy zu lassen, auch wenn beide wieder angezogen waren, entschieden sie gemeinsam, nach oben zu gehen. Runde eins in der Küche war heiß und wild gewesen, unvermeidlich nach all der aufgestauten sexuellen Spannung, doch in Runde zwei wollte Ben es langsam angehen lassen.

Weit gefehlt.

Sobald sie sein Schlafzimmer betraten, klatschten sie aneinander, die Münder hungrig, die Hände gierig, und rissen einander die Kleider vom Leib. Sie fielen ins Bett, oder vielleicht stieß er sie oder sie zog ihn. Es war alles ein fiebriger Wirbel. Er musste die Kontrolle zurückerlangen, sonst würde er nicht lange genug durchhalten, um sie zum Höhepunkt zu bringen.

Er hob den Kopf, bereits keuchend, halb auf ihr. „Diesmal keine Eile."

„Fick mich."

Er strich ihr mit dem Daumen über die volle Unterlippe. Dieser Mund, so schamlos, so sexy. Was hatte sie zuvor gesagt? Sie sprach die Sprache aller Männer? Als wollte sie immer nur blindwütig ficken, schnell und hart. Machte sie das wirklich so an? Denn es kam ihm so vor, als hätte sie vorhin dazu ein bisschen besondere Aufmerksamkeit gebraucht, um zu kommen. Er küsste sie, und sie packte seinen Po, zog ihn an sich und spreizte die Beine für ihn. Sein Herz donnerte in seinen Ohren. Noch nie hatte er jemanden mit einer solchen Intensität gewollt, gefährlich nah dran, sie blindwütig zu rammeln. Doch das war er nicht. Er wollte immer, dass beide ihren Spaß hatten.

Er zog ihre Hände von sich und presste sie oberhalb

ihres Kopfes auf die Matratze, um die Kontrolle zu übernehmen.

Plötzlich schrie sie: „Lass los!"

Erschrocken ließ er sie sofort los. „Sorry!" Scheiße, damit musste sie eine schlechte Erfahrung gemacht haben.

Sie wandte den Blick ab. „Mach das noch einmal, und es wird dir leidtun." Ihre Stimme klang verletzlich.

„Tut mir leid. Ich werde das nicht noch einmal tun. Versprochen."

Sie wandte sich ihm argwöhnisch wieder zu.

„Ich bin harmlos, oder hast du das vergessen?"

Sie atmete tief durch und schloss die Augen. „Das war ein Reflex, alles okay. Küss mich."

Er legte eine Hand an ihre Wange und küsste sie zärtlich. Sie ließ es zu, doch sie erwiderte den Kuss nicht mehr so leidenschaftlich wie zuvor.

Er strich ihr die Haare aus dem Gesicht. „Ich will dich verwöhnen. Darf ich das?"

Sie öffnete die Augen und nickte.

Er strich mit den Lippen über ihre, um sie dazu zu bringen, sie zu öffnen, bevor er sie leidenschaftlicher küsste. Sie erwärmte sich schnell, strich ihm mit den Fingern durchs Haar und erwiderte seinen Kuss. Bald war er sich sicher, dass sie den Schreck überwunden hatte. Dann küsste er zärtlich ihre Schläfe, ihre Nase, ihre Wangen, ihr Kinn und beobachtete, wie sie sich entspannte. „Ich werde jetzt jeden Zentimeter deines sexy Körpers küssen und erkunden, und deine Hände werden die ganze Zeit frei sein, damit du damit tun kannst, was du willst." Er sah ihr in die Augen. „Wie klingt das?"

Ein Lächeln umspielte ihre Lippen, und er war so froh, es zu sehen, dass er zurück lächelte. „Klingt langweilig."

Er sah sie mit gespielter Empörung an. „Langweilig, ich zeig dir, was langweilig ist."

Als er sie kitzelte, quietschte sie und wand sich unter ihm, dann umarmte er sie, bis sie leise seufzte. Das war das

Signal, auf das er gehofft hatte, darum fing er an, jeden Zentimeter ihres Körpers zu liebkosen und zu streicheln. Er liebte es, wie weich sie sich anfühlte, inhalierte ihren blumigen Duft und schmeckte eine sexy Frau, die mit jedem Stöhnen, jedem Erschauern, auf der Klippe absoluter Hemmungslosigkeit balancierte. Er wusste, dass er sie dort hatte, wo er sie haben wollte, als sie anfing, an seinen Schultern zu ziehen, und versuchte, ihn auf sich zu ziehen.

„Ich bin noch nicht fertig", sagte er und ließ die Zunge um ihren Nippel kreisen. „Da musst du schon noch warten."

Da fing sie an, schmutzig zu reden und sich selbst zu berühren. Sie war eine Verführerin, ihre Stimme triefte vor Sex. Es machte seinen Schwanz so verdammt hart, als sie ihm sagte, dass sie ihn in sich spüren wollte, wie tropfnass sie für ihn war und wie hart sie ihn reiten wollte.

Er musste all seine Willenskraft aufbringen, um seine Erkundungen abzuschließen, bevor er sich quasi zwischen ihre Beine stürzte und sie verschlang. Er musste sie zum Orgasmus bringen, bevor er die Kontrolle verlor. Er brachte sie zum Beben, und bald schrie sie, als sie kam wie noch nie zuvor. Erst dann fickte er sie. Oder sie ihn. Schwer zu sagen.

Zuerst war er oben, dann drehte sie ihn mit irgendeiner Ninja-Wrestling-Aktion auf den Rücken und hätte der Nacht beinahe ein jähes Ende bereitet, als ihr Knie seiner Männlichkeit gefährlich nahe kam. Zum Glück hatte er schnelle Reflexe. „Sag mir bitte, wenn du die Position wechseln willst", knurrte er.

„Ich will die Position wechseln", knurrte sie zurück.

Dann war sie auf ihm, und bald rollten sie hin und her, eine Mischung aus Ringen und Ficken. Als er wieder oben war, erklärte sie plötzlich, dass sie so nicht kommen konnte.

„Ich kann dich in jeder Position zum Höhepunkt bringen", sagte er selbstbewusst. Er kannte die Frauen und lernte schnell, wie diese ganz besondere Frau tickte.

„Dann will ich's im Sitzen."

Also setzte er sich auf, und sie kletterte auf seinen Schoß, dann lag er plötzlich auf dem Rücken, Missy wieder auf ihm und ritt ihn wie ein Cowgirl. Als er spürte, wie sich ihre Muskeln um ihn zusammenzogen, ließ er los und ließ die Wucht seines Orgasmus durch sich hindurch schießen. Sein Herz raste. Sein Atem stockte. Es war überwältigend.

Er rang nach Luft und hatte das Gefühl, als hätte er einen Hardcore Ringkampf hinter sich, aus dem beide als Sieger hervorgegangen waren. Es war anders, als jede andere Nummer, die er gehabt hatte, und er fragte sich, was ihn wohl beim nächsten Mal erwarten würde. Scheiße. Es würde kein nächstes Mal geben. Eine Nacht. Kein Übernachten. Das dämpfte seine Euphorie ein bisschen. Er konzentrierte sich auf die Tatsache, dass Missy nicht der Typ Frau war, der den Aufwand des Übernachtens brauchte, was eine Erleichterung war. Wie irgendjemand verknotet mit einer anderen Person auch nur eine Minute schlafen konnte, war ihm immer noch ein Rätsel. Dazu kam, dass man Sachen teilen musste, das Badezimmer zum einen, und seinen Schlafplatz zum anderen. Wenn sie hier übernachtete, würde er seine Morgenroutine an sie anpassen müssen. Die einzige Ausnahme, die er machte, war, wenn er spürte, dass eine Frau postkoital das Bedürfnis hatte, gehalten zu werden. Dann war er bereit, das zu tun, denn er wollte immer, dass die Frau sein Bett mit einem guten Gefühl verließ.

Sie erhob sich von ihm und ließ sich neben ihm auf die Matratze fallen.

In dem Moment, als ihre Wärme seinen Körper verließ, überkam ihn das Gefühl des Verlusts. Offensichtlich wollte seine dumme Libido mehr wilden Sex. Nicht sofort, aber bald. Er atmete tief durch. Fuck, er war zu erschöpft, um daran zu denken. Er wollte nur noch schlafen.

Er sah sie an. Sie lag neben ihm, den Blick an die Decke gerichtet. Wartete sie darauf, dass er sie einlud, die

Nacht hier zu verbringen? Er hatte gedacht, dass sie vereinbart hatten, das nicht zu tun.

Auch er starrte an die Decke und zog ganz bewusst nicht die Decke über sie. Er wollte warten, ob sie es selbst tun oder aufstehen und sich anziehen würde. Dann sah er sie erneut an.

Sie wandte ihm den Kopf zu und lächelte ihn angespannt an, bevor beide wieder an die Decke starrten. Wie unangenehm.

Lange Minuten verstrichen, und seine Haut kühlte ab. Der Wunsch, sich zuzudecken, wurde intensiver, doch er sollte verdammt sein, wenn er der Grund war, dass sie hier übernachtete. Er würde abwarten, was sie tat.

Sie räusperte sich.

„Ja?", fragte er.

„Nichts. Mein Hals hat nur gekratzt."

„Ist dir kalt?" *Willst du vielleicht eine Decke oder dich anziehen?*

„Nein, ich find's angenehm. Du?"

„Ich auch." *Kalt, aber angenehm.*

Verdammt, diese Frau spielte das „Wer zuerst kneift"-Spiel. Sie machte weder Anstalten zu gehen noch zu bleiben, und er konnte sie nicht lesen. Vielleicht wäre es gar nicht so schlimm, wenn sie blieb. Dann könnten sie am Morgen noch mehr wilden Sex haben. Was machte es da schon, wenn er nicht schlafen konnte? Das war es wert.

Fünf Minuten später bemühte er sich, so neutral wie möglich zu klingen, als er sie zum Bleiben einlud. „Möchtest du … ähm … hier übernachten, oder …?"

Sie setzte sich auf. „So sehr ich auch deine widerwillige Einladung zu schätzen weiß–"

„Wer hat gesagt, dass sie widerwillig war?" Vielleicht ein bisschen vage. Einerseits wollte er nicht, dass sie blieb, andererseits jedoch schon.

Sie kniff die Augen zusammen. „Bitte beleidige nicht meine Intelligenz."

Er unterdrückte ein Lächeln. „Es kam mir richtig vor. Ich weiß ja nicht, ob du eine Kuschlerin bist–"

„Das bin ich nicht."

„Cool. Ich auch nicht."

„Wir hatten vereinbart, dass ich nicht hier übernachte", sagte sie ein wenig bissig, schwang die Beine aus dem Bett und stand auf. Dann sammelte sie ihre Kleider vom Fußboden auf, ging ins Bad und schloss die Tür hinter sich. Als hätte er nicht gerade jeden Zentimeter von ihr gesehen, berührt und geleckt. Dass sie sich im Bad anzog und mit so scharfem Ton sprach, bedeutete, dass er die Situation entschärfen musste. Er wollte nicht, dass etwas zwischen ihnen stand, wenn sie einander wiedersahen, was zweifellos passieren würde bei all ihren gemeinsamen Freunden. Er wollte, dass sie mit einem guten Gefühl ging.

Nein, er wollte nicht, dass sie ging.

Er warf den Arm über seine Augen, todmüde aber zum Zerreißen angespannt. Jetzt wusste er nicht, was er wollte, was Missy anging, und aus irgendeinem Grund war sie wütend. Wilder Sex benebelte seinen Verstand.

Er zog die Decke über sich, stopfte ein Kissen unter seinen Kopf und wartete. Als sie schließlich angezogen aus dem Bad kam, versuchte er, sie zu beruhigen. „Hey, sexy Maus."

Sie lachte. „Das ist besser als Kaktus. Danke für heute Nacht. Tut mir leid, dass ich kurz ausgeflippt bin."

„Kein Problem. Das war meine Schuld."

Sie schüttelte den Kopf. „Nein, nicht deine. Daran ist mein Ex–" Sie winkte ab. „Das musst du nicht hören. Das ist lange vorbei."

Offenbar hatte es jedoch immer noch eine Wirkung auf sie. „Ich kann gut zuhören, wenn du darüber reden möchtest." Urteilsfreies Zuhören war fester Bestandteil im Leben mit seiner Mutter gewesen. Das war die Sozialarbeiterin in ihr gewesen. Es hatte nicht bedeutet, dass er als Kind reden wollte, doch er hatte immer gewusst, dass er es konnte.

„Sie kaute auf ihrer Unterlippe herum. „Danke, aber nein danke. Ich möchte einfach das Nachleuchten genießen. Es war … also, du weißt schon, heilige Scheiße." Sie strahlte. „Ich schätze, das heißt, es war gut."

*Gut?* Nur gut? Wie wäre es mit großartig? Herausragend? Phänomenal?

„Ja", sagte er. Der Sex war überwältigend gewesen. Oder nicht? Dass sie am ganzen Körper gezittert hatte, hatte sie doch nicht vortäuschen können. Oder?

Sie schlüpfte in ihre Sneakers. „Happy Thanksgiving."

Ein seltsames Gefühl in seiner Brust alarmierte ihn, denn es fühlte sich wie ein Abschied für immer an. „Dir auch", brummte er.

Sie ging zu ihm hinüber, beugte sich hinunter und küsste ihn. Ein kurzer Schmatzer, nicht mehr, dann ging sie lächelnd zur Tür.

Er ließ sich auf die Matratze fallen, starrte an die Decke und überlegte, was los war mit ihm. Er sollte sich entspannt und glücklich fühlen. Das gab es nicht oft, dass er jemanden fand, mit dem die Chemie so stimmte. Er setzte sich auf, zog das extra Kissen hinter seinem Kopf hervor und warf es aus dem Bett. Dann boxte er auf sein eigenes Kissen ein, ließ sich auf die Seite fallen und starrte in Richtung der offenen Schlafzimmertür.

Sie würde nicht zurückkommen.

Lange Minuten vergingen, und er wurde immer unruhiger.

Er schaltete seine Nachttischlampe aus und schloss die Augen. Doch er konnte nicht einschlafen.

Verdammt. Offensichtlich brauchte er noch eine wilde Nacht, bevor er sie loslassen konnte. Jetzt würde er sie noch einmal verführen müssen.

Im Ernst, wie oft musste sie ihm in den Schoß fallen, um es zu begreifen? Er hatte es begriffen. Das Schicksal brachte sie zusammen. Oh ja, jetzt glaubte er daran. Und wenn das Schicksal einem eine Frau wie Missy über den Weg schickte, hieß man sie mit offenen Armen willkommen, bis es vorbei war. Zwei, maximal drei Nächte sollten reichen. Das hoffte er zumindest. Er wollte nichts Ernstes. Er wollte nur ein bisschen mehr Zeit mit ihr.

In seinem Kopf spielte er noch einmal jede Minute durch und steigerte sich immer mehr in den Gedanken hinein, sie womöglich nie wiederzusehen. Gott, sie war ihm wirklich unter die Haut gegangen.

Stunden später gab er auf und ging ins Bad. Unter der Dusche legte er selbst Hand an und stellte sich ihren sexy Mund auf ihm vor. Bald lehnte er erschöpft an den Fliesen und wusste, dass er härter arbeiten musste, um diese Frau zu bekommen, als er es je zuvor in seinem Leben getan hatte.

# KAPITEL SECHS

Missy trat ihren neuen Saisonjob in der Eastman Mall am nächsten Tag mit so viel stiller Würde an, wie sie angesichts ihres Outfits aufbringen konnte. Sie trug ein Kleid aus grünem Samt mit roter Schärpe und dazu eine weiße Strumpfhose, die mit riesigen Zuckerstangen bedruckt war, spitze Filzschuhe, deren Zehenpartie nach oben gebogen war und sich kringelte, und einen großen, spitzen Hut. Ja, sie war ein Elf.

*Denk an die Kinder.* Die Harpers brauchten sie. Dies war gute, ehrliche Arbeit in Santas Werkstatt. Alles, was sie tun musste, war, die nächsten drei Wochen und vier Tage zu überstehen, dann würde sie genug Geld haben, um zu ersetzen, was Louis gestohlen hatte. Sie würde ihre Weihnachtseinkäufe online erledigen müssen, jetzt, da ihre Freizeit von einem zweiten Job eingenommen wurde. Nicht so befriedigend, wie Geschenke in Geschäften auszusuchen, aber dieses Jahr musste es eben so sein.

Sie war glücklich, dass ihr erster Tag, wenn auch höllisch lang, ohne Zwischenfall verlaufen war. Und viel wichtiger noch: sie war niemandem begegnet, den sie kannte. Natürlich hatte sie niemandem von ihrem neuen Job erzählt – es war ihr einfach zu peinlich.

Heute war Samstag und sie war entschlossen, den Tag mit intakter Weihnachtsstimmung zu überstehen.

„Yo! Neuer Elf", sagte ihr milchgesichtiger Boss. Chris? Christian? Sie konnte sich nicht erinnern. Als er sich ihr gestern vorgestellt hatte, hatte sie außer dem *Klick-Klack* seines Zungenpiercings nicht viel mitbekommen. „Du *klick* hast die *klack* Glöckchen *klick* vergessen."

Sie legte die Hand an ihre Brust, wo ihre Glöckchen-Halskette sein sollte. „Mist. Ich gehe sie schnell holen." Sie musste sie in der Personalumkleide vergessen haben.

„Keine *klick* Zeit", sagte er. „Wir *klack* haben schon *klack* eine Schlange."

Sie spähte um die Zuckerstangensäule herum und sah die lange Schlange von Kindern, die aufgeregt herumzappelten und auf ihren großen Moment mit dem Weihnachtsmann warteten. Ihre Eltern bemühten sich, sie in präsentablem Zustand zu halten, damit sie auf den Fotos für die Weihnachtskarten auch hübsch aussahen.

„Santa ist noch nicht hier", sagte sie. „Ich beeil mich."

„Santas *klick* Ankunft ist für den *klack* dramatischsten Effekt getimt. Warte." Der Junge mit dem Zungenpiercing griff in eine Truhe, die neben der Kamera stand, und holte eine glänzende rote Nase an einem roten Bändel hervor, die aussah, als gehörte sie Pennywise, dem furchteinflößenden Clown aus Stephen Kings *Es*. Sie schauderte.

Er bot ihr die Nase an. „Hier *klick*, du kannst Rudolph sein."

Sie starrte ihn entsetzt an. „Damit sehe ich aus wie ein gruseliger Clown. Da rennen die Kinder doch vor mir davon."

„Du siehst nicht *klack* gruselig aus. Erzähl ihnen einfach, dass du Rudolf, der rotnasige Elf bist."

Sie war so verzweifelt, dass sie sein *Klick-Klack* kaum wahrnahm. Rudolf, der rotnasige Elf oder Pennywise, der furchteinflößende Elf? „Ist da nicht noch was anderes in deiner Truhe?"

Er wühlte darin herum. „Ersatzbrille für Mrs. Claus, weißer Bart für Santa, und jemand hat einen Santa-Bauch dagelassen." Er blickte auf. „Der muss dem dünnen Santa, der gekündigt hat, gehört haben."

„Toll."

„Willst du etwa schon an deinem zweiten Tag rumzicken?", blaffte er und richtete sich zu seiner vollen Größe auf – ganze zwei Zentimeter mehr als ihre eins sechzig. „Nur, weil ich jung bin, bedeutet das nicht, dass ich Insubordination toleriere."

Oh, großes Wort. „Ich zicke nicht", sagte sie und nahm die Rudolph-Nase, setzte sie aber nicht auf. Vielleicht würde er es ja vergessen.

„Lass mich sehen."

Sie setzte die Nase auf. „Fröhliche Weihnachten", sagte sie mit einem strahlenden Lächeln. Wenn sie so jemanden sah, den sie kannte, würde sie sich hinter der nächstbesten Riesenzuckerstange verstecken. Sie war sich sicher, dass sie absolut lächerlich und furchteinflößend aussah. Ihre Freundinnen würden sich vor Lachen am Boden wälzen, wenn sie sie so sahen.

„Perfekt! Die Kinder werden ausflippen."

Und das taten sie auch. Ihre Aufgabe war es, die Kinder zu begrüßen und sie zurückzuhalten, bis sie an der Reihe waren. Nicht ein Kind störte sich an ihrer Nase. Wahrscheinlich hatten sie noch nichts von Pennywise gehört. Die Kleinen zupften an ihrem Kleid und baten sie, sie hochzuheben, damit sie ihre Nase drücken konnten. Es gelang ihr jedoch meistens, sie damit abzulenken, dass sie sie darum bat, „Rudolph, the red-nosed reindeer" zu singen, damit Rudolph sich in der Eastman Mall zu Hause fühlte. Zugegebenermaßen fand sie das niedlich.

Zwei Stunden später schmerzten ihre Füße von den spitzen Schuhen, sie war hungrig und bekam Kopfschmerzen von all den Weihnachtsliedern, die dauernd aus den Lautsprechern in den Zuckerstangen dudelten, und von den Kindern, die begeistert kreischten, wenn sie den Rudolph-Elf sahen. Langsam war es nicht mehr so niedlich. Überhaupt nicht mehr. Und sie schwitzte unter ihrer roten Nase. Sie fürchtete, dass das Rot abfärben und sie ihren

Freundinnen würde erklären müssen, warum sie eine rotnasige Missy war.

Ein kleiner Junge klatschte ein Metallspielzeugauto gegen ihr Schienbein, als er auf sie zustürmte. *Autsch!*

Seine Mom zog ihn weg, doch das Auto verhakte sich an ihrer Strumpfhose. Sie betrachtete den Schaden. Großartig. Jetzt hatte ihre Strumpfhose ein Loch, das wahrscheinlich größer werden würde, je mehr sie sich bewegte. Wenigstens blutete sie nicht.

„Tut mir so leid", sagte die Mutter des Jungen und wandte sich ihrem Sohn zu. „Sag der netten Frau, dass es dir leid tut."

„Tut mir leid", sagte der Junge kleinlaut. „Darf ich deine Nase drücken?"

Missy schüttelte den Kopf. „Nein, aber du kannst für mich ‚Rudolph, the red-nosed reindeer' singen. Santa freut sich immer, wenn Kinder in Weihnachtsstimmung sind."

Der Junge stimmte in schiefen Tönen das Lied an – so schief, dass es in ihren Ohren wehtat.

Sie unterdrückte ein Seufzen. Sie würde sich in der Mittagspause eine neue Strumpfhose kaufen müssen, es sei denn, sie hatten irgendwo Ersatz. Sie ging auf Mrs. Claus zu, die am Rand der Szene stand und lächelnd den Kindern zuwinkte, die an Santas Werkstatt vorbeigingen.

„Haben wir zufälligerweise irgendwo noch mehr von diesen Zuckerstangen-Strumpfhosen?", fragte Missy sie.

„Die sind zu knauserig, um Ersatz zu bestellen", antwortete die Frau mit heiserer Raucherstimme. „Versuch's mal bei dem Weihnachtsladen im zweiten Stock."

Sie überlegte, wie sie ungesehen dorthin und wieder zurückkommen konnte. Sie würde den Aufzug nicht weit von hier nehmen, zu diesem Laden sprinten, dann in die Umkleide und zurück, bevor sie womöglich jemand erkannte.

Ihr Boss tauchte erneut auf, die Hände hinter dem

Rücken, und sah sich in Santas Werkstatt um. Er warf einen Blick auf sie und eilte zu ihr. „Du machst sofort Pause und besorgst dir eine neue Strumpfhose. Am besten mit Zuckerstangenmuster. Rudolph wäre auch akzeptabel." Er holte zwanzig Dollar aus seinem Geldbeutel und drückte sie ihr in die Hand. „Das ziehe ich von deiner Bezahlung ab."

„Danke", presste sie heraus. Sie nahm die furchtbare Nase ab, dann den spitzen Hut und warf sie hinein. Sie wollte ihn gerade auf das Regal unter dem Fototresen legen, als er sie aufhielt.

„Was glaubst du, was du da tust?", fragte er. „Den Hut hast du immer bei dir zu behalten. Weißt du, wie viele Kinder gerne damit spielen würden? Und ich kann dir sagen, Elfenhüte sind nicht billig."

„Okay, okay." Sie klemmte den Hut unter ihren Arm und floh schnell hinter eine Zuckerstangensäule in Richtung des Glasaufzugs in der Mitte der Mall. Der Aufzug war immer gestopft voll, darum würde sie sich in die Mitte quetschen, damit niemand sie sah. Die Rolltreppe war zu riskant – sie war ein ganzes Stück weit weg.

Sie eilte so schnell sie mit ihren spitzen Elfenschuhen konnte darauf zu und kam sich viel mehr wie eine Ente vor. Sie drückte den Rufknopf. *Komm schon, komm schon.*

„Missy Higgins, das muss Schicksal sein!"

*Neeeeeiiiiiiin!*

~ ~ ~

Ben bemühte sich nicht einmal, nicht amüsiert zu klingen. „Weißt du was?", fragte er gedehnt, „ich habe immer diese geheime Elfenfantasie gehabt. Vielleicht sollten wir sehen, was passiert."

Missy, der Elf, drehte sich um und kratzte sich ihre hochrote Wange mit dem Mittelfinger.

Er prustete vor lachen. Seit ihrer gemeinsamen Nacht waren zwei Tage vergangen, und er hatte sie heute anrufen und fragen wollen, ob sie Lust hatte, etwas mit ihm essen zu gehen. Er vermisste sie – und nicht nur den Sex. Sie war humorvoll und intelligent, eine toughe Frau, die genauso gut einstecken wie austeilen konnte, was es angenehm machte, mit ihr Zeit zu verbringen. Mit ihr konnte er sich entspannen und musste sich nicht verbiegen, um keine sensiblen Gefühle zu verletzen. Und er war noch nie jemandem begegnet, der wie er als Baby adoptiert und später als Kind zum zweiten Mal verwaist war. Das war eine einzigartige Gemeinsamkeit. Dazu kam, dass das Schicksal immer wieder ihre Wege kreuzen ließ. Jetzt musste er ihr nur das Elfenhöschen vom Leib quatschen. Trugen Elfen überhaupt Höschen?

Er musterte sie genüsslich. Sie war ein Anblick. Das grüne Samtkleid mit der weißen Fellimitation an den Säumen und dem roten Gürtel in der Taille war sexy, wenn man auf den Elfenlook stand, was er definitiv tat, da sie ihn trug. Hübsch figurbetont mit einem kurzen weiten Rock.

Ihre Augen blitzten. „Halt die Klappe."

Er lächelte. „Ich habe nichts gesagt."

Ein paar Leute traten zu ihnen, um auf den Aufzug zu warten – ein älterer Mann und eine Mutter mit einem kleinen Kind im Sportwagen. Alle starrten sie an, doch sie blickte mit roten Wangen und rotem Hals stur geradeaus.

Als die Aufzugstüren aufgingen, kam ein Haufen Kinderwagen heraus. Ben ließ alle vor ihm einsteigen und folgte Missy hinein.

„Wo willst du hin?", fragte er.

„Zum Weihnachtsladen."

„Zum Weihnachtsladen!", lachte er. „Gehen die Mall-Elfen dort hin, um Spielzeug zu bauen?"

Der ältere Mann schmunzelte.

Der kleine Junge im Sportwagen starrte Missy ehrfürchtig an.

„Ja", zischte sie durch die Zähne. Ihre Wangen waren zwischenzeitlich nicht nur rot, sondern auch noch scheckig.

Selbst ihre Nase war rot. Es war ihr offensichtlich peinlich, dass er herausgefunden hatte, was ihr Nebenjob war. Er sollte nett zu ihr sein.

„Warum ist deine Nase rot?", fragte er. „Ich habe noch nie jemanden so dermaßen rot werden gesehen."

„Ich will nicht darüber reden", knurrte sie.

Sie schwiegen, und alle anderen im Aufzug beobachteten mehr oder weniger diskret den gereizten Weihnachtself.

Als die Türen aufgingen, traten sie hinaus. Er ging neben Missy her, die sich größte Mühe gab, so schnell wie möglich mit ihren lächerlichen Elfenschuhen durch die Mall zu navigieren.

„Warum versuchst du es nicht ohne die Schuhe?", fragte er.

Sie blieb stehen und kniff die Augen zusammen. „Ich versuche, mich zu beeilen. Ich muss eine Strumpfhose kaufen, mich umziehen und was zu Mittag essen und habe dafür eine Stunde Zeit. Für den Fall, dass du es nicht bemerkt hast, die Mall ist rammelvoll und ich bin mir sicher, dass ich im Weihnachtsladen anstehen darf. Wenn ich Pech habe und sie nicht haben, was ich brauche, muss ich vielleicht sogar noch nach einem anderen Laden suchen."

Er streckte ihr die Hand entgegen. „Schuhe."

Sie hielt sich an seinem Arm fest und zog einen Schuh aus. „Wenn du meinst." Sie zog auch noch den zweiten aus und hielt beide in einer Hand. „Was machst du eigentlich hier? Ich dachte, du hättest deine Weihnachtseinkäufe auf dem Basar erledigt."

„Das waren Großmutters Weihnachtseinkäufe."

Sie eilte weiter, viel schneller ohne Schuhe. „Dann stürzt du dich hier ins Getümmel, für …?"

„Eine Uhrenbatterie."

„Oh je. Hättest eine online bestellen sollen."

„Ist ein Großmutter-Notfall." Davon abgesehen hatte

die Mall eine Batteriewechselstation und war nicht weit von seinem Haus entfernt.

Missy schmunzelte.

Jetzt, da er darüber nachdachte, war es tatsächlich seltsam. Seine Großmutter hatte sich furchtbar über die Uhr aufgeregt, die andauernd nachging, und gesagt, dass sie sich „desorientiert" fühlte und immer wieder zu spät kam, auch wenn sie an diesem Morgen zum Frühstück bei ihm pünktlich wie immer gekommen war. Sie bestand darauf, einmal pro Woche nach ihm zu sehen, um sich persönlich zu versichern, dass er sein Haus nicht „vor die Hunde" gehen ließ. Er hielt es für eine Ausrede, ihn zu sehen, da er eine Putzfrau hatte, und sie wusste es.

Beim Frühstück hatte sie ihm erzählt, dass sie einen seltsamen Traum gehabt hatte, in dem er eine Rothaarige geheiratet hatte. Sie hatte oft bizarre Träume, die er meistens mit einem Nicken abtat, doch jetzt sah er die Brünette vor sich an, von der er wusste, dass sie eigentlich eine Rothaarige war, und wurde argwöhnisch. Das war das zweite Mal in kurzer Zeit, dass seine Großmutter ihn losgeschickt hatte, etwas für sie zu erledigen, und beide Male war er Missy begegnet. War Missy vielleicht mit seiner Großmutter befreundet? Sie besuchten dieselbe Kirche, doch seine Großmutter hatte einen anderen Nachnamen als er, darum wusste Missy vielleicht nicht einmal, dass sie verwandt waren.

Er wollte sie gerade fragen, als Missy plötzlich ausrutschte und ihr Hut und ihre Schuhe durch die Luft flogen, bevor sie auf dem Hinterteil landete. Sie fluchte wie ein Seemann.

Er sammelte ihre Sachen ein. „Bist du verletzt?"

„Nur mein Stolz."

Er lächelte. „Nennst du deinen Hintern etwa so?"

Sie warf ihm einen bösen Blick zu.

Er bemühte sich, nicht zu sehr zu grinsen. „Witzig, dass wir beide vor den Augen des anderen auf dem Hintern gelandet sind. Man könnte meinen, dass wir übereinander her fallen." Er zwinkerte und bot ihr die Hand an, um ihr aufzuhelfen.

Sie ignorierte sie und stand schnell auf, dann nahm sie ihre Schuhe und ihren Hut zurück. „Hast du nicht eine Uhrenbatterie zu kaufen?"

Er klopfte auf seine Hosentasche. „Hab ich schon. Ich wollte gerade gehen, da habe ich einen süßen Elf gesehen."

„Lach du nur!" Sie ging jetzt ein bisschen langsamer, wahrscheinlich tat ihr der Po von der harten Landung weh.

Sofort tat sie ihm leid. „Tut mir leid. Ich war unsensibel, was deine Elfensituation angeht. Elfen haben auch Gefühle. Komm, lass mich deinen Elfenhut und deine Elfenschuhe halten."

„Kannst du nicht noch öfter Elf sagen?" Sie drückte ihm beides in die Hand, offensichtlich froh, sie loszuwerden.

„Elf."

Sie kniff die Augen zusammen und sah absolut niedlich aus in ihrem kleinen grünen Elfenkleid.

Er verkniff sich ein Lachen. „Was? Du hast mich selbst darum gebeten. Kann ich dich wenigstens als Entschädigung für meine Elfen-Insensibilität zum Mittagessen einladen?"

Sie warf ihm einen Seitenblick zu. „Das musst du nicht. Aber ich würde es wirklich zu schätzen wissen, wenn du niemandem erzählen würdest, was du heute hier gesehen hast."

„Ich schweige wie ein Grab."

Als sie den Weihnachtsladen erreichten, nahm sie ihren Hut und ihre Schuhe wieder an sich. „Dann, ähm, Tschüss. Bitte vergiss diese peinliche Begegnung."

„Mir ist sie überhaupt nicht peinlich."

Sie warf die Hände in die Höhe.

Er grinste. „Was willst du kaufen?"

„Strumpfhosen mit Zuckerstangen oder Rudolph drauf.

Meine dämliche Strumpfhose hat ein Loch."

Er hatte es bemerkt, jedoch nichts gesagt, da sie sich schon mehr als genug schämte. „Ich dachte, du machst einen auf Gothic-Elf."

Sie lächelte. „Ich brauche was, das hierzu passt." Sie griff in den Hut, um ihm ihre rote Rudolph-Nase zu zeigen. Er presste die Lippen aufeinander. Gut, dass er sie nicht damit gesehen hatte, sonst hätte er wahrscheinlich gar nicht mit dem Lachen aufhören können.

Sie wirbelte herum und ging in den Laden. Er holte tief Luft und folgte ihr in die weihnachtliche Vorhölle. Die Musik war ohrenbetäubend – irgendetwas mit einem Weihnachtsesel, grelle Lichter blitzten an Weihnachtsbäumen, und ein riesiger aufblasbarer Schneemann mit einem durchsichtigen Bauch, in dem ein Schneegestöber tobte, stand mitten im Laden.

Er blieb hinter ihr am Socken- und Strumpfhosenständer stehen. „Welche Größe brauchst du?"

Sie zuckte zusammen. „Gott, Ben, schleich dich doch nicht so an mich ran."

„Ich bin nicht geschlichen. Du warst nur verloren in der Schönheit ... all dieser Mistelzweig-Stumpfhosen? Gott ja, ich stell mich gern mit dir darunter."

„Worunter?", fragte sie geistesabwesend.

Er lachte.

„Wie alt bist du noch einmal?" Sie nahm eine weiße Strumpfhose mit kleinen Weihnachtsbäumen. „Das muss reichen."

„Ich bin einunddreißig ... Und wie alt bist du?"

Sie presste die Lippen aufeinander und versuchte, nicht zu lachen, auch wenn ihre Augen amüsiert glitzerten, bevor sie zur Kasse ging.

Er folgte ihr. „Ja, mach dir keine Sorgen wegen dieser Mistelzweigstrumpfhosen. Ich habe ein gutes Gefühl, was diese Elfenhöschen angeht."

Sie warf ihm einen finsteren Blick zu. „Schh."

Er lächelte und zeigte seine Grübchen. Ja, das war ein Lächeln, das Elfenhöschen zum Schmelzen bringen konnte.

Sie schüttelte den Kopf und lachte, als sie sich an der schier endlosen Schlange anstellte.

„Was möchtest du zu Mittag essen?", fragte er. „Ich kann es besorgen, während du dich umziehst."

Sie drehte sich überrascht zu ihm um. „Das wäre eine große Hilfe. Normalerweise bringe ich mir was mit, aber gestern Abend hatte ich nicht mehr die Energie, einkaufen zu gehen."

„Siehst du, ich kann rücksichtsvoll und aufmerksam sein und …" Er hielt inne und versuchte, an weitere Eigenschaften zu denken, die Frauen mochten, als sie den Satz für ihn beendete.

„Und nicht zu vergessen bescheiden. Kannst du mir einen Tacosalat vom Mexikaner im Food Court besorgen?"

„Sí, sí Señorita. Ich lad dich ein, okay?"

Sie nickte und lächelte. „Gracias."

„Gib mir dein Handy. Ich tipp dir meine Nummer ein, damit du mir schreiben kannst, wenn du runter zum Food Court kommst."

Sie holte ihr Handy aus der Tasche ihres Rocks und gab es ihm. Das war ein Fortschritt. Er speicherte seine Nummer und gab ihr das Handy zurück. „Bis gleich."

Sie wandte sich der Schlange zu. „Bis gleich."

Zwanzig Minuten später vibrierte sein Handy mit einer Nachricht von Missy. *Alles klar.*

*Bin gerade beim Bezahlen. Wo bist du?*

*Sitze gegenüber von Yo-Fro.*

Er drehte sich um und ließ den Blick über die Menge schweifen, bis er sie sah. Sie sah erschöpft aus, so wie sie den Kopf in ihre Hände gestützt hatte. Schuldgefühle nagten an ihm. Das arme Ding hatte zwei Jobs, und er hatte sich über sie lustig gemacht.

Er ging hinüber zu ihrem Tisch, stellte ihr Mittagessen vor sie und nahm gegenüber Platz. Sie machte sich sofort über den Salat her, als wäre sie am Verhungern.

Nach ein paar Bissen hielt sie inne und blickte zu ihm auf. „Willst du nicht auch was essen?"

„Ich bin immer noch voll vom Frühstück. Omelette mit allem Drum und Dran. Meine Spezialität. Vielleicht serviere ich es dir ja eines Tages mal."

Sie antwortete mit vollem Mund. „Lass uns nicht so tun, als wolltest du, dass ich die Nacht bei dir verbringe."

Er beugte sich vor. „Ich wollte dich heute anrufen."

Sie schob sich einen weiteren Bissen in den Mund, kaute und schluckte. „Ich habe dir meine Nummer nicht gegeben."

„Ich hab sie herausgefunden. Ich kann fast alles im Internet finden."

Sie runzelte die Stirn, sagte jedoch nichts.

„Doch dann habe ich dich hier getroffen. Missy –" Er holte tief Luft. „– Ich glaube, wir sind noch nicht fertig."

Sie öffnete die Wasserflasche, die er ihr mitgebracht hatte, und trank einen langen Schluck.

„Hast du Lust, heute Abend mit mir essen zu gehen?", fragte er.

Sie stellte die Flasche ab. „Kann nicht. Hab schon was vor."

„Was denn?"

„Was mit meinen Freundinnen", sagte sie ausdruckslos.

„Wie wäre es mit danach?"

Sie spießte eine Gabel voll Salat auf. „Zum Gelegenheitssex? Nein, danke."

Sein Hals brannte. Es hatte sich tatsächlich so angehört. So viel zum Thema Charme. „Wie wäre es mit einem Date am Sonntag?"

„Da arbeite ich." Sie ließ die Gabel sinken. „Schau, Ben, wir hatten uns auf eine Nacht geeinigt. Ich weiß nicht, was du noch von mir willst."

Er wollte mehr Zeit mit ihr. „Was ist schon ein Mal mehr? Wir laufen einander so oder so immer wieder über den Weg."

„Tut mir leid. Es ist nur–"

Er hob die Hand. „Nein, es muss dir nicht leidtun. Ich verstehe."

Sie lächelte. „Danke. Und danke für das Mittagessen. Ich weiß deine Hilfe heute zu schätzen."

Er war noch nie zuvor in einer Situation gewesen, in der er mehr aus einem One-Night-Stand machen wollte. Normalerweise waren es die Frauen, die mehr von ihm wollten, nicht anders herum. War es sein Jagdinstinkt?

Irritiert, dass er so außer Form war, hielt er den Mund. Sie aß weiter, voll und ganz auf ihren Salat konzentriert.

Schließlich musste er fragen. „Warum arbeitest du als Elf?"

Als sie aufblickte, waren ihre Wangen wieder gerötet. „Ich dachte, ich hätte das schon erwähnt. Ich will nur ein bisschen Extra für die Feiertage verdienen."

„Für Geschenke?"

„Ja."

Er studierte ihre Miene. Es schien, als wäre es harte Arbeit für ein paar extra Geschenke. Er beugte sich vor. „Warum machst du es wirklich? Ich kann mir nicht vorstellen, dass es dir Spaß macht, ein Weihnachtself zu sein."

Sie seufzte. „Ich habe einen guten Grund."

„Und der wäre?"

Sie schwieg und legte die Gabel ab, als hätte sie den Appetit verloren.

Sein Instinkt sagte ihm, dass es etwas Ernstes sein musste. Sie brauchte offensichtlich Hilfe. Und wenn eine Frau Hilfe brauchte, stand er nicht tatenlos herum. Er hatte sich sein halbes Leben um seine kranke Mom gekümmert – durch den Tumor in ihrem Gehirn hatte sie unter furchtbarer Migräne gelitten, und oft war er eher der Erwachsene gewesen. Sie hatte ihn Super-Ben genannt, weil er immer zur Rettung geeilt war. Es war ein Teil von ihm, den er nicht einfach so abstellen konnte.

Er sah sie ernst an. „Missy, du kannst es mir sagen. Von mir erfährt niemand was."

Sie kaute auf ihrer Unterlippe herum. „Ich habe Geld gesammelt, um einer bedürftigen Familie zu Weihnachten unter die Arme zu greifen. Darum ging es bei dem Basar in der Kirche. Alle da haben einen Großteil ihrer Gewinne gespendet, und dann hat jemand das Geld gestohlen. Mehr als zweitausend Dollar. Ich versuche, es zu ersetzen."

„Hast du den Diebstahl angezeigt?"

„Nein. Ich wollte nicht, dass jemand mitbekommt, dass die ganze Arbeit, die wir in den Basar gesteckt haben, vergeblich war. Ich wollte es ersetzen und gut. Ich bin diejenige, die alles organisiert hat, und ich bin diejenige, die die Weihnachtseinkäufe für die Familie macht."

Mit einem unerwarteten Kloß im Hals starrte er sie an. Sie hatte diesen lächerlichen Elfenjob angenommen, um einer bedürftigen Familie zu helfen? Sie war nicht nur eine starke Frau, tief im Inneren hatte sie auch noch tiefes Mitgefühl für andere. Das bedeutete ihm viel, denn es war etwas, das ihm seine Mutter immer ans Herz gelegt hatte. „Missy, ich gebe dir das Geld–"

„Nein, es ist mein Problem. Ich löse es."

Er seufzte. „Warum ist es dein Problem? Es ist ja nicht so, als hättest *du* das Geld gestohlen."

„Weil es einfach mein Problem ist. Vergiss es einfach." Sie brach ein Stück der Taco-Salatschale ab und kaute es energisch. Sie war so was von stur.

*Tu es nicht. Biete ihr nicht den verdammten Bürojob an.*

Es wäre die Hölle, da er wusste, wie sehr er sie wollte, da er wusste, wie gut es sein könnte, wie sehr er sie mochte und dass er mehr Zeit mit ihr verbringen wollte. Da wäre es grausam, eine Linie der Professionalität zwischen ihnen zu ziehen. Er konnte sie nicht tagein tagaus in seinem Büro haben und seine Instinkte leugnen.

Sie stand abrupt auf, nahm ihre Elfenschuhe, die sie

über ihre Stuhllehne gehängt hatte, und zog sie an. „Ich muss zurück zur Arbeit. Danke fürs Mittagessen."

Er stand auf und nahm ihr Tablett vom Tisch. „Ich bring dich zum Nordpol, damit du unterwegs nicht von Kindern angefallen wirst."

„Ich mache mir eher Sorgen, dass du mich anfallen könntest."

Tiefschlag. „Im Ernst?"

Sie lächelte und drückte seinen Arm. „War ein Witz. Du hast mir heute sehr geholfen."

„So bin ich nun mal." Er brachte das Tablett zum Förderband, dann fuhren sie die Rolltreppe vom Food Court zu Santas Werkstatt hinauf.

Sie wandte sich ihm zu. „Weißt du, was das Gute daran ist, ein Elf mit Rudolphnase zu sein?"

Er lächelte. „Was?"

„Dass man Weihnachtsstimmung verbreitet", sagte sie mit todernstem Gesicht.

Sie lachten.

„Nein, im Ernst. Das ist es wert", sagte sie. „Auch wenn ich zugeben muss, dass ich bei der Nase zuerst an Pennywise gedacht habe. Du weißt schon, diesen furchteinflößenden Clown aus *Es*?"

Er lachte. „Glaub mir, in diesem Aufzug bist du ganz sicher nicht furchteinflößend."

„Wohl war. Den Kindern hat's gefallen. Aber am wichtigsten ist für mich, den Harper-Kindern ein schönes Weihnachtsfest zu bereiten. Sie sind drei, und ich glaube, die zwei Jüngsten glauben noch an den Weihnachtsmann. Sie haben so viel durchgemacht, da will ich, dass ihr erstes Weihnachten in ihrem neuen Zuhause perfekt wird."

Seine Brust schmerzte angesichts ihrer Worte. „Du bist ein guter Mensch, Missy Higgins."

Sie wurde rot. „Das bin ich nicht alleine. Eine Menge Leute haben geholfen."

„Sag einfach danke."

„Ich kann nicht gut mit Komplimenten umgehen."

Er wackelte mit den Brauen. „Wie wäre es dann damit: Du bist ein schöner –" Er beugte sich zu ihrem Ohr herunter – „oder wenn ich das so sagen darf, ein sexy Elf."

Sie prustete vor Lachen. „Das darf ich mir nicht zu Kopf steigen lassen, sonst passt mein Hut nicht mehr."

„Weißt du, was dir fehlt? Ein paar Elfenohren."

„Sag das bloß nicht zu laut. Mein Boss würde sich sofort darauf stürzen."

„Und vielleicht ein paar Glöckchen …"

„Gott, ich bin schon in Schwierigkeiten, weil ich meine Glöckchen-Kette vergessen habe. Scheiße. Jetzt habe ich sie schon wieder vergessen. Ich war doch gerade in der Umkleide. Ich habe mich so beeilt, dass ich gar nicht daran gedacht habe."

„Das ist sicher nicht so schlimm."

Als sie die Rolltreppe verließen und in Richtung von Santas Werkstatt gingen, erzählte Missy ihm von ihrem milchgesichtigen Boss mit dem klappernden Zungen-piercing und imitierte ihn: „Den Hut musst du immer bei dir behalten!", keifte sie. „Ich kann dir sagen, dass Elfenhüte nicht billig sind!"

„Da bin ich ja froh, dass du das lustig gefunden hast", zischte eine Stimme.

Beide wirbelten herum und blickten einem kleinen, rotgesichtigen Jungen ins Gesicht, der unmöglich älter als zwanzig sein konnte und quasi schäumte. „Du bist gefeuert."

„Was?", keuchte Missy. „Tut mir leid, das war unangebracht. Wird nicht wieder vorkommen."

Der Junge sah sie kühl an. „Der Sicherheitsdienst wird dich zur Umkleide begleiten. Ich will das Kostüm zurück, einschließlich der Glöckchenkette."

Als Missy ihn verzweifelt ansah, mischte Ben sich ein. „Sie hat gesagt, dass es ihr leid tut. Wir haben nur Spaß gemacht."

„Das können Sie gerne dem Sicherheitsdienst erzählen." Das kleine Wiesel winkte einen Wachmann herbei. Der Wachmann, ein glatzköpfiger Mann mit dickem Bierbauch, kam gelangweilt herüber.

„Es war meine Schuld", sagte Ben. „Ich habe meinen Boss imitiert und sie ihren."

Missy warf ihm einen überraschten Blick zu. Er zuckte mit den Schultern. Es war schwer zu leugnen, was passiert war, wenn der Wicht es gehört hatte.

Missy wandte sich ihrem Boss zu, als der Sicherheitsmann dicht neben sie trat. „Ich laufe schon nicht weg, du Arschloch", blaffte sie. „Hier." Sie drückte ihm den Hut und Rudolphs Nase in die Hand. Dann zog sie die Schuhe aus und warf sie nach ihm.

„Hey!" Der Junge duckte sich. „Sie hat mich angegriffen! Haben Sie das gesehen?"

„Warum versuchst du nicht, einen Elf zu spielen?", zischte Missy. „Du siehst eh schon aus wie ein Troll."

Als sie auf dem Absatz kehrt machte und davon stürmte, eilte ihr der Sicherheitsmann hinterher.

Ben musste nicht zweimal darüber nachdenken. Er ließ den Wicht stehen und folgte ihr. Die Sache war klar. Er würde ihr den Bürojob anbieten.

# Kapitel Sieben

Missy kam in ihrer Wolljacke, Pullover und Jeans aus der Personalumkleide, das Elfenkostüm immer noch in der Hand und immer noch wütend, dass sie nicht nur gefeuert wurde, sondern ihr Boss auch noch den Sicherheitsdienst gerufen hatte. Welche Frau, die auch nur halbwegs bei Verstand war, würde sich irgendwo außer hier in diesem Elfenfummel zeigen?

Sie trat durch den Mitarbeiterausgang hinaus in die Mall, wo der Sicherheitsmann sie mit strenger Miene erwartete. Wortlos gab sie ihm das Kostüm, und er marschierte davon.

Als sie sich umdrehte, sah sie Ben, der neben dem Ausgang an der Wand lehnte. Er hob die Hand. Offensichtlich hatte er auf sie gewartet. Sie winkte ihm zu. Jetzt, wo sie nicht mehr dieses peinliche Elfenkostüm trug und ihm dadurch keine Munition mehr gab, nahm sie sich einen Moment Zeit, ihn genauer anzusehen. Seine kurzgeschnittenen Haare, die scharfen Linien seiner Wangen- und Kieferknochen, sein großer, muskulöser Körper, zu dem seine schwarze Lederjacke und die ausgewaschene Jeans perfekt passten – alles zusammen machte den Look tough und sexy. Sie mochte den Kontrast zwischen seinem Look und seiner rücksichtsvollen, aufmerksamen Art. Sie war noch nie einem anderen Mann wie ihm begegnet.

Sicher, er hatte kein Problem damit, sie zu necken,

doch er konnte ernst sein, wenn die Situation es erforderte. Wie als sie im Bett Panik geschoben hatte, als er ihre Handgelenke festgehalten hatte. Ihr Ex, Louis, hatte das oft getan – ihre Handgelenke mit der einen Hand über ihrem Kopf festgehalten und sie dann mit der anderen geschlagen. Er hatte immer darauf geachtet, keine Blutergüsse zu hinterlassen, sie jedoch für jeden Fehler, ob nun real oder eingebildet, „bestraft". Später hat es ihm dann immer leid getan, und er überschüttete sie wochenlang mit Aufmerksamkeit und Geschenken und versprach, dass es nie wieder passieren würde. Sie hatte ihn geheiratet, als sie achtzehn gewesen war, verängstigt und allein, und er hatte versprochen, sie zu beschützen. Das erste Jahr ihrer Ehe war gut gewesen, dann hatten die Misshandlungen angefangen, die sie zwei Jahre lang ertragen hatte. Es begann schleichend. Eine Ohrfeige hier und da, Anschreien, Reißen an den Haaren. Irgendwann hatte sie sich den Tatsachen gestellt und die Scheidung verlangt. Damals hatte er sie gewürgt und gedroht, dass er sie eher umbringen, als sie gehen lassen würde. Nur mit Glück war sie ihm entkommen, indem sie die Nachttischlampe ergriffen und ihn damit k.o. geschlagen hatte.

Ihr Boss, Amy, hatte Missy geholfen, aus Kalifornien zu fliehen, und ihr einen neuen Job in Seattle vermittelt. Amy war auch diejenige, die Missy geholfen hatte, einen Anwalt zu finden und die Scheidung einzureichen. Missy schickte Amy immer noch, wann immer sie konnte, Geld, um die Anwaltsgebühren, die sie ihr vorgestreckt hatte, abzubezahlen. Das Leben ging weiter, und Missy war viel smarter, was Männer anging. Liebe war das Risiko nicht wert. Niemand würde wieder eine solche Macht über sie haben.

Sie ging auf Ben zu. Er straffte seine Haltung und kam ihr entgegen.

„Das ist das erste Mal in meinem Leben, dass ich gefeuert worden bin." Sie warf die Hände in die Höhe.

„Von einem Job als Weihnachtself!"

Er antwortete in ernstem Ton. „Du brauchst einen Job, ich habe einen Job für dich. Komm und arbeite für mich und Logan. Wir brauchen jemanden im Büro. Unsere Sekretärin kommt erst nach Neujahr wieder. Ihre Tochter hat gerade ein Baby bekommen und sie ist nach Vermont gegangen, um bei ihr zu sein."

„Für dich arbeiten?", echote sie, geschockt von seinem Angebot. Ben in einer Autoritätsposition über ihr? Ben, der sie im Büro in Versuchung führte? Ben, Ben, Ben, jeden Tag für die nächsten dreieinhalb Wochen? Das klang nach Ärger. Er würde auf mehr als nur eine Weise obenauf sein wollen. „Ben, ich weiß dein Angebot wirklich zu–"

Er unterbrach sie. „Ich weiß, dass du etwas ganz Besonderes für diese Familie tun willst, und ich verstehe, dass du das Geld dafür auf deine eigene Weise beschaffen willst. Wenn du uns ein bisschen im Büro helfen willst, gehört der Job dir. Im Büro sind nur Logan und ich. Geht ziemlich ruhig zu. Keiner von uns ist der Typ Boss, der dir dauernd über die Schulter blickt. Und Sabrina arbeitet im selben Gebäude. Du könntest dich mit ihr zum Lunch treffen oder so."

Ihre Entschlossenheit abzulehnen, geriet ins Schwanken. Es klang wirklich gut. Sabrina war eine gute Freundin und wohnte auf demselben Flur nur ein paar Türen weiter. Sie war eine ihrer ersten Freundinnen geworden, als sie nach Clover Park gezogen war. Und Ben wäre ja nicht wirklich ihr Boss, überlegte sie. Sie würde ihn und Logan nur ein paar Wochen aushelfen. Logan, der jüngste Sohn aus dem Campbell-Clan, war ein ganz Lieber, locker und entspannt. Mit ihm würde sie problemlos zurechtkommen. Dazu kam, dass es so viel einfacher sein würde, am Schreibtisch zu arbeiten, als sich als Elf in der Mall erniedrigen zu lassen. Die einzige Alternative, die ihr bisher eingefallen war, war, sich bei einem Einzelhandelsgeschäft in der Mall für einen Aushilfsjob zu bewerben.

Sie kam zu dem Schluss, dass sie für sie arbeiten konnte, wenn beide sich professionell verhielten. „Ich arbeite seit elf Jahren im Büro, sechs Jahre davon als persönliche Assistentin, und ich kenne mich mit den üblichen Office-Anwendungen aus, einschließlich Tabellenkalkulation und Datenbanken. Ich bin jetzt bei einer Baufirma, aber davor habe ich sechs Jahre lang für ein Technologieunternehmen in Seattle gearbeitet."

„Das ist perfekt – wir sind ja quasi ein Technologieunternehmen. Logan ist der Technik-Guru, ich bin eher der Zahlenmensch."

Sie nickte. „Normalerweise arbeite ich bei Marino & Capello Construction, doch zu dieser Jahreszeit ist es ruhig, da arbeite ich nur halbtags. Wäre nachmittags okay für dich?"

Er blickte über ihre Schulter. „Sicher. Der Job ist nur bis Weihnachten. Über die Feiertage haben wir geschlossen."

Sein Ton war so emotionslos, so distanziert, dass sie anfing, sich Sorgen zu machen. „Bist du sicher, dass du willst, dass ich den Job annehme?"

Als er ihr in die Augen blickte, wirkte er bedrückt. „Ja, ich bin mir sicher."

„Weil du meine Fähigkeiten brauchst?", fragte sie. Sie war diesen ersten Ben nicht gewohnt. Irgendetwas stimmte nicht.

Er atmete scharf aus. „Weil du einen Job brauchst."

„Sie starrte ihn an. „Das ist der Grund?"

Er presste die Lippen aufeinander, bevor er mit sonorer Stimme hinzufügte: „Und ich brauche eine Sekretärin."

Sie verschränkte die Arme. „Solange wir uns ganz professionell verhalten."

„Natürlich", antwortete er. „Zweifelst du etwa daran, dass ich mich professionell verhalten kann?"

Sie öffnete ihre verschränkten Arme, ein wenig überrascht von seinem feindseligen Ton. „Das habe ich nicht gemeint … tut mir leid. Wirklich. Ich schätze, es ist wegen zuvor …" Sie unterbrach sich und entschied, dass es angesichts ihrer neuen beruflichen Beziehung besser war, ihren One-Night-Stand nicht zu erwähnen. „Danke, ich nehme dein Angebot an."

„Spuckeschwur." Er tat so, als spuckte er in seine Hand, ein Anflug von Amüsement in seinen Augen. „Ganz professionell."

Sie entspannte sich, erleichtert, dass er wieder ganz der Alte zu sein schien. Sie tat so, als spuckte sie in ihre Handfläche und schüttelte seine Hand.

„Ihhh!" Er ließ ihre Hand los. „Schleimig. Du hättest nicht wirklich spucken sollen."

Sie lachte, denn es nahm ihr eine schwere Last von den Schultern. Sie würde den Harpers helfen. Und es würde Spaß machen, mit Ben zu arbeiten. Solange sie im Büro ein bisschen Abstand hielten, würde niemand in Versuchung kommen. Und Logan würde auch da sein, darum ging sie nicht davon aus, dass er sie vor seinem Geschäftspartner küssen würde.

Sie ging zum Ausgang und plante bereits die Erledigungen, die sie an diesem plötzlich frei gewordenen Nachmittag in Angriff nehmen wollte. Lebensmittel einzukaufen stand ganz oben auf der Liste.

Ben ging neben ihr her. „Willst du irgendwas Schriftliches? Einen offiziellen Arbeitsvertrag?"

„Nein, das brauche ich nicht. Dein Wort reicht mir."

„Gut, mein Wort ist Gold wert."

„Da bin ich mir sicher."

Er blieb stehen. „Ich meine es ernst. Ich würde ein dir gegebenes Versprechen nicht brechen. Niemals. Und schon gar nicht im Geschäft. Ich werde dich wie jeden anderen Mitarbeiter behandeln."

Er sagte genau die richtigen Dinge, doch ein Teil von ihr war enttäuscht. Es war auch irgendwie enttäuschend nach all ihrer … ähm … Chemie. „Danke, Ben, ich freu mich drauf."

„Dann sehe ich dich am Montag", sagte er knapp und ging zum Ausgang.

Sie blickte ihm hinterher, bewunderte seine Rückansicht und seufzte. Warum wollte sie ihn jetzt, nachdem er geschworen hatte, professionell zu sein, noch mehr? Es war eine ritterliche Geste, ihr einen Job zu geben, um sie zu beruhigen.

Dieser Mann war schlimmer als Ärger. Er war unwiderstehlich.

~ ~ ~

Nach der Elf-Uhr-Messe am nächsten Morgen verließ Missy die Kirche und sah die supersüße Mrs. Walsh, die ihr auf dem Gehsteig lächelnd zuwinkte. Sie trug einen pinkfarbenen Daunenmantel mit einer passenden fuchsiafarbenen Mütze über ihren kinnlangen weißen Haaren.

Missy legte eine Hand auf Mrs. Walshs Arm. „Sind Sie sicher, dass sie bei diesem Wetter draußen sein sollten?" Es war kalt genug, um zu schneien, und letzte Woche hatte die alte Dame erwähnt, dass sie sich nicht gut fühlte.

Mrs. Walshs Atem kam als weiße Wolke aus ihrem Mund. „Unsinn, mir geht's wieder gut. Ich habe gehört, dass Ihr Basar ein großer Erfolg war. Meinen Glückwunsch!"

Ihr Magen rebellierte, und die Scham über das verlorene Geld hätte sie fast ihr Lächeln verlieren lassen, doch Missy schluckte und sagte: „Danke, das war es. Alle haben wirklich hart gearbeitet."

„Seien Sie nicht so bescheiden. Wir alle wissen, dass sie alles organisiert haben."

„Es war eine Gruppenleistung."

„Bah. Was gibt's sonst Neues?"

Missy bemerkte die Harpers, die die Kirchentreppe

hinunter kamen. Rena, eine zierliche Brünette mit langen Haaren, fiel es schwer, ihre wilden Söhne Todd und Will davon abzuhalten, zu rennen. Ihre zehnjährige Tochter Madelyn trug eine rosa Jacke, die eine Nummer zu klein war, und folgte ihrer Familie mit eingezogenem Kopf. Ein schweres Gewicht legte sich auf Missys Brust. Sie erinnerte sich nur zu gut daran, wie es war, ein Teenager zu sein und Kleider zu tragen, die nicht passten, weil niemand Geld für neue hatte – und schlimmer noch, wie es war, als ihre Welt plötzlich auf den Kopf gestellt wurde. Das würde das erste Geschenk sein, das sie kaufen würde – eine neue Winterjacke für Madelyn. Ein kleiner Trost, doch manchmal konnten kleine Dinge Kindern die Welt bedeuten.

„Guten Morgen, Rena!", rief Mrs. Walsh. „Und euch auch, Todd, Will und Madelyn."

„Wie geht's euch?", rief Missy.

Die Jungen waren zu beschäftigt damit, einander zu schubsen, um sie zu bemerken.

„Hi", sagte Madelyn leise, vergrub die Hände in ihren Jackentaschen und starrte zu Boden.

„Guten Morgen", sagte Rena und bückte sich, um einen Handschuh aufzuheben, der gerade einem der Jungen aus der Tasche gefallen war. „Tut mir leid, habe heute keine Zeit. Muss einkaufen gehen, bevor der Schneesturm kommt."

„Schnee!", jubelten die Jungen.

„Ich kann für dich gehen", sagte Missy.

„Schon okay", sagte Rena und scheuchte die Jungen den Gehsteig entlang. „Das ist gleich noch eine Unterrichtsstunde in Wirtschaftslehre für die Kinder."

Als sie davon eilten, wandte sich Missy Mrs. Walsh zu. „Unterrichtet sie sie zu Hause?"

„Nein, sie gehen in die Clover Park Elementary. Ich glaube, das sind Lektionen fürs Leben, die sie ihnen beibringt. Sie müssen irgendwann lernen, wie es geht, warum also nicht anfangen, wenn sie jung sind."

„Stimmt schon."

„Bei Ihnen was Neues?", fragte Mrs. Walsh mit einem Lächeln, und ihre braunen Augen glitzerten wissend. Hatte Mrs. Walsh sie etwa mit ihrem Elfenkostüm in der Mall gesehen?

Missy kämpfte gegen die Röte an, die ihr ins Gesicht steigen wollte. „Nicht wirklich."

„Wirklich nicht?", trällerte Mrs. Walsh. „Vielleicht ein neuer Job, ein neuer Mann, so was in der Art."

Missy konzentrierte sich auf den Teil, der nichts mit Weihnachtselfen zu tun hatte. „Ein Mann?"

„Sie wissen schon, ein Freund. Oder wie nennt ihr jungen Dinger das? Eine Affäre?"

Missy holte scharf Luft. Tratschten die Leute in der Kirche etwa über ihre Knutscherei mit Ben beim Basar letztes Wochenende?

„Haben Sie irgendwas über mich gehört?", fragte Missy.

Mrs. Walsh lächelte ruhig. „Nein, mir ist nur das Leuchten in Ihren Augen aufgefallen. Sie wissen schon, von der Sorte, das kommt, wenn einem etwas Gutes widerfährt."

*Ein Leuchten*? Leuchtete sie etwa immer noch von ihrem One-Night-Stand mit Ben vor drei Tagen? Wahrscheinlicher war, dass Ben es herumerzählt hatte. Tratsch verbreitete sich unglaublich schnell hier. Krass. Dabei hatte sie gedacht, dass er ein Typ war, der so etwas vertraulich behandelte. Großartig. Einfach großartig. Bald würde er überall von ihrem peinlichen Auftritt als Weihnachtself rumerzählen, und alle würden sie nur noch Missy, den schlampenhaften Elf kennen.

„Nein", log Missy. „Keine Neuigkeiten. Und Sie?"

Mrs. Walsh drückte Missys Hand. „Ich hoffe, dass ich bald gute Neuigkeiten bekomme. Und Ihnen wünsche ich das auch."

„Danke", sagte Missy.

„Ich bete für Sie", sagte Mrs. Walsh.

Missy neigte den Kopf. „Warum …" Sie verstummte, da Mrs. Walsh schon ein ganzes Stück den Gehsteig hinunter gegangen war, erstaunlich agil für eine Frau Ende achtzig.

Mrs. Walsh winkte und rief über ihre Schulter: „Meine Gebete werden bald beantwortet werden. Ich habe ein gutes Gefühl."

Missy starrte der alten Dame nach, deren pinkfarbener Mantel sie umhüllte wie eine riesige zuckersüße Wolke. Sie hatte gute Absichten, doch manchmal ergab das, was sie sagte, einfach keinen Sinn.

# Kapitel Acht

Am Montagmorgen konnte Ben sich nicht konzentrieren, da er wusste, dass Missy um eins zur Arbeit kommen würde. Natürlich hatte er zu tun. Er und Logan mussten die Anfragen ihrer Klienten bearbeiten, sich um das Marketing nach den Feiertagen kümmern, um neue Kunden zu gewinnen, und sie vereinbarten Termine mit potentiellen Investoren für Januar. Checkin war gut zweihundertfünfzig Millionen wert, und sie wollten weitere vierzig Millionen beschaffen, um den Vertrieb auszubauen und noch bessere Software zu entwickeln, die auch Schnittstellen zu älteren HR-Systemen ermöglichte. Sie waren erfolgreich, und es war eine aufregende Zeit für sie. Logans großer Bruder Jake besaß ein überaus erfolgreiches Technologieunternehmen und hatte genau die Verbindungen zu Silicon Valley-Investoren, die sie brauchten. Jake hatte nicht angeboten sie zu finanzieren, und sie hatten ihn auch nicht gefragt. Hauptsächlich, weil sie nicht Geld und Familie vermischen wollten. Alle der Campbell-Brüder, ob nun blutsverwandt oder nicht, wussten, dass Jake, wenn sie ihn um Geld bitten würden, so ziemlich alles finanzieren würde, doch Ben und Logan wollten es selbst schaffen. Diese Firma war ihre, und sie wollten es allein schaffen. Vergleichbar mit Missy, die das Geld, das sie brauchte, um dieser Familie zu helfen, selbst verdienen wollte. Noch eine Gemeinsamkeit.

*Schicksal.*

*Reiß dich zusammen.*

Er trommelte mit seinen Fingern auf seinem Schreibtisch herum. Sein Plan war simpel. Er würde diese drei Wochen und zwei Tage damit verbringen, Missy als geschätzte Mitarbeiterin kennenzulernen und sie als solche zu behandeln. Das letzte, was er brauchte, war noch so eine unzufriedene Angestellte, wie Ashley es gewesen war. Er durfte sich keine Fehler erlauben. Mit den anstehenden Investorengesprächen stand einfach zu viel auf dem Spiel. Sie konnten sich nicht leisten, dass sein Ruf noch mehr litt, und er wollte Logan nicht enttäuschen.

Sex war damit vom Tisch.

Nein, es war mehr als vom Tisch. Er würde ein Zölibatsgelübde ablegen. Vielleicht sollte er sich ein Ventil für seine aufgestaute Lust suchen. Wenn er doch bloß nicht so in Missy vernarrt wäre. Noch nie war ihm eine Affäre so unter die Haut gegangen wie sie. Vielleicht würde es zu einer tieferen Bindung führen, wenn sie einander ohne Sex besser kennenlernten. Oder auch nicht. Er war sich nicht sicher, wie tief er gehen wollte. Er hielt nicht viel von Beziehungen, doch das mit Missy fühlte sich anders an. Gott, vielleicht würden sie einander nach diesen drei Wochen ja hassen. Vielleicht wollte sie nur Sex von ihm. Er konnte nur raten, was in ihrem Kopf vor sich ging. Sie war für ihn wie ein Buch mit sieben Siegeln.

Doch er musste mehr über sie in Erfahrung bringen.

Er klickte auf seinem Bildschirm herum, loggte sich auf der Checkin Benutzeroberfläche ein und tippte Missys Namen in das Suchfeld ein.

Wenn er schon nicht aufhören konnte, an sie zu denken, konnte er auch genauso gut mehr über sie herausfinden. Es war ja nicht so, dass er das nicht für jede andere Aushilfe auch getan hätte. Das war ja der Unternehmenszweck – Backgroundchecks für Zeitarbeiter. Auch wenn mehr und mehr Unternehmen alle ihre neuen Angestellten überprüft haben wollten.

Er hatte Missy bereits nach ihrem One-Night-Stand gegoogelt und außer den Basics – Telefonnummer und Adresse – nichts über sie gefunden. Doch jetzt …

*Bingo.* Sie war mit einem Louis Braxton verheiratet gewesen, nach drei Jahren geschieden. Gott, sie war jung gewesen, als sie geheiratet hatte, muss direkt nach der Highschool gewesen sein. Vielleicht war sie schwanger gewesen. Vielleicht hatte sie Kinder. Vielleicht war das Geld, das sie vor Weihnachten verdienen wollte, für ihre eigene Familie. Was steckte dahinter?

Sie war dreißig, ein Jahr jünger als er. Keine Strafakte. Sauberes Punktekonto. Mehrere Namensänderungen – Carson, Higgins, Braxton und wieder zurück zu Higgins. Vielleicht war Carson ihr Familienname vor der Adoption gewesen. Er wollte mehr wissen.

Als eine Hand auf den Tisch klatschte, zuckte er zusammen. „Ich will diese Reports pünktlich um fünf!"

Er blickte in Logans überaus amüsierte braune Augen, und seine Wangen brannten, nachdem er ihn beim Herumschnüffeln erwischt hatte. „Arschloch. Wann willst du dich zur Abwechslung mal wieder rasieren?" Logan trug einen gepflegten hellbraunen Vollbart. Sein übriges Haar war dunkelbraun, und er hatte eine schmale Nase mit einem Stups am Ende. Aus dem gutaussehenden Sportfreak – der fast zu hübsch gewesen war – war ein Techie Hipster geworden. Logan hatte kein Problem, ein Date zu bekommen, wollte jedoch nie etwas Ernstes, da er immer noch an seiner Exfreundin von der Uni hing – der einen, die ihm durch die Lappen gegangen war.

„Du siehst verdammt schuldig aus." Logan ging um den Schreibtisch herum, um ihm über die Schulter zu blicken. „Was schaust du dir an? Einen Porno?"

Ben klappte seinen Laptop zu. „Nichts. Nur Arbeit."

Logan versetzte ihm einen Stups. „Komm, zeig her."

„Was willst du?"

Logan kehrte wieder auf die andere Seite des Tischs

zurück und setzte sich auf einen der gepolsterten Stühle. „Kumpel, du musst mal wieder ran, wenn du dir schon am Montagvormittag einen Porno ansiehst. Muss ein verdammt einsames Wochenende gewesen sein. Hast du Muskelkater in deiner Hand?"

Ben biss die Zähne zusammen. Es war ein holpriges Wochenende gewesen. Nachdem er Misty in der Mall begegnet war, hatte er den Rest des Wochenendes in Erinnerungen an ihren wilden Sex geschwelgt. Er wollte sie mehr, als er sie vor dem One-Night-Stand gewollt hatte, und jetzt, da er das Richtige getan und ihr einen Job angeboten hatte, drehte seine verdammte Libido vollkommen am Rad. Als ob das Wissen, dass er sie nicht haben konnte, ihn sie nur noch mehr haben wollen ließ. Das passierte, wenn man das Richtige tat – man litt.

„Wie geht es deiner Süßen?", fragte Ben, um ihn zu ärgern. So nannte Ben Sabrina, seit Logan erklärt hatte, dass Sabrina viel zu süß für ihn war. Sie hatte ihre Praxis im Stockwerk unter ihrem Büro. Logan ging manchmal mit ihr zum Lunch, beharrte jedoch trotz ihrer offensichtlichen Kompatibilität – sie lachte tatsächlich über Logans dämliche Witze – darauf, dass sie nur Freunde waren. Ihre süße Art, ihre stille Einfühlsamkeit und ihre großen, mitfühlenden Augen waren das genaue Gegenteil von dem, was Ben von einer Frau wollte. Es kostete viel zu viel Energie, sich zu bemühen, ihre zarten Gefühle nicht zu verletzen. Das war eines der Dinge, die er an Missy mochte. Sie war eine toughe, praktisch veranlagte Frau und sexuell so unzweideutig, wie er es war.

*Hör auf, daran zu denken! Konzentrier dich auf die Arbeit.*

Logan nahm Bens Heftmaschine, klappte sie auf und schoss eine Heftklammer nach ihm, die von seiner Schulter abprallte. „Ich habe ein Meeting mit Elias Gold an Land gezogen."

„Im Ernst? Wow!"

„Ja. Der Januar wird ein Hammermonat für uns. Pass nur auf, wenn die großen Investoren hören, dass er Interesse hat, stehen die bald Schlange."

Er beugte sich über den Tisch, und sie schüttelten einander die Hände. „Das ist großartig. Wann hast du das denn geschafft?"

„Ich bin ihm am Wochenende bei einer von Claires Wohltätigkeitsveranstaltungen in der Stadt über den Weg gelaufen. Jake hat in den höchsten Tönen von uns geredet, und ehe ich mich versah, hat mich seine Assistentin heute Morgen angemailt, um den Termin zu bestätigen."

„Ist ziemlich früh da, oder?", fragte Ben. Elias' Büro war in Kalifornien.

„Er bleibt wegen des Börsenmarkts auf Ostküstenzeit, darum lebt seine Assistentin auch danach."

Sie grinsten einander an.

Ben trommelte immer noch lächelnd auf den Tisch. „Es passiert wirklich."

Logan stellte die Heftmaschine auf den Tisch und sprang auf. „Jupp, sieht ganz so aus. Wann kommt Missy? Ich habe eine Riesendatenerfassung für sie. Denkst du, sie kann auch ein bisschen Buchhaltung machen? Ich will anfangen, die Zahlen für die Meetings nächsten Monat zu ziehen und das mit ein paar coolen Grafiken unserer Geschäftsentwicklung untermalen."

Ben verlagerte unbehaglich das Gewicht. Logan hatte gestern per SMS zugestimmt, Missy einzustellen, und keine Fragen gestellt, da er Bens Urteilsvermögen vertraute. Außerdem kannte er sie von ein paar Partys. „Keine Ahnung", gab er zu. „Du kannst sie fragen. „Sie kommt um eins her."

Logan starrte ihn an. „Willst du mir sagen, dass du jemanden fürs Büro eingestellt hast und nicht einmal weißt, was sie kann?"

„Sie arbeitet seit Jahren als persönliche Assistentin. Ich bin mir sicher, dass sie alles Mögliche kann."

Logan streckte ihm die Hand entgegen und wackelte mit den Fingern. „Lass mich mal ihren Lebenslauf sehen."

Ben räusperte sich. „Ich … ähm … habe nicht nach ihrem Lebenslauf gefragt."

Logan Brauen schossen in die Höhe. „Der Zweck unserer Firma ist es, Arbeitnehmer zu durchleuchten, und du hast nicht einmal die grundlegendsten Informationen von ihr eingeholt?" Er zeigte anklagend mit dem Finger auf ihn. „Du willst sie!"

Ben bemühte sich, unschuldig auszusehen. Er hatte niemandem davon erzählt, dass er mit Missy geschlafen hatte. „Sie hat einen Nebenjob gebraucht und wir eine Aushilfe."

Logan fuhr sich mit der Hand durchs Haar. „Du notgeiler Hund. Lass ihn in der Hose. Ich meine es ernst. Wir haben bis Januar noch verdammt viel zu tun."

Ben biss die Zähne zusammen. „Ich werde es auf professioneller Ebene belassen. Ich weiß, dass wir uns nicht noch ein schmutziges Gerücht leisten können."

Logan warf ihm einen mitfühlenden Blick zu.

„Ich werde dich nicht enttäuschen."

„Ich weiß." Logan ging, drehte sich jedoch in der Tür noch einmal um. „Das nächste Mal stelle ich jemanden ein."

~ ~ ~

Missy ging nervös die Treppe zu Bens Büro hinauf. Sie und Ben hatten vereinbart, professionell zu sein, was natürlich das Richtige war, doch sie wusste, dass es keinem von beiden leicht fallen würde, die Anziehung zu ignorieren. Sie konnte nicht sagen, dass sie ihren One-Night-Stand bereute, denn er war fantastisch gewesen, doch seitdem sehnte sie sich nach mehr. Ugh! Oh nein. Absolutes, kategorisches Nein. Der Anziehung nachzugeben würde zu etwas Tieferem führen, denn irgendwann war aus der Lust echter Respekt und Bewunderung geworden. Wie viele Männer würden überhaupt auf einen Weihnachtsbasar gehen, um im Auftrag ihrer Großmutter einen handgestrickten Weihnachtspullover zu kaufen? Oder Thanksgiving damit verbringen, gut gelaunt in einer Obdachlosenunterkunft Freiwilligenarbeit zu leisten? Er hatte sogar einem gestressten Weihnachtself in der Mall geholfen und ihr einen Job angeboten, bei dem ihre Würde intakt blieb. Sie versuchte, nicht zu viel über ihre kurze Karriere als Weihnachtself nachzudenken.

Nein, eine Beziehung kam nicht in Frage. Männern konnte man nicht vertrauen. Hatte sie diese Lektion nicht auf die harte Tour gelernt, und das mehr als nur einmal? Zuerst mit ihrem Exmann, dann bei ihrer Arbeit im Frauenhaus und bei der Krisenhotline und zu guter Letzt durch ihre Affäre mit dem verheirateten Matt. Sie hatte sich geschworen, mit Männern auf ihre eigene lockere Art und Weise umzugehen – ein wichtiger Teil ihres Plans, sicher zu bleiben. Ein Teil davon, eine Überlebende zu sein, war zu wissen, wann man einen Kontakt beenden musste, der bleibenden Schaden hinterlassen konnte. Nach ihrer Zeit als Aushilfe in Bens Firma würden sie und Ben getrennte Wege gehen.

An der Tür von Bens Büro war kein Schild, doch die einzige andere Tür auf diesem Stockwerk gehörte einem Reiki-Therapeuten. Sie öffnete die Tür in einen großen weißen Raum mit einem weißen runden Tisch in der Mitte, umgeben von sechs Drehstühlen. Eine provisorische Küche stand in der Ecke hinter einer mobilen Trennwand. Die Büros mit Glaswänden lagen direkt hinter diesem zentralen Raum, die Türen weit geöffnet.

Sie ging hinein und spähte in das erste großzügige Büro, in dem Ben hinter einem modernen L-förmigen Schreibtisch aus hellem Holz mit Edelstahlbeinen saß. Er trug sein übliches langärmeliges Henleyshirt und Jeans, was in der Technologiefirma in Seattle quasi die Bürouniform gewesen war. Sie hatte sich für Business Casual– einen dunkelblauen Cardigan über einer weißen Bluse mit dunkelgrauer Hose – entschieden, da sie von vornherein einen professionellen Ton anschlagen wollte.

Er stand abrupt auf. „Hey, da bist du ja. Komm, ich zeig dir alles."

„Ähm, ja. Ich glaube, ich habe das meiste schon gesehen, als ich reingekommen bin. Schließt ihr die Tür nicht ab?"

Er ging zu ihr und blieb nahe genug stehen, dass sie seinen Duft riechen konnte. Warm, würzig, ledrig. Männlich. „Warum sollten wir die Tür abschließen?"

Sie drehte sich um und ging in die Mitte des Raumes, da seine Nähe bereits drohte, sie in Versuchung zu führen. „Was, wenn ihr zum Mittagessen geht und jemand alle Laptops klaut?"

Er blieb wieder neben ihr stehen. „Du bist paranoid. Wir sind mitten in Eastman. Hier gibt es nur Leute, die einkaufen gehen und vielleicht auf der anderen Straßenseite im Diner essen."

Er ging in die Küchenecke, und als sie ihm folgte, saugte sie den Anblick seines breiten Rückens in sich auf und erinnerte sich an das Spiel seiner Muskeln unter ihren Händen. *Professionell. Ich bin professionell.* Ihr Blick wanderte zu seinem Nacken – immer noch zu verlockend, dann hinauf zu seinen kurzen Haaren, die überraschend weich gewesen waren.

„Es gibt aus gutem Grund Polizei hier", sagte sie ein bisschen verspätet.

„Also, wir haben das Wichtigste hier." Er wedelte mit der Hand. „Kaffeemaschine, Mikrowelle, Minikühlschrank. Logan hat immer gefrorene Snickers hier drin. Verzehr auf eigene Gefahr."

„Weil sie alt sind?"

„Nein, weil ich nicht gerne teile", sagte Logan gut gelaunt und trat in den kleinen Küchenbereich zu ihnen.

Logan war ihrer Meinung nach der attraktivste des Campbell-Clans. Alle anderen Campbell-Brüder waren natürlich groß und sportlich, doch die männliche Schönheit in seinem Gesicht hatte Filmstarqualität. Warme braune Augen wurden betont von seinen kurzen, hellbraunen Haaren und dem sexy Bart. Sein Gesicht war perfekt symmetrisch und sogar seine Nase war niedlich. Wenn man dann noch seine entspannte, herzliche Art in die Gleichung mit einbezog, war sie sich sicher, dass die Frauen bei ihm Schlange standen. Sie jedoch nicht. Sie mochte es ein bisschen herber, den Typ Mann, der keine zuckersüße, niedliche Frau brauchte.

Der Typ Mann, mit dem sie einen professionellen Umgang pflegen würde, selbst wenn es sie in den Wahnsinn trieb.

Logan streckte ihr die Hand entgegen, super-professionell, selbst in Hemd, Jeans und Sneakers. „Schön, dich an Bord zu haben. Kannst du Buchhaltung, Grafiken, Präsentationen, Datenerfassung und Ablage?"

„Sie ist gerade erst angekommen", knurrte Ben.

„Ich habe ihren Lebenslauf ja nicht gesehen", antwortete Logan ein wenig bissig.

„Ja, das kann ich alles", sagte Missy zu Logan.

„Großartig, dann können wir gleich anfangen." Logan bedeutete ihr, ihm zu folgen. „Komm."

„Ich zeige ihr das Büro", knurrte Ben durch die Zähne.

Logan grinste und gab ihr die Kurzfassung: „Drei Büros, Küche, Toilette, Abstellkammer. Fertig. Missy, ich weiß nicht, ob Ben dir schon davon erzählt hat, aber wir haben ein paar wichtige Investorentermine im Januar, und ich würde mich gerne darauf vorbereiten."

„Natürlich. Ich fange gleich damit an", sagte Missy.

Ben sah Logan finster an. „Lass sie zumindest ihre Jacke ausziehen und ihre Sachen verstauen."

Beide Männer griffen nach ihrer Jacke, doch sie machte einen Schritt nach vorn und zog sie selbst aus. „Zeig mir einfach meinen Schreibtisch, dann fange ich sofort an."

Ben wandte sich Logan zu und knurrte: „Ich habe Unterlagen in meinem Büro, die sie ausfüllen muss, damit wir ihr Gehalt überweisen können."

„Ein Scheck tut's auch", widersprach Logan. „Sie ist doch nur drei Wochen da. Lass uns keine Zeit verschwenden."

Ihr schwirrte der Kopf, als die beiden Männer einander so seltsam feindselig gegenüber standen. „Ich bin zum Arbeiten hier, lasst uns loslegen."

Logan lächelte sie so strahlend an, dass sie spürte, wie sie rot wurde. „Eine Frau ganz nach meinem Geschmack", erklärte er. „Erste Priorität – Arbeit." Er warf Ben einen finsteren Blick zu. „Später."

Ben brummte etwas, dann goss er sich einen Kaffee ein, und Missy folgte Logan.

Stunden später saß sie knietief in Zahlen, die sie aus Geschäftsberichten der letzten drei Jahre gezogen hatte, als es an ihrer offenen Tür klopfte. Bei Marino & Capello Construction genauso wie bei ihrem vorherigen Job in Seattle war ihr Schreibtisch der Empfang. Sie klickte *speichern*. „Komm rein."

„Kaffeepause", sagte Ben und kam mit zwei Kaffeebechern ins Zimmer.

„Du hast Kaffee geholt? Ist der Kaffee hier nicht gut?"

„Nein, ich fange die Woche nur gerne mit dem guten Zeug aus dem *Something's Brewing Café* an." Er gab ihr einen Becher. „Ist ihre Weihnachtsmischung. Logan hat dieses Pfefferminzmokkazeugs, das kaum Kaffee drin hat." Er schnitt eine Grimasse. „Schmeckt wie Pfefferminzschokolade mit'nem Pfund Zucker drin."

„Ja, das Zeug ist pappsüß", nickte sie. „Ich mag die Weihnachtsmischung. Danke." Sie schlang ihre Finger um den warmen Becher. Ihr Buchclub traf sich gewöhnlich in dem Café, und sie achtete immer darauf, früh genug zu kommen, um noch einen Kaffee kaufen zu können, bevor der Laden schloss. Der Club traf sich nach Ladenschluss, weil sie dem angeschlossenen Buchladen *Book it* so ein gutes Geschäft einbrachten. Beide Läden gehörten Shane und Rachel O'Hare.

Ben setzte sich auf einen der Polsterstühle ihr gegenüber. Selbst mit einem Schreibtisch zwischen ihnen wurde ihr allein schon von seiner Gegenwart in ihrem Büro heiß. Lächerlich. Er war nicht nur außer Reichweite, die Tür war offen, und die ganze Frontseite ihres Büros war verglast mit Blick auf den Meetingbereich. Hier würde nichts passieren.

„Wie läuft's?", fragte er. „Stresst Logan dich schon?"

„Nein, überhaupt nicht", sagte sie. „Ich habe gern viel zu tun. In meinem normalen Job herrscht derzeit tote Hose. Ich mache gerade nur ein paar Jahresabschlussarbeiten. Das hier ist viel interessanter. Du hast mir gar nicht erzählt, dass ihr euch mit Investoren trefft."

Er trank einen Schluck Kaffee und beobachtete sie über den Rand. „Wir haben ja nicht viel geredet."

Sie konzentrierte sich auf ihren köstlichen Kaffee und versuchte, nicht zu sehr an das zu denken, was sie getan hatten, als sie nicht geredet hatten.

„Hast du Sabrina schon gesehen?", fragte er.

Sie lächelte. „Ja, wir haben uns zum Lunch getroffen, bevor ich hochgekommen bin."

„Wie lebst du eigentlich? Hast du eine Mitbewohnerin oder …?"

Sie spannte sich an. „Warum willst du das wissen?"

Er zuckte mit den Schultern. „Reine Neugier."

„Ich lebe allein. Hast du etwa vor, mich zu stalken?"

„Ich muss dich nicht stalken." Er lehnte sich zurück. „Du läufst mir auch so andauernd über den Weg."

Schicksal, dachte sie, sprach es jedoch nicht aus, ein bisschen überrascht, dass er sie diesmal nicht damit aufzog. Verdammt. Sie vermisste den herzlichen Ben, der sie neckte. Diese Version von Ben war freundlich aber distanziert. Doch er hatte ihr an ihrem ersten Tag diesen wunderbaren Kaffee gebracht.

Sie unterdrückte ein Seufzen. „Ich schätze, es ist nicht mehr Schicksal, dass wir uns über den Weg laufen, wenn ich jetzt hier arbeite.”

„Hm”, sagte er. „Du musst die Frage jetzt nicht beantworten, wenn du nicht willst …”

Sie versuchte, nicht nervös zu werden, doch sie fürchtete, was er sagen würde.

„Ich habe mich nur gefragt, ob du je mit jemandem gelebt hast, einem Freund oder einem Ehemann … weil – also ich habe immer allein gelebt.”

*Ehemann?* Ihr Magen zog sich zusammen. Sie wollte *nicht* über Louis reden. Er hatte sich wahrscheinlich in irgendeiner Bruchbude verschanzt und das Geld, das er gestohlen hatte, bereits für Drogen ausgegeben. Allein beim Gedanken an ihn schämte sie sich. Hatte Ben es irgendwie herausgefunden? Er hatte gesagt, dass er so ziemlich alles über das Internet herausfinden konnte.

„Missy?”

Sie schluckte, und ihr Herz donnerte gegen ihre Rippen. „Hast du Informationen über mich eingeholt oder etwa im Internet nach schmutziger Wäsche gesucht?”

Er trank seinen Kaffee. „War nur eine Frage.”

„Was soll dann das Verhör?”, fragte sie barsch.

Er stand auf. „Kein Grund, dich aufzuregen. Wir lernen einander nur kennen”, antwortete er in beruhigendem Ton.

Sie atmete tief durch. „Ich habe viel zu tun.”

Er klopfte auf ihren Schreibtisch. „Stimmt. Ich bin froh, dass du hier bist.”

„Danke.”

Als er den Raum verließ, starrte sie ihm nach und wünschte sich, sie hätte nicht so defensiv reagiert. Sie hatte ihn verscheucht, als er lediglich versucht hatte, ein Freund zu sein. Sie starrte in ihren köstlichen Kaffee. Es war kein

Geheimnis, dass sie allein lebte. Doch warum hatte er nach einem Ehemann gefragt? Das war ein Thema, das sie immer auf die Palme brachte. Hatte er einfach nur Konversation gemacht, oder wusste er etwas? Ihre Schwester wusste von ihrer Ehe, und Missy hatte ihren Freundinnen gegenüber erwähnt, dass sie mal verheiratet gewesen war, jedoch ohne ins Detail zu gehen. Sie musste davon ausgehen, dass jemand darüber gesprochen hatte. Er wollte wahrscheinlich mehr wissen, war einfach neugierig, wie er ja schon gesagt hatte. Sie sollte nicht so paranoid reagieren.

Sie machte sich wieder an die Arbeit und war bis sechs Uhr beschäftigt, als Ben wieder in ihrer Tür auftauchte.

„Der Arbeitstag ist um", sagte er.

„Fast", antwortete sie, ohne den Blick vom Bildschirm zu heben.

„Ich werde dir Überstunden bezahlen müssen, wenn du weiter machst."

Sie kopierte die nächste Spalte mit Daten und fügte sie am Zielort ein, dann speicherte sie die Datei und machte sich eine Notiz, wo sie aufgehört hatte. „Okay, fertig."

Er stand neben ihrem Schreibtisch. „Hier." Er reichte ihr einen Scheck. „Ein Vorschuss, damit du dir keine Sorgen wegen der Weihnachtseinkäufe für diese Familie machen musst."

Sie warf einen Blick darauf. Dreitausend Dollar. Sie hatten das Gehalt noch nicht einmal diskutiert, doch das war überaus großzügig für drei Wochen Teilzeitarbeit, vor allem im Voraus.

Sie gab ihm den Scheck zurück. „Ich kann das nicht annehmen. Ich habe doch noch nichts geschafft."

„Ich vertraue dir."

„Ich finde es nicht richtig, Geld für etwas anzunehmen, das ich noch nicht geleistet habe." Sie drückte ihm den Scheck in die Hand. „Bezahlt mich einfach, wenn ihr euren normalen Rechnungslauf habt, okay?"

Er faltete den Scheck und steckte ihn in seine

Gesäßtasche. „Warum willst du dir nicht ein bisschen helfen lassen?"

*Weil ich die einzige bin, auf die ich mich verlassen kann.* „Ist nicht nötig." Sie holte ihre Handtasche aus der untersten Schublade ihres Schreibtischs und stand auf.

Er gab ihr mit einem Nicken zu verstehen, dass sie voraus gehen sollte. Sie begegnete seinem Blick, der jetzt wärmer war, wenn er sie ansah. Eher liebevoll als lüstern. Als ob er sie als die Person sah, die sie war, und mochte, was er sah.

Als sie voraus ging, flatterte ihr Magen grundlos, und dann brachte sie irgendetwas dazu, stehenzubleiben. Sie stand vor ihm, blickte in seine warmen blauen Augen auf und wollte etwas sagen … doch was? *Danke für den Kaffee und den Job, und ich mag dich wirklich? Tut mir leid, dass ich dich so angeblafft habe, als du versucht hast, nett zu sein?*

Die Ahnung eines Lächelns umspielte seine Lippen. „Ja?"

Ihr Herz hämmerte, denn es fühlte sich real an. Nicht nur Lust. So viel mehr als das.

„Schönen Abend, ihr zwei!", rief Logan fröhlich.

Missy zuckte zusammen. Ben legte eine Hand auf ihre Schulter und drückte sie sanft. „Abend, Logan."

Logan blieb vor ihrem Büro stehen. „Hey, kleine Warnung, der Besprechungstisch ist ein bisschen wackelig, darum solltet ihr lieber den Schreibtisch nehmen."

„Wir waren schon auf dem Weg nach draußen", sagte Ben und warf Logan einen finsteren Blick zu. „Geh nach Hause."

Logan schmunzelte.

Missy spürte, dass sie rot wurde. Wusste Logan, dass Ben und sie schon einmal miteinander geschlafen hatten? Sie wollte Ben nicht fragen.

Alle drei gingen zur Tür, und Logan blieb stehen und schloss hinter ihnen ab.

„Langer Tag, was?", fragte Logan, als er sie wieder auf

der Treppe einholte. „Ich sehe jetzt schon, dass du eine große Hilfe bist."

„Danke", sagt Missy. „Ich freue mich, dass ich helfen kann."

Sie kamen im Erdgeschoss an.

„Möchtest du was trinken gehen, um deinen ersten Tag zu feiern?", fragte Logan sie.

„Wir können alle zusammen gehen", sagte Ben und klang ein wenig mürrisch.

In genau diesem Moment verließ Sabrina ihr Büro. „Na ihr? Wie ist dein erster Tag gelaufen?" Sabrina war wieder zu ihrem Mädchen-von-nebenan-Look zurückgekehrt: dunkelblonder Pferdeschwanz, der mit einer Spange im Nacken gehalten wurde, und sehr dezentes Make-up um die braunen Augen und auf ihren runden Apfelbäckchen. Missy war sich komisch vorgekommen, als sie Sabrina das erste Mal begegnet war, weil sie so süß und still war. Doch nachdem sie sie besser kennengelernt hatte, hatte sie ihren subtil-bissigen Sinn für Humor entdeckt und eine Loyalität ihren Freundinnen gegenüber, die Missy wirklich zu schätzen wusste.

„Hey", sagten Ben und Logan zu Sabrina.

„Großartig", sagte Missy, „ich erzähl dir alles zu Hause." Sie wandte sich den Männern zu. „Sabrina wohnt auf demselben Flur wie ich. Ich sehe euch dann morgen."

Sie ließ die Männer zurück und ging mit Sabrina auf den Parkplatz. Sabrina drückte ihren Arm und sagte leise: „Da lag verdammt viel Testosteron in der Luft. Haben sie sich um dich gestritten?"

„Ich glaube, sie versuchen, einander das Leben schwer zu machen. Du kennst das ja, wenn Männer einander anzicken."

Sabrina schüttelte den Kopf. „Ben ist eher dein Typ, oder? Ein Mann mit Ecken und Kanten."

Nur, dass das rein äußerlich war. Missy kannte eine andere Seite an ihm, einfühlsam und fürsorglich. Scheiße.

Sie wollte sich *nicht* in ihn verlieben. Sie wollte sich in *niemanden* verlieben.

Sie zwang sich, sich auf Sabrina zu konzentrieren. „Ich weiß nicht", feixte sie. „Logan ist ziemlich heiß mit seinem Bart."

„Findest du?", zwitscherte Sabrina. „Hm." Als wäre ihr das nie aufgefallen.

„Ja, hm."

Sie lachten.

„Ich seh dich dann gleich zu Hause", sagte Sabrina und ging zu ihrem neuen Wagen, einem schicken weißen Lexus. Das Geschäft lief gut für Sabrina, und langsam machte sie sich in Eastman einen Ruf als „Beziehungsheilerin". Eine Lokalzeitung hatte sogar einen Artikel über sie gebracht. „Komm bei mir vorbei. Ich habe eine Lasagne im Kühlschrank, die ich nur noch in den Ofen schieben muss." Sabrina war eine wahre Göttin in der Küche.

„Klingt toll, danke."

Sie stieg in ihren alten Subaru ein, als auch Ben und Logan gerade aus dem Haus kamen – beide aufgeplustert und mit selbstbewusstem Gang, doch keiner sagte etwas. Sie ging davon aus, dass sie sich gerade wieder ein Wortgefecht geliefert hatten. Vielleicht war auch der eine oder andere Schubser im Spiel gewesen. Männer.

# Kapitel Neun

Bei Checkin lag die Anspannung spürbar in der Luft. Für Ben zumindest. Schlimm genug, dass er nicht aufhören konnte, an Missy zu denken, die mit ihrem oh-so-sexy Mund mit ihm übers Geschäft reden wollte, während sie ihren Körper in figurbetonte Blusen und Röcke oder Hosen hüllte, die *seine* Hosen eng werden ließen. Jedes Mal, wenn sie sein Büro betrat, wollte er sie über den Schreibtisch beugen. Wollte sie mit nach Hause nehmen für mehr wilden Sex in seinem Bett, seiner Küche, wo immer und wann immer er es wollte. Er fühlte sich wie ein Tier, eingeengt durch professionelle Konventionen. Und Logan machte alles nur schlimmer, indem er ihn mit zweideutigen Bemerkungen über Missy piesackte. Oh, wie würde er sich dafür an ihm rächen.

Missy war ein Ausbund an Professionalität, was ihm das Gefühl gab, vollkommen depraviert zu sein. Nicht, dass er es zeigen würde. Er hielt sich an den Plan und versuchte, sie kennenzulernen. Frauen unterhielten sich gerne, besonders, wenn man ihnen Fragen über sich selbst stellte. Missy jedoch nicht.

Montag: Kaffee und eine Frage unbeantwortet. Sie wollte scheinbar nicht darüber reden, dass sie schon einmal verheiratet war.

Dienstag: Kaffee und zwei Fragen unbeantwortet. Sie war nicht bereit, ihm zu sagen, wie lange ihre längste Beziehung gehalten hatte, und auch nicht, was sie gerne in ihrer Freizeit tat.

Mittwoch: Kaffee und einer Frage ausgewichen. Sie wollte ihm nicht sagen, wo sie aufgewachsen war.

Donnerstag: Kaffee und eine neue Strategie. Ja, er lernte. Keine Fragen. Er würde ihr etwas erzählen, dann würde sie sich schon öffnen. Heute würde er diese Abwehrmaßnahmen einreißen oder beim Versuch draufgehen. Zu sagen, dass sie ein Buch mit sieben Siegeln war, war eine Untertreibung. Auch wenn er ihre Stärke bewunderte, war sie so verschlossen, was ihre Vergangenheit anging, dass er anfing, sich Sorgen zu machen, dass sie etwas Wichtiges zu verbergen hatte. Etwas, das er wissen musste, um sie zu verstehen.

Die Tatsache, dass er es nicht auf sich beruhen lassen konnte, hätte ein Warnsignal sein sollen. Er steigerte sich viel tiefer hinein, als sie es tat, und gab sich zu große Mühe, eine Verbindung mit ihr herzustellen – aus Gründen, die ihm furchteinflößend klar waren: er mochte sie viel zu sehr, um es als Lust abtun zu können. Er war auf halbem Weg zu einer Beziehung, dabei schien sie seine Gefühle nur minimal zu erwidern.

Ja, es hatte ihn schlimm erwischt. Er war sich sicher, dass es die Jagd war, die ihn so reizte. Wenn sie ihn gejagt hätte, wäre er wahrscheinlich schon über sie hinweg. Darum gab er *ihr* und ihrer Verschlossenheit die Schuld an seinem Zustand?

Er klopfte an ihre offene Tür und wartete nicht auf eine Antwort, bevor er mit dem Kaffee für ihre gemeinsame Nachmittags-Kaffeepause eintrat. Ihr Blick war auf den Bildschirm gerichtet, und als sie sich konzentriert auf ihre volle Unterlippe biss, schoss der Anblick direkt in seine Leistengegend.

„Kaffeepause", sagte er, stellte die Kaffeebecher auf den Tisch und nahm ihr gegenüber Platz. Er brachte Logan auch immer einen Kaffee mit, darum war es nicht so, dass er ihr eine Sonderbehandlung zukommen ließ. Er war einfach freundlich, was unter Kollegen vollkommen akzeptabel war.

Sie machte ein paar Klicks, dann blickte sie lächelnd auf. „Danke. Daran könnte ich mich glatt gewöhnen. Normalweise bin ich diejenige, die Kaffee holen geht." Sie nahm den Becher und trank einen Schluck. „Ich dachte, du bist hier der Zahlenmensch."

„Bin ich auch."

„Wie kommt es dann, dass ich die ganze Woche mit dem Techie die Zahlen durchgehe?"

Er biss die Zähne aufeinander, da er nicht zugeben wollte, dass Logan die Investorengespräche führen würde. Missy würde Ben nie wieder mit denselben Augen sehen, wenn sie wüsste, dass jemand ihn wegen sexueller Belästigung bezichtigt hatte – selbst, wenn er unschuldig war. Schließlich sagte er nur: „Logan übernimmt die Führung bei den Investorengesprächen, darum muss er die Details wissen."

„Ich hatte nur gedacht, dass ihr das zusammen macht, doch bisher habe ich dir immer nur Kopien gebracht."

Er trank einen Schluck, dann sagte er: „Hast du schon von Charlotte und Ty gehört?" Ihre gemeinsamen Freunde waren neutrales Gebiet. Ty war einer seiner „Brüder ehrenhalber", mit denen er aufgewachsen war, und Charlotte war eine von Missys Freundinnen aus dem Buchclub. Bei Charlotte hatten vor ein paar Stunden die Wehen eingesetzt, und Ty hatte allen eine SMS geschickt und versprochen, sie auf dem Laufenden zu halten. Natürlich war er aufgeregt, weil sein erstes Baby gut einen Monat zu früh zur Welt kam, besonders angesichts von Charlottes Risikoschwangerschaft, die sie zu mehreren Monaten Bettruhe gezwungen hatte.

Missy strahlte. „Das ist so aufregend. Charlotte ist guten Mutes, und der Arzt sagt, dass das Baby ein gutes Gewicht hat und alles gut laufen sollte. Hoffentlich meldet sich bald jemand mit der guten Nachricht."

„Das ist toll." Er bemerkte, wie sehr sie bei dem Gerede über die bevorstehende Geburt zu strahlen begonnen hatte. „Babys machen eine Menge Arbeit", sagte er beiläufig. Er wusste das, da er es bei Alex Campbell aus nächster Nähe mitbekommen hatte. Auch wenn Alex es als alleinerziehender Vater mit seiner kleinen Tochter besonders schwer hatte. Doch er sagte es nur, weil er Missys Meinung zu dem Thema hören wollte.

Missy lächelte so sanft, wie er es noch nicht an ihr gesehen hatte. Es wärmte sein Herz, einen Riss in ihrer toughen Schale zu sehen. „Sie machen viel Arbeit, aber sie sind es wert. Ich helfe bei meiner Nichte Chloe aus, seit sie auf der Welt ist, und jetzt auch bei Leo. Er ist erst sechs Wochen alt und lächelt schon." Ihre Augen wirkten, als wäre sie in Gedanken ganz weit weg. „Er riecht so gut. So süß und neu."

Er wusste nicht, was er dazu sagen sollte. Er hatte noch nie an einem Baby gerochen.

„Darum bin ich nach Clover Park gezogen", sagte Missy und überraschte ihn mit ihrem offenen Geständnis. „Meine Schwester Lily wollte, dass ich ein Teil ihrer Familie bin. Ich liebe ihre Kinder und viel näher komme ich dem Gefühl, Mutter zu sein, wahrscheinlich nie." Ihre Stimme klang weich und sehnsüchtig.

„Gibt es einen Grund, warum du nicht Mutter werden kannst?", fragte er sanft. Vielleicht konnte sie aus biologischen Gründen keine Kinder bekommen, doch beide wussten, dass Adoption eine großartige Option war.

Sie straffte sich und leugnete ihre Sehnsucht mit einem ungewohnten Wortschwall. „Nicht, dass ich überhaupt Mutter werden will. Ich liebe es, Tante zu sein. Sie mit Aufmerksamkeit zu überhäufen und wieder zu verschwinden, wenn es Zeit zum Windelwechseln ist oder wenn sie weinen. Du hast recht, Babys machen viel Arbeit." Sie trank einen Schluck Kaffee und verschluckte sich so sehr, dass ihr beim Husten Tränen in die Augen stiegen.

„Bist du okay?" In diesem Moment sah er ihre Verletzlichkeit, und er hatte das Bedürfnis, sie in den Arm zu nehmen.

„Ja", presste sie hervor. „Muss in die falsche Kehle geraten sein."

„Die meisten Dinge im Leben, die es wert sind, sie zu haben, machen Arbeit", sagte er.

„Willst du Kinder haben?"

„Ich habe nie wirklich darüber nachgedacht." Doch in diesem Moment tat er es und stellte sich vor, Missy mit diesem sanften Lächeln und ein paar rothaarigen Kindern, die sich freuten, ihn nach Hause kommen zu sehen. „Ich kann schon ihren Reiz sehen. Und jetzt, da ich weiß, dass sie gut riechen …" Er lächelte.

Sie lachte. „Oh ja."

„Ich würde gerne Chloe und Leo kennenlernen." Er wollte Missy mit den Kindern sehen, die sie so liebte. Er wollte diesen sanften Blick, dieses sanfte Lächeln sehen.

Sie riss die Augen auf. „Oh, das ist nicht nötig."

Er stellte seinen Kaffee auf den Tisch. „Ich weiß, dass es nicht nötig ist, aber sie scheinen dir wichtig zu sein."

„Sie sind meine Familie", sagte sie leise.

„Und es klingt, als machten sie Spaß."

Sie lächelte. „Das stimmt schon, aber nein."

„Komm schon, wir sind Freunde, oder nicht? Was ist so schlimm daran?"

Plötzlich wirkte ihre Miene verschlossen. „Dass meine Schwester auf falsche Gedanken kommen könnte. Sie könnte denken, dass es ernst ist zwischen uns, selbst wenn da gar nichts ist. Ich habe sie nie einem Mann vorgestellt."

Er sah sie kopfschüttelnd an. „Du bist so ein Angsthase."

„Bin ich nicht."

„Du spielst die Toughe–"

„Ich bin tough", blaffte sie.

„Aber du willst nicht einmal Zeit mit mir verbringen",

sagte er.

Sie starrten einander an, und er wartete.

Sie schluckte. „Du willst wirklich mein Freund sein? Ich meine, im Sinne von Freunden?"

„Ich will wirklich dein Freund sein." *Für den Moment.*

„Glaubst du, das geht?"

„Warum nicht?", fragte er lässig, auch wenn er mehr als angespannt war. Würde Missy ihn näher an sich heranlassen? Das war der einzige Weg. Freunde sein, Zeit miteinander verbringen, Potential für mehr aufbauen.

Ihre Wangen wurden leuchtend pink, und sie strich sich die Haare aus dem Gesicht.

Dachte sie an ihre heiße Nacht? Er sagte nichts. Das hatte am Arbeitsplatz nichts zu suchen. Er würde auch außerhalb des Büros nichts versuchen – nicht, solange sie für ihn arbeitete.

Sie sah ihn mit sanften Augen an. „Ich–"

Logan kam herein gestürmt. „Hey Leute. Missy, ich habe diese alten Reports gefunden."

Ben zog sich schweigend zurück. Er hatte den ersten Schritt gemacht. Jetzt war es an Missy, ihm auf halbem Weg entgegenzukommen.

~ ~ ~

In dem Moment, in dem Missy ihr Büro wieder für sich hatte, verschwand sie in die Toilette und spritzte sich kaltes Wasser ins Gesicht. Ben ging ihr unter die Haut mit dem Kaffee, den er ihr jeden Nachmittag brachte, und so freundlich, wie er war. Sie war sich bewusst, dass die meisten Männer sich nicht die Mühe machten, ihr Fragen über sie zu stellen, sondern es vorzogen, über sich selbst zu reden. Wenn er nur Sex wollte, würde er nicht den Aufwand betreiben, sich mit ihr zu unterhalten, sondern sie einfach nur anbaggern. Nicht im Büro natürlich, denn sie hatten vereinbart, sich dort professionell zu verhalten, aber sicherlich würde er nicht zögern, sie nach der Arbeit zu ihrem Auto zu bringen und ihr unmoralische Angebote zu machen oder sie vielleicht sogar per SMS am Abend zum Sex einzuladen.

Sie war so verwirrt. Sie hatte geglaubt zu wissen, wie Männer tickten und was sie von ihr wollten. Kein Mann hatte je ihr Freund sein wollen. Sie war sich nicht sicher, ob sie sein Angebot, Zeit mit ihr zu verbringen, ernst nehmen sollte, oder ob er irgendein Spielchen spielte.

Als sie ein Papierhandtuch nahm und sich das Gesicht trocken tupfte, konnte sie wieder klarer denken. Sie musste nicht herausfinden, warum Ben es tat, sie musste ihm nur klarmachen, was sie wollte.

Sie atmete tief durch. Das Problem war jedoch, dass sie sich da gar nicht mehr so sicher war.

Nach der Arbeit war sie froh, Pläne mit Sabrina und Lexi zu haben, damit sie aufhören konnte, über Ben nachzudenken. Sie machten Schokoladencupcakes, die sie nach ihrem Buchclubtreffen in Erwartung guter Nachrichten von Charlotte und Ty essen wollten. Charlotte hatte sie von Anfang an gebeten, optimistisch zu bleiben, und auf diese Weise würdigten sie ihre Bitte. Der Plan war, nach dem Buchclubtreffen im *Something's Brewing Café* auf ein paar Drinks rüber ins Garner's zu gehen, und sobald die gute Nachricht kam, mit Champagner und Cupcakes zu feiern.

Sie kamen ein bisschen spät zu ihrem Treffen, weil sie die Cupcakes abkühlen lassen mussten. Dann hatten sie und Lexi in Akkordarbeit die Schokoladencreme aufgestrichen, während Sabrina mit weißer Schokolade abwechselnd „Baby" und „Love" darauf geschrieben hatte.

„Immer noch nichts Neues", verkündete Hailey, als sie das Café betraten.

Normalerweise half der gemütliche Laden mit den dunkelroten Wänden, den goldenen Wandlampen und den dunklen Holztischen Missy zu entspannen, doch heute

Abend lag eine spürbare Spannung in der Luft, da alle darauf warteten zu hören, wie es Charlotte und dem Baby ging. Da Charlotte im Krankenhaus und Claire zur Nachproduktion ihres Films in Kalifornien war, waren sie insgesamt nur zu acht.

Mad, die toughe Schwarzgurtträgerin mit der geheimen sensiblen Seite, stampfte mit dem Fuß auf. „Warum dauert das denn so lange? Sie liegt jetzt schon seit Stunden in den Wehen!"

Carrie, die süße blonde Kinderkrankenschwester, antwortete: „Das ist vollkommen normal, besonders beim ersten Kind. Das Baby kommt raus, wenn es so weit ist."

Mad sah Carrie an und schob sich die feuerroten Haare aus dem Gesicht. „Du hast leicht reden. Ist ja nicht deine Familie." Mad betrachtete Charlotte seit deren Hochzeit mit Mads großem Bruder Ty als ihre Schwester.

„Mad", sagte Hailey leise.

„Was?", knurrte Mad und ballte ihre Hände zu Fäusten. „Sie weiß nicht, wie das ist. Ich würde am liebsten was kurz und klein hacken."

Hailey stand auf, ging hinüber zu Mad und redete leise auf sie ein, dann umarmte sie sie. Sie waren beide etwa eins fünfundsechzig groß, und durch statische Aufladung sah es so aus, als zogen ihre Haare einander an und vermischten sich, doch Missy erinnerte es an die enge Bindung, die die beiden miteinander hatten. Sie waren so unterschiedlich – eine ultrafeminine Schönheitskönigin und die jungenhafte, toughe Mad – und doch funkten sie auf derselben Wellenlänge.

Als Mad sich wieder von ihr löste, wischte sie sich schnell die Augen ab, bevor sie sich setzte und die Arme verschränkte.

„Wisst ihr was?", fragte Hailey mit strahlenden Augen. „Anstatt über *Herz auf Eis* zu reden, lasst uns anfangen, Tys Lieblingsbücher zu diskutieren – die Laird-Trilogie."

Sie lachten, und sogar Mad grinste ein bisschen. Als

Charlotte vor zwei Monaten Bettruhe verordnet bekommen hatte, hatten sie eines ihrer Buchclubtreffen in ihrem Schlafzimmer, und Ty hatte unbedingt teilnehmen wollen, weil er „sich für Romantik interessierte". Sie alle wussten, dass er vom liebenden Ehemann zur Glucke geworden war und nur teilnehmen wollte, um ein Auge auf Charlotte zu haben und sicher zu gehen, dass sie sich nicht zu sehr aufregte. Das Witzige an der Sache war, dass Ty Gefallen an den Geschichten gefunden hatte und sich lebhaft an der Diskussion der *Mission des Highlanders* beteiligt und sich auch extrem interessiert gezeigt hatte, die übrigen Bücher der Trilogie zu lesen.

„Es würde mich nicht überraschen, wenn Ty danach angefangen hat, einen Kilt zu tragen", sagte Missy mit unbewegter Miene.

„Ja!", lachte Mad. „Ich werd ihm einen zu Weihnachten kaufen. Ich bin sein Secret Santa dieses Jahr."

„Ich will Fotos sehen!", feixte Lexi mit spitzbübischem Lachen, das im Kontrast zu ihrer sonst so süßen Art stand. „Damit kannst du ihn gut erpressen."

„Du bist eine böse Frau", sagte Mad und gab Lexi ein High Five.

„Ich fand es traurig, dass Brianna diese arrangierte Ehe eingehen musste", sagte Sabrina ernst. Sie strich eine Strähne hinter ihr Ohr. „Ich meine, ich weiß, dass das damals durchaus üblich war, aber es war so klar, dass sie für Roan bestimmt war."

„So schlimm war es dann auch wieder nicht", sagte Missy. „Roan hat sie zu seiner Mätresse gemacht. Zumindest konnte sie bei ihm sein, und sie hat in einem schönen Haus gelebt, da er schließlich der Laird war."

„Es war aber nicht so, dass das eine Ehre war", erwiderte Sabrina ein wenig empört. „Ihr Mann hätte das nicht einfach so hingenommen. Dass es Spannungen in ihrer Ehe gegeben hätte, liegt auf der Hand."

„Oh, komm schon, Mädel", sagte Lexi und wandte sich

Sabrina zu. „Erstens hat sich die arrangierte Ehe erledigt, als der Typ gestorben ist, und zweitens ist es nur ein Roman."

Sabrina neigte den Kopf. „Willst du damit sagen, dass wir diese Geschichten nicht ernst nehmen sollen?"

„Natürlich sollen wir das!", protestierte Hailey.

Sabrina fuhr fort. „Ich dachte immer, dass es hier um tiefere Schichten von Liebe, Hoffnung und Erlösung geht. Alles, worauf es im Leben *ankommt*."

Einen Moment lang schwiegen alle.

„Oh, halt die Klappe", sagte Lexi und versetzte Sabrina einen spielerischen Stoß. „Wir wissen alle, dass du nur scharf auf Roan und sein … Schwert bist."

Sabrinas Wangen wurden rot. „Ich gebe zu, dass ich den Reizen eines starken Mannes, der–"

„Unter seinem Kilt nackt ist", fügte Missy hinzu.

„Und nicht zu vergessen oben ohne herumrennt", fügte Lexi mit glitzernden Augen hinzu. „Erinnert ihr euch noch an das Cover? Er hat hammerbreite Schultern–" Sie machte eine ausladende Geste neben ihren schmalen Schultern. „Muskulöse Arme und nen flachen Bauch, und dann ist da Brianna, ganz zierlich und an ihn gepresst. Wer will da nicht an ihrer Stelle sein?"

Die Frauen nickten zustimmend.

Hailey strahlte, warf ihre langen rotblonden Haare über ihre Schultern und begann eine begeisterte Diskussion über Roan, Brianna und Briannas Krieger-Brüder, die ihrerseits ihre Frauen über alles liebten.

Eine Weile entspannten sich alle und tratschten über eines ihrer Lieblingsbücher. Missy hatte das erste Buch der Trilogie sogar bereits zum zweiten Mal gelesen. Der Laird hatte etwas Faszinierendes an sich. Er war ein respekteinflößender Gegner für seine Feinde und loyal und mitfühlend gegenüber jenen, für die er verantwortlich war – die Menschen in seiner Gemeinde und ganz besonders Brianna. Oh Scheiße. Sie stand auf diesen herben Typ Mann mit tief verwurzelter Leidenschaft. Kein Wunder, dass Ben ihr unter die Haut ging.

Als sie genug über den Laird und Brianna gesprochen hatten, rief Hailey sie zu einer Gruppenumarmung zusammen. „Kommt, für Charlotte. Lasst uns alle unsere positive Energie sammeln und ihr schicken. Dann trinken wir auf sie."

„Seit wann bist du denn so gefühlsduselig geworden?", brummte Mad, ging jedoch zu Hailey und legte ihr einen Arm um die Schultern.

Missy schloss sich an, einen Arm um Sabrina, den anderen um Lexi – ihre beiden engsten Freundinnen – und ließ sich in den Kreis hinein ziehen.

„Wir lieben dich, Charlotte", flüsterte Hailey. „Und wir wissen, dass du bald einen süßen gesunden kleinen Jungen zur Welt bringen wirst." Alle wussten, dass sie einen Jungen erwartete.

„Und wir wissen, dass alles gut gehen wird", fügte Sabrina hinzu.

Missys Hals schnürte sich zu, denn die liebevollen Worte erinnerten sie daran, was auf dem Spiel stand. Sie schloss die Augen, um die Tränen zurückzuhalten, während jede der Frauen etwas Hoffnungsvolles sagte. Missy war als letzte dran und brachte über den Kloß in ihrem Hals kaum ein Wort heraus. „Amen", sagte sie nur.

Als sich die Frauen wieder voneinander lösten, sahen sie einander mit glasigen Augen an.

„Okay, Drinks im Garner's!", rief Hailey und zog ihren langen, wollweißen Mantel an. „Mad sagt, die Jungs sind auch schon drüben und warten auf Nachricht von Ty."

Missy erstarrte. Das bedeutete, dass Ben auch da sein würde. Was absolut kein Problem darstellte. Sie musste sich lediglich zusammenreißen, für Charlotte positiv denken, und er würde nie bemerken, dass sie gerade in einem so verletzlichen Zustand war. Sie zog ihre Jacke an. Es war ja nicht so, dass Ben da war, um sie zu sehen. Die Jungs waren wahrscheinlich nur da, weil Josh Campbell den Laden managte. Er und sein Zwillingsbruder Jake waren die ältesten der Campbell-Brüder, doch Josh lebte hier, während Jake mit seiner Frau Claire in der Weltgeschichte umherzog. Josh spielte die Rolle des großen Bruders ganz dezent, doch Missy hatte bemerkt, dass er sich um seinen jüngeren Bruder – sei es nun biologisch oder ehrenhalber – und seine kleine Schwester Mad kümmerte. Sie hatte mehr als einmal mitbekommen, wie sich die Jungs in vertraulichem Ton mit ihm unterhalten hatten. Und selbst Mad, der sonst jeglicher Filter abging, versuchte, ihn nicht zu provozieren, da sie „ihm zu viel schuldete". Missy wusste nicht, was Josh für Mad getan hatte, doch es war offensichtlich genug, um sich Mads Respekt zu verdienen.

Ein paar Minuten später ging Hailey ihnen voraus über die Straße und plapperte gut gelaunt über die Pläne für die Feiertage in Clover Park, entweder um alle anderen bei Laune zu halten oder um sich innerlich darauf vorzubereiten, Josh wiederzusehen, worauf sie in der Regel mit verdreifachter Planungsaktivität reagierte. Das kommende Wochenende war der erste Advent, und Hailey hatte für Samstag einen Weihnachtsspaziergang durch den Ort geplant, einschließlich Eisskulpturen, heißer Schokolade und gebrannten Mandeln, Weihnachtsliedern, die von kleinen Gruppen überall auf der Hauptstraße gesungen werden würden, und Kutschfahrten. Sonntag war das Weihnachtsbaumdekorieren im Ludbury House, dem großen alten Herrenhaus, das der Gemeinde gehörte, geplant. Hailey hatte dort ein Büro gemietet, was für sie ideal war, denn das Haus wurde hauptsächlich für Hochzeiten genutzt. Hailey wollte nicht nur die riesige Kiefer vor dem Haus dekorieren, sondern hatte mehrere Weihnachtsbäume organisiert, die im Foyer darauf warteten, dekoriert und anschließend zu den älteren nicht mehr ganz mobilen Bürgern des Ortes gebracht zu werden. Und die gespendeten Geschenke für die Senioren verpackte sie auch.

„Hailey, hol zwischendurch mal Luft", riet Sabrina. „Ich komme, um dir zu helfen, und Lexi und Missy werden auch da sein."

„Wunderbar", trällerte sie. „Je mehr, desto besser. Was ist mit euch?" Sie eilte zu ihren übrigen Freundinnen. Missy hörte, wie Ally begeistert ja sagte, die anderen hatten jedoch keine Zeit. Ally, eine lebhafte, blonde Lehrerin, arbeitete Teilzeit mit Hailey, um den Sologamie-Zweig zu Haileys Hochzeitsplanungsbüro aufzubauen. Diese Sologamie-Sache war ziemlich cool, quasi eine ermutigende Zeremonie, in der man sich selbst heiratete und schwor, sich zu ehren und sein eigenes Glück zu suchen (anstatt darauf zu warten, dass ein Ritter in glänzender Rüstung angeritten kam wie in einem dummen Märchen). Missy hatte es gefallen, als sie und ihre Freundinnen vor ein paar Monaten ihre eigene Sologamie-Zeremonie abgehalten hatten, denn sie würde sich nie von sich selbst scheiden lassen.

Hailey ging allen voraus direkt auf Josh zu, der hinter der Bar stand. Seine dunkelbraunen Haare wirkten noch zerzauster als sonst. „Hast du was von Ty gehört?", fragte sie sofort.

Missy und Sabrina waren ihr gefolgt und lauschten gebannt. Josh schüttelte kaum merklich den Kopf, die Lippen fest aufeinander gepresst.

„Das letzte Mal, als wir von Ty gehört haben, war, als sie ihn vor einer Stunde zum Eisholen geschickt hat", sagte Clarissa, Joshs Freundin, die auf einem Barhocker neben Hailey saß.

Hailey zuckte zusammen. „Oh, ich hab dich gar nicht gesehen. Danke für die Info." Sie blickte von Josh zu Clarissa und wieder zurück zu Josh. „Kann ich bitte ein Glas Chardonnay haben?"

Unerwartet schnell goss Josh Hailey das bestellte Getränk ein und stellte das Glas vor ihr ab. Missy fiel auf, dass Clarissa ihn aufmerksam beobachtete. Josh wandte sich den anderen zu und fragte in gedämpftem Ton: „Und was darf ich euch Ladys bringen?"

Entweder machte Josh sich wie die anderen Sorgen um Charlotte oder mit Clarissa zusammen zu sein hatte ihn verändert. Er war in der Bar immer entspannt gewesen und hatte immer ein charmantes Lächeln parat gehabt, auch wenn er hier und da mal Hailey aufgezogen hatte. Ja, es schien ihm Spaß gemacht zu haben, sich mit ihr zu zanken. Doch das heute war nicht der Josh, den sie alle kannten und liebten.

Sobald sie ihre Drinks hatten, bat Sabrina Josh, ihre Cupcakes hinter der Bar aufzubewahren, und ließ sich bestätigen, dass der Champagner schon auf Eis lag. Zufrieden hakte sich Sabrina bei Hailey unter und führte sie weg von der wenig behaglichen Josh-und-Clarissa-Situation. Missy und Lexi folgten ihnen.

„Mir geht's gut", sagte Hailey zu Sabrina, als sie in einer ruhigeren Ecke stehenblieben und Hailey so positionierten, dass sie Josh nicht sehen konnte. „Das ist alles Schnee von gestern."

„Er hat für dich fast einen Mann totgeschlagen", sagte Sabrina leise und meinte damit die Auseinandersetzung zwischen Blake und Josh bei der *Fierce Loving* Party letzte Woche.

„Sie haben sich nur ein bisschen geschubst", widersprach Hailey und trank einen langen Schluck von ihrem Wein. „Mach da keine große Sache draus."

Missy und Sabrina tauschten Blicke aus. So viel Zeit Hailey auch in den letzten zwei Jahren dafür aufgewendet hatte, sich um ihre kleine Gruppe zu kümmern, waren sie alle zu dem Schluss gekommen, dass es an der Zeit war, dass sie sich um Hailey kümmerten.

Sabrina fuhr mit fester Stimme fort: „Mir gefällt die Dynamik dieser Situation nicht. Ein klassisches Dreieck, und am besten ziehst du dich daraus zurück. Du hat eine gesunde, liebevolle Beziehung verdient, kein dysfunktionales Chaos."

Hailey schüttelte den Kopf. „Du machst viel mehr daraus, als es ist."

„Und mir gefällt nicht, wie sie dich ansieht", fügte Sabrina hinzu. „Sie ist eifersüchtig oder wütend oder beides."

Hailey wurde rot, trank einen weiteren Schluck Wein und tätschelte Sabrinas Arm. „Danke, dass du mich so unterstützt, aber zurück zu vorhin. Wartet, bis ihr den Haufen Spenden im Ludbury House seht. Ein Beweis, wie sehr die Gemeinde zusammenhält. Morgen habe ich einen ganzen Truck voller Essen für die Essensausgabe der Gemeinde, und ihr solltet sehen, wie viele Spielsachen ich für die Kinder gesammelt habe. Die Senioren bekommen alle E-Reader, damit sie nicht so lange warten müssen, bis die gedruckten Bücher in die Bücherei kommen und sich nicht mehr mit Lupen rumschlagen müssen. Mit den Dingern können sie einfach die Schriftgröße verändern. Ich habe die Bibliothekarin sogar dazu bewegen können, einen Kurs anzubieten, wie das E-Book-Programm der Bibliothek funktioniert."

„Das ist schön", sagte Lexi.

„Diese E-Reader müssen teuer gewesen sein", überlegte Missy.

Hailey lächelte. „Seht ihr, was passiert, wenn die Gemeinde für einen guten Zweck zusammenlegt?"

„Wir alle wissen, wer das geschafft hat. Die Gemeinde war das nicht", bemerkte Lexi.

Haileys Wimpern flatterten einen Moment, dann sagte sie bescheiden: „Ich habe es vielleicht ins Rollen gebracht, doch die Leute hier haben den Rest erledigt."

Es war nicht nur so, dass Hailey Essen und Spielsachen (und wahrscheinlich auch die E-Reader) aus eigener Tasche bezahlt hatte, um andere zum Spenden zu bewegen, sie hatte auch zahllose Fotos gemacht und sie auf Social Media gepostet und Flyer mit der Überschrift „Clover Park schenkt Freude zu Weihnachten” verteilt. Sie war ein Energiebündel und innerlich wie äußerlich schön.

„Weißt du was, Hailey?”, begann Missy. „Ich helfe dir das ganze Wochenende – vom Aufbauen bis zum Saubermachen. Solange du arbeitest, bin ich auch da.”

Hailey quietschte vor Freude.

„Viele Hände machen der Arbeit schnell ein Ende”, sagte eine herzliche Männerstimme hinter Missy, und ihre Nackenhaare stellten sich auf.

Ben erschien neben ihr und lächelte sie an, bevor er sich ihren Freundinnen zuwandte. „Hallo, Ladys”, sagte er mit warmer Honigstimme, die Missy sofort nervös machte. Sie würde nicht herumstehen und zusehen, wie er vor ihrer Nase mit ihren Freundinnen flirtete. Wenn sie und Ben Freunde sein sollten, dann mussten sie ein paar Grundregeln festlegen – kein Flirten, kein Küssen, kein *Garnichts* mit anderen Frauen vor ihr.

*O Gott, ich will ihn ganz allein für mich.* Diese unerwartete Eifersucht gefiel ihr gar nicht.

„Hi”, sagten Lexi und Hailey und sahen Missy neugierig an. Sie hatte ihren Freundinnen nichts von ihrem One-Night-Stand erzählt, doch sie wussten, dass sie vorübergehend bei ihm im Büro aushalf.

„Hallo”, sagte Sabrina.

Missy gab sich große Mühe, sich nicht von Ben neben ihr aus dem Konzept bringen zu lassen, doch sie spürte, dass ihre Wangen glühten. Ihr ganzer Körper war gereizt und ihre Nerven prickelten vor Erwartung. Er berührte sie nicht einmal, doch die Anziehung war elektrisch, und sie wollte sich auf ihn stürzen. Das war furchtbar.

Hailey wandte sich Missy zu und kommentierte ausnahmsweise einmal nicht potentielle Verkupplungsmöglichkeiten. „Danke, dass du dich freiwillig gemeldet hast. Ich wollte nichts sagen, ich meine, natürlich ist es freiwillig, aber es ist schwer für mich, dieses Wochenende überall, wo ich gebraucht werde, gleichzeitig zu sein. Es ist schön zu wissen, dass mir jemand die ganze Zeit hilft. Wir müssen per SMS in Kontakt bleiben und regelmäßig Details koordinieren."

„Du meine Güte, Missy, im Vergleich zu dir sehen wir jetzt richtig schlecht aus", sagte Lexi.

„Ja", lächelte Sabrina. „Hailey, ich hoffe du weißt, dass ich dir mehr helfen würde, wenn ich könnte."

„Natürlich", sagte Hailey. „Zu dieser Jahreszeit ist überall viel los."

„Klingt nach einer großen Aktion", sagte Ben. „Ich bin dabei. Wenn du jemanden brauchst, der irgendwas Schweres für dich hebt, dann bin ich dein Mann." Er spannte seinen beeindruckenden Bizeps an. „Und für alles andere natürlich auch. Missy kann es bestätigen. Ich kann spülen, abtrocknen, Essen servieren. Was immer du brauchst."

„O mein Gott, du bist ein Lebensretter!", rief Hailey und hüpfte auf und ab. „Ja! Es wäre toll, wenn du kommen könntest. Wir haben jede Menge Kram, der für den Aufbau und später fürs Saubermachen hin und her geräumt werden muss. Ich müsste das sonst mit einer Sackkarre oder so einem Kinderkarren machen."

„Du meinst so ein Ding, in dem man Kinder hinter sich herzieht?"

„Man muss mit dem zurecht kommen, was man hat", sagte Hailey. „Ich kann da ziemlich kreativ werden."

Ben starrte Hailey an. „Ich organisiere dir ein paar Jungs, und die kommen dann mit Sackkarren."

Sie diskutierten Logistik und Inventar, bevor sie sich über das Ausmaß der Arbeiten einig waren.

Missy wandte sich Ben zu und fühlte sich wachsweich, weil dieser wunderbare Mann derart wunderbare Sachen machte. Sie war noch nie einem Mann wie ihm begegnet. Sie hatte nicht einmal geglaubt, dass so jemand existierte.

Er lachte leise. „Was ist?"

„Nichts", murmelte sie. Jemand klopfte mit einem

Löffel gegen ein Glas und Josh rief mit der Stimme eines Generals: „Ruhe!"

Alle wandten sich Josh zu, der hinter dem Tresen hervor gekommen war. „Das Baby ist da! Mom und Baby TJ geht es gut!"

Alle jubelten und fielen einander in die Arme. Missy umarmte spontan Ben, der sie ebenfalls umarmte. Als er sie vom Boden hochhob und herumwirbelte, lachte sie, und ihr Herz platzte fast vor Freude über Charlottes Glück.

Ben stellte sie ab und lächelte. „Ich bin wieder Onkel geworden."

„Und ich Tante", sagte sie, und ihre Augen wurden feucht. Sie blinzelte schnell. „Ich freue mich so für sie."

„Champagner und Cupcakes!", rief Sabrina.

Nichts hatte je süßer geschmeckt.

# Kapitel Zehn

Als Missy am Samstagmorgen die Hauptstraße von Clover Park betrat, hatte sie das Gefühl, in einen Hallmark Channel Weihnachtsfilm gestolpert zu sein. Nicht, dass sie sich so etwas ansah. Zumindest nicht oft. Der Weihnachtsspaziergang war noch nicht offiziell eröffnet, darum hatte sie freien Blick auf den charmanten Ortskern, dessen Läden und Restaurants mit glitzernden Lichterketten dekoriert waren. Weiße Lichterketten waren auch über die Straße gespannt, um die Bäume auf beiden Seiten der Straße gewickelt und funkelten in jedem Schaufenster. Die Pfosten der altmodischen Straßenlaternen waren mit Girlanden und großen roten Schleifen verziert. Hailey hatte auch jede Menge Weihnachtskränze, glitzernde Schneeflocken, Minibäume mit goldenen Kugeln und Menorahs gekauft, damit die Schaufenster ein einheitliches Bild abgaben.

Die Straße war für den Verkehr geschlossen, damit Fußgänger und Pferdekutschen ungestört flanieren konnten. Zwei Kutschen, beide mit jeweils einem großen Kaltblut mit Glöckchen am Zaumzeug und an den Sätteln, standen gegenüber des Gemeindehauses. Der süße Duft von heißer Schokolade und gebrannten Mandeln lag in der Luft. Shane O'Hare hatte einen Wagen vor dem *Something's Brewing Café* aufgebaut und röstete darin neben gebrannten Mandeln scharfe Schoko-Pekannüsse und süß-saure gemischte Nüsse. Er hatte am Morgen alle freiwilligen Helfer kosten lassen, und Missy hatte ihm wie schon so oft gesagt, dass sich der Ort glücklich schätzen konnte, ein kulinarisches Genie wie ihn zu haben. Daraufhin wurde sein Gesicht so rot wie seine Haare. „Danke", murmelte er nur.

Doch der beste Teil an diesem glücklichen Tag war, ihn mit Ben zu erleben.

Sie arbeitete nicht einmal direkt mit ihm zusammen, doch jedes Mal, wenn sie ihn in seinem schwarzen Daunenparka, mit seiner schwarzen Strickmütze und den schwarzen Wollhandschuhen irgendetwas tragen sah, fühlte sie sich taumelig. Er sah so wild und stark und *heiß* aus.

Jetzt, wo alles an Ort und Stelle war, war Ben zu ihr gekommen, um ihre gemeinsame Arbeit zu bewundern. Er schrieb gerade eine SMS, darum betrachtete sie verstohlen sein Profil, sein kantiges Gesicht mit dem Stoppelbart am Kinn und sehnte sich plötzlich danach, ihn über ihre Haut kratzen zu spüren. Sie unterdrückte ein Seufzen, blickte gen Himmel und atmete die frische kalte Luft ein. Die Festlichkeiten würden um zehn anfangen, wenn die Läden öffneten. Es war fast soweit, und sie konnte es nicht erwarten zu sehen, wie viel Spaß die Kinder haben würden. Die meisten Familien mit kleinen Kindern würden zum Pancake-Frühstück mit Santa in die Cafeteria der Clover Park Highschool gehen, ein paar Blocks von der Hauptstraße entfernt, und danach erst herkommen.

Als sie sich Ben zuwandte, kam ihr Atem als weiße Wolke aus ihrem Mund. „Das einzige, was es jetzt noch perfekter machen würde, wäre Schnee."

„Einen Schneemann haben wir schon", sagte er und deutete die Straße hinunter. „Bei den Eisskulpturen."

„Oh, den hab ich noch gar nicht gesehen. Lass uns hingehen."

Sie gingen ein Stück die Straße hinunter zum Baldwin Park. Die Eisskulptur stand im Gras neben dem Gehsteig – ein riesiger aus Eis gehauener Schneemann mit Zylinder und Eiskarottennase. Neben dem Schneemann standen seine Schneefrau und seine zwei kleinen Schneekinder. Zu niedlich!

Ben warf einen Blick auf sein Handy. „Hailey braucht mich, um Marcus und Logan dabei zu helfen, einen Tisch, Stühle und ein paar Fässer aus dem Keller von Ludbury House zu holen."

Sie folgte ihm zurück in den Ortskern. „Fässer?"

„Keine Ahnung, was sie damit meint. Hat was mit der Essensausgabe und den gespendeten Spielsachen zu tun. Heute Abend müssen wir alles in den Truck laden und ausliefern. Wird wahrscheinlich ein langer Abend. Die Adressen, wo wir es abliefern müssen, sind jeweils eine Stunde entfernt und liegen nicht gerade in der Nähe von Clover Park."

Das war wahrscheinlich viel mehr Arbeit, als er erwartet hatte, doch er beklagte sich nicht und das war ein Grund, ihn noch mehr zu bewundern. „Klingt nach jeder Menge Arbeit."

Er zuckte mit den Schultern. „Weihnachten steht vor der Tür. Da muss man seinen Beitrag leisten, wenn man es zu etwas Besonderem machen will."

Schuldgefühle stiegen in ihr auf. Bei all der Arbeit und da sie so viel an Ben dachte, hätte sie die Harpers fast vergessen. Sie musste sich auf ihre Prioritäten konzentrieren. Sobald sie ihren ersten Gehaltsscheck von Ben bekam, würde sie mit dem Einkaufen für sie anfangen. Sie musste so viel besorgen, um Weihnachten für diese Familie so zu gestalten, wie es sein sollte. Sie hatte sich bereits online informiert, doch für manche Sachen würde sie sich vor Ort umsehen müssen, um das Passende zu finden. Darüber hinaus musste sie ein Menü planen, die Lebensmittel einkaufen und Dekoration besorgen. Rena war nur mit dem Allerwichtigsten von zu Hause geflohen, da sie unter allen Umständen hatte vermeiden wollen, dass ihr gewalttätiger Mann mitbekam, dass sie vorhatte, ihn zu verlassen. Missy hätte ihre Arbeit für sie diese Woche nicht vernachlässigen sollen.

„Du hast recht", sagte sie. „Ein bisschen Arbeit jetzt macht Weihnachten später umso schöner." Heute Abend würde sie sich ein Menü einfallen lassen.

„Wenn ich in Ludbury House fertig bin, braucht Hailey mich erst zum Aufräumen wieder. Soll ich dir am Heiße-Schokolade-Stand helfen?"

Ihr Puls schlug schneller, ihre Wangen wurden rot und ihr Magen flatterte. „Das wäre schön", sagte sie sanft.

Er blieb stehen, lächelte und sah sie mit warmen blauen Augen an. „Okay, dann sehe ich dich später da."

Er berührte sie nicht, dennoch spürte sie dasselbe Glühen bis hinunter zu den Zehen, das sie empfand, wenn er sie umarmte.

Sie nickte und winkte ihm zum Abschied zu.

Er zwinkerte ihr zu und ging.

Wie sollte sie einem Mann widerstehen, wenn er so unwiderstehlich war?

Sie konnte es nicht. Nicht mehr. Sie wollte mehr mit ihm – mehr Zeit, mehr Unterhaltungen, mehr Sex. Sie würde ihn das bei nächster Gelegenheit wissen lassen.

~ ~ ~

Ben folgte Marcus Shepard, seinem Bruder ehrenhalber, in den Keller von Ludbury House und dachte dabei an Missy. Er hatte dort auf dem Gehsteig etwas von ihr ausgehen gespürt, etwas Warmes, das ihm sagte, dass sie auch etwas für ihn empfand. Gott sei Dank. Er hatte keine Lust, allein liebeskrank zu sein. Whoa. Langsam, langsam. Liebe? Das konnte nicht sein. Sie waren immer noch dabei, einander kennenzulernen. Er konnte an einer Hand abzählen, was er über Missy wusste, doch er empfand einen gewissen Stolz, dass ihre Augen jetzt offener wirkten. Wenn er nur die nächsten zwei Wochen überstehen konnte, ohne etwas vollkommen Unangemessenes zu sagen oder zu tun, würde alles gut werden. Natürlich wäre es einfacher, wenn er weniger Zeit mit ihr verbringen würde als diese Freunde-Nummer, doch daran wollte er nicht einmal denken. Er wollte Zeit mit ihr verbringen, ob es nun körperlich wurde oder nicht. Verdammt, das war etwas vollkommen Neues für ihn.

Marcus und er fanden den langen Holztisch, den Hailey ihnen beschrieben hatte, schnell. Sie hatte mit Tesa einen Zettel daran gehängt, auf dem in großen Lettern stand: Spendentisch für Weihnachtsspaziergang. Daneben war ein großes rotes Herz gemalt.

Marcus hob seine Seite des Tischs mit Leichtigkeit an. Er war ein Hulk – groß, mit einem muskulösen Körper, den er durch tägliches Training fit hielt. Er hätte den Tisch wahrscheinlich allein tragen können, doch Ben hob seine Seite hoch. Als sie die Treppe erreicht hatten, ging Ben voraus. Er sah Marcus an, der aussah, als kostete es ihn nicht die geringste Anstrengung. „Datest du immer noch drei Frauen gleichzeitig?", fragte Ben neugierig. Die Frauen wussten voneinander, und Marcus schien sich nicht für eine entscheiden zu können.

„Das ist schon eine Weile her. Hatte keine Gelegenheit, dich auf den neusten Stand zu bringen."

Er hatte recht. Er traf Marcus sonst immer regelmäßig zum Basketballspielen im Park, doch im Winter spielten sie nicht, darum sahen sie einander seltener. Marcus, dem eine Bar in Manhattan gehörte, lebte und wohnte in der Stadt.

„Wie ist der neuste Stand?", fragte Ben. „Von drei auf null runtergefahren? Oder hast du dich für eine entschieden?"

„Du klingst wie Hailey mit deiner Fragerei", schnaubte Marcus. „Kannst du ein bisschen schneller machen? Das Ding ist verdammt schwer, und ich glaube, ich hab mir 'nen Splitter geholt."

Marcus war stark wie ein Bär, doch ein kleiner Splitter und er war erledigt. Er war auf seltsamste Weise sensibel.

Ben ging schneller die Treppe hinauf, und oben angekommen setzten sie den Tisch ab.

„Hier lang, Jungs!", rief Hailey. „Wir stellen ihn draußen vor dem Garner's auf. Josh hat gesagt, das geht in Ordnung."

Marcus und Ben tauschten wissende Blicke aus. Trotz Freundin konnte Hailey Josh immer noch um den kleinen Finger wickeln. Was sie jedoch nicht begriffen, war, dass Hailey es nicht wusste. Ihre Ahnungslosigkeit war ihnen ein Rätsel, besonders, da sie darauf versessen war, Paare zusammenzubringen, und sich selbst als Liebesjunkie bezeichnete. Es war so offensichtlich, dass Josh auf sie stand, vor allem, nachdem er sich bei der Filmparty mit Blake Grenier angelegt hatte und Spaß daran zu haben schien, sich mit ihr im Garner's zu zanken. Einmal hatten die anderen gesehen, wie Josh Hailey bei einem ihrer Samstagsspiele einen Basketball zugeworfen hatte, obwohl sie *zum anderen Team* gehört hatte. Da hatten sie gewusst, dass sie Josh am Haken hatte. Ihre Basketballspiele waren immer hart umkämpft, und niemand würde absichtlich den Ball so abgeben. Warum Josh immer noch nicht versucht hatte, bei Hailey zu landen, war ein weiteres Mysterium. Sie war schön, ehrgeizig und smart, auch wenn sie offensichtlich viel Aufmerksamkeit verlangte, was der Grund war, weswegen die anderen die Finger von ihr gelassen hatten. Sie hatten mehr als einmal versucht, Josh deswegen auszuquetschen, hatten jedoch nichts aus ihm heraus bekommen.

„Logan!", rief Hailey und kam herbei geeilt. Vielleicht war Josh nicht der einzige, den sie um den Finger gewickelt hatte. „Könntest du bitte den Transportwagen aus dem Lagerschuppen holen? Ich glaube, der ist am besten geeignet, die Fässer zu transportieren."

„Ja, Ma'am", sagte Logan und verschwand.

Hailey blickte ihm nach, dann wandte sie sich Ben und Marcus zu. „Er ist ein Schatz, findet ihr nicht?"

„Nein", antworteten sie wie aus einem Munde. Nicht, weil Logan kein guter Kerl gewesen wäre. Es war nur, dass Logan und Josh Brüder waren, und wenn Hailey zwischen sie geriet, würde es unangenehm werden.

Hailey warf ihre langen rotblonden Haare über ihre Schultern. „Zurück an die Arbeit. Habt ihr Lust, Elfenhüte zu tragen?"

Marcus sah sie entsetzt an „Nein, danke", murmelte er.

„Ich nehme einen", sagte Ben, da er vorhatte, ihn Missy aufzusetzen, um sie wegen ihres vorherigen Lebens als Weihnachtself aufzuziehen.

Hailey quietschte und rannte davon, um einen zu holen.

Ben zuckte mit den Schultern. „Ist für Missy."

Marcus schüttelte schmunzelnd den Kopf.

„Was?", fragte Ben defensiv. „Wir sind Freunde. Ist ein Insiderwitz."

Marcus grinste breiter. „Logan sagt, dass ihm das Kotzen kommt, wenn er deinen liebeskranken Welpenblick sieht."

„Ich habe keinen liebeskranken Welpenblick", sagte er mit so viel Würde, wie er aufbringen konnte. Oder doch? Scheiße. Hatte Missy es bemerkt? Das wäre peinlich, da sie ganz sicher nicht liebeskrank wirkte.

Marcus sah ihn skeptisch an. Logan log nie und beide wussten das.

„Wir sind Freunde", beharrte Ben.

„A-ha."

„Sind wir wirklich."

Marcus antwortete leise: „Es ist keine Schande, sich in eine Frau zu vergucken."

Ben verschränkte die Arme, entschlossen, alle wissen zu lassen, wie professionell und freundschaftlich ihre Beziehung wirklich war. „Sie arbeitet für Checkin. Alles ist vollkommen jugendfrei."

Marcus sah ihn mitfühlend an. „Das ist scheiße."

Ben biss die Zähne zusammen. Nur noch ein paar Wochen, doch er konnte ihm wohl kaum erklären, dass er auf den richtigen Moment warten musste, da er sich wegen des Grundes dafür schämte – der Anschuldigungen sexueller Belästigung, die Ashley gegen ihn erhoben hatte. Er hatte seinen Freunden nie davon erzählt. Leider wussten jedoch einige Leute aus der Branche davon und hätten ihm damit richtig schaden können. Er durfte sich mit Missy keinen Fehler erlauben. Zu viel hing davon ab, sein Ansehen in den Augen der Investoren zu bewahren. Er musste abwarten, und der mögliche Ausgang war viel unklarer, als ihm lieb war.

Hailey kam mit dem Elfenhut zurück und Ben nahm ihn an sich, dankbar, dass er nicht weiter über die Angelegenheit reden musste. Er steckte den Hut in seine Jackentasche und trug den Tisch mit Marcus ein Stück die Straße hinunter, bevor er ihn vor dem Garner's auf dem Gehsteig abstellte. Die Geschäfte hatten zwischenzeitlich geöffnet, und langsam kamen die ersten Leute und sahen sich um. Sein Blick wanderte über die Straße zu Missy, die ein paar Kindern heiße Schokolade einschenkte.

„Kannst du dich um die Stühle kümmern?", fragte er Marcus. „Ich muss gehen." Er ging über die Straße.

„Klar doch, lass mich mit der Arbeit sitzen!", rief Marcus ihm hinterher.

„Danke!" Ben hob eine Hand und ging weiter über die Straße. Er wusste, dass Marcus locker vier Klappstühle auf einmal tragen konnte, und Logan konnte ihm mit den Fässern helfen. Er beeilte sich, da er unbedingt Missy den Hut aufsetzen wollte, doch als er näher kam, ging er langsamer, um ihre Miene zu lesen. Sie lächelte die Kinder, zwei kleine Jungen und ein Mädchen, an, doch da lag Schmerz in ihrem Blick.

Er trat zu ihr und betrachtete die Kinder. Zwei Jungen mit kurzen, braunen Haaren, vielleicht sechs und acht Jahre alt, die ihre Becher mit heißer Schokolade hielten, und ein

Mädchen, das etwa zehn Jahre alt war. Sie trug eine enge rosa Jacke, aus der sie offensichtlich herausgewachsen war.

„Schon okay", sagte Missy zu dem Mädchen. „Das bleibt unter uns." Sie lächelte. „Möchtest du Sahne?"

„Wir haben nicht gewusst, dass es so viel kostet", flüsterte das Mädchen. „Mom hat uns nur genug für zwei Becher gegeben." Sie blickte hinüber zu ihrer Mutter, die ein Stück weiter eine Tüte gebrannte Mandeln kaufte, rief jedoch nicht nach ihr.

„Das geht aufs Haus", verkündete Missy lächelnd und goss ihr einen Becher voll ein.

Das Mädchen hob trotzig das Kinn. „Mom sagt, wir arbeiten für das, was wir wollen. Ich muss es mir verdienen."

Missys Lächeln schwand. „Das ist dafür, dass du so gut auf deine Brüder aufpasst."

In genau diesem Moment schrie ihr jüngster Bruder. „Hey! Wegen dir hab ich meine Schokolade verschüttet!" Eine große Pfütze auf der Straße lief in Richtung Rinnstein.

„Ich hab dir gesagt, dass du den Deckel nicht aufmachen sollst!", schnauzte der ältere Bruder. „Du bist selbst daran schuld!"

„Maddy hat gesagt, wir haben nicht genug Geld, um noch eine zu kaufen! Gib mir deine!"

„NEIN!"

Das Mädchen zog mit hochrotem Gesicht den Kopf ein. Sie wandte sich ab und wollte gehen.

„Du mit der verschütteten Schokolade!", rief Ben dem Jungen zu. „Wusstest du, dass die Schokolade kostenlos ist, wenn man an Santa glaubt?"

„Ich glaube an Santa!", rief der Junge und strahlte.

„Dann bekommst du noch eine." Er wandte sich Maddy zu. „Und du auch."

„Ich glaube aber nicht mehr an den Weihnachtsmann", flüsterte sie.

„Hast du je eine Wunschliste geschrieben?", fragte er

und goss dem kleinen Jungen, der vor Freude nicht stillstehen konnte, einen neuen Becher ein.

„Ähm … ja", sagte sie unsicher.

„Je ein Weihnachtslied gesungen?", fragte Ben und reichte dem Jungen seinen neuen Becher.

„Das macht ja jeder", sagte Maddy.

„Dann sieht es so aus, als bekämen alle ihre Schokolade kostenlos", sagte Missy. Sie warf Ben einen dankbaren Blick zu, der seine Brust anschwellen ließ, bevor sie sich wieder Maddy zuwandte. „Und, möchtest du Sahne?"

Als Maddy nickte, sprühte Missy die Sahne auf, setzte den Deckel auf den Becher und reichte ihn ihr.

Maddy starrte sie dabei mit zitternder Unterlippe an. „Danke", sagte sie und ging zu ihrer Mom, die noch immer am Wagen mit den gebrannten Mandeln wartete, gefolgt von den Jungs, die johlten, dass sie nichts für die Schokolade bezahlen mussten.

Missy wandte sich ihm zu, eine Hand auf seinem Arm, stellte sich auf Zehenspitzen und lehnte sich zu ihm vor, näher, als sie ihm in einer höllisch langen Woche gekommen war.

Ihm stockte der Atem. Sie würde ihn küssen. Er konnte den Kuss erwidern, wenn sie ihn initiierte. Sein Herz pochte, und sein Blut rauschte durch seine Adern. Das war okay, wirklich okay. Er konnte sich keinen Vorwurf deswegen machen, es war unausweichlich. Sie waren nicht im Büro und kehrten nur zu–

Sie neigte den Kopf in Richtung seines Ohrs, und er hätte beinahe gestöhnt. „Das waren die Harper-Kinder, denen ich zu Weihnachten helfe. Danke, dass du die Situation entschärft hast, ich fürchte nur, dass sich das mit der kostenlosen heißen Schokolade herumsprechen wird, dabei soll der Erlös dieses Stands an die Essensausgabe der Gemeinde gehen."

Er musste sich verdammt noch mal beruhigen. Wenn er es durch diese Hölle der Professionalität schaffen würde, sollte er den Gentleman-des-Jahres-Preis verliehen bekommen. Denn wenn einer ihn verdient hatte, dann er.

„Wenn das passiert, komme ich dafür auf", sagte er mit rauer Stimme, wütend auf sich selbst, dass er so erregbar war, während sie die Ruhe selbst zu sein schien.

„Ben–"

Er holte den Elfenhut aus seiner Jackentasche und setzte ihn auf. „Ich helfe gerne. Ist mein Ding … Na bitte. Jetzt siehst du elf-tastisch aus."

Missy reagierte nicht auf den Hut. Ihr trauriger Blick wanderte zu Maddy.

„Was ist mit ihr?", fragte Ben.

Missy drehte sich um. „Oh je, da ist schon eine Schlange. Komm, lass uns weitermachen."

Dass sie nicht auf seine Frage geantwortet hatte, weckte ein unbehagliches Gefühl in ihm, doch vor dem Stand hatte sich tatsächlich eine Schlange gebildet. Wie viel verlangen sie eigentlich für das Zeug? Egal. Es war für einen guten Zweck. Er konnte ein bisschen was spenden, vor allem, wenn er damit dazu beitrug, Maddy und ihre Brüder ein schönes Weihnachten zu bescheren. Und die Essensausgabe war auch ein guter Zweck, der ihm am Herzen lag.

Eine Stunde verging, und er fing an, sich Sorgen um Missy zu machen. Sie sprach kaum ein Wort mit ihm, während sie Seite an Seite arbeiteten, und schien sich immer weiter in sich zurückzuziehen. Sie lächelte nicht einmal mehr ihre Kunden an. Doch dann bemerkte er eine Frau, die Missys Schwester sein musste, in der Schlange. Sie war zwar deutlich größer als Missy, doch ihre Haare hatten dasselbe wunderschöne Rot, das Missy unter dem Braun versteckte, und ihre Lippen waren so gut wie identisch. Sie hielt ein kleines Mädchen mit strahlenden Augen auf dem Arm, das eine rosa Strickmütze über seinen braunen Haaren trug und dazu eine ebenfalls rosafarbene Jacke. Ein großer, südländisch aussehender Mann stand neben ihr. Unter seiner Daunenjacke trug er ein Baby in einem Geschirr auf dem Bauch. Nur die gestreifte Mütze und die dunklen Haare des Babys waren zu sehen. Das musste der Mann von Missys Schwester sein. Die Kleinen hatten seine Haare.

„Missy!", rief die rothaarige Frau mit einem fröhlichen Winken. „Wir sind hier!"

„Hi!", rief Missy mit einem strahlenden Lächeln.

„Alles im grünen Bereich mit deinem Auto?", fragte der Mann.

Ben sah Missy an. Sie hatte Probleme mit ihrem Auto? Er hätte es reparieren lassen können, wenn er davon gewusst hätte. Als Freund. Freunde sollten einander helfen.

„Alles okay, Nico", sagte Missy. „Danke, dass du es dir angesehen hast." Sie wandte sich Ben zu. „Mein Auto hat komische Geräusche gemacht, wenn ich angehalten habe. Nico ist ein ausgezeichneter Automechaniker. Normalerweise arbeitet er nur an Oldtimern, doch für mich hat er eine Ausnahme gemacht."

Nico schmunzelte. „Das Ding ist doch eh schon fast ein Oldtimer."

Missy lachte. „Ich weiß, ich weiß."

Nico sah das Baby auf seiner Brust an und sagte etwas zu der Rothaarigen neben sich.

„Ist das deine Schwester?", fragte Ben, während sie weiter heiße Schokolade ausschenkten.

Missy machte große Augen. „Das siehst du?"

„Komm schon, diese roten Haare? Diese Lippen?"

Sie wurde rot, so niedlich, wenn das passierte. „Ja, das ist Lily. Wir sehen beide unserer biologischen Mutter ähnlich."

Er fragte sich, ob beide zur Adoption freigegeben worden waren, oder ob ihre Mutter Lily behalten hatte, doch jetzt war nicht die richtige Zeit, danach zu fragen. Sie beantwortete seine Fragen sowieso nicht gern. Eines, was er über Missy wusste, war, dass sie sich zurückzog, wenn er zu viele Fragen stellte. Doch was musste er schon wissen, wenn es ihm reichte, mit ihr zusammen zu sein? Ein paar Sachen wusste er ja schon von dem Backgroundcheck, den er über sie eingeholt hatte. Die Details ihrer Vergangenheit waren darum nicht wirklich ausschlaggebend.

Missy rief ihrer Nichte zu: „Chloe, hast du Santa gesehen?"

Chloe nickte so eifrig, dass die Pompoms ihrer Mütze hüpften. „Ja! Und Pony!"

Nico tippte Chloe auf die Nase. „Santa hat keine Ponys. Dazu ist es am Nordpol zu kalt."

„Vielleicht hat er ein *My Little Pony*", schlug Missy vor.

„Oh ja, vielleicht", rief Lily begeistert aus. „Erinnerst du dich an Prinzessin Celestia und Twilight Sparkle?"

„Nein. Pony", beharrte Chloe stur.

Die Eltern tuschelten leise.

Als Lily und ihre Familie am Tisch ankamen, hatte Chloe das Pony schon wieder vergessen, zu beschäftigt, mit einer kleinen Taschenlampe am Schlüsselbund ihres Vaters zu spielen. Nico ging mit dem Baby auf dem Gehsteig auf und ab, nachdem Missy ihnen Ben vorgestellt hatte. Lily strahlte ihn an und lud ihn sofort zum Abendessen am Sonntag ein.

„Gerne, ich freu mich drauf", sagte er und sah Missy an, doch die hatte nur Augen für ihren kleinen Neffen.

„Nico!", rief Missy. „Kann ich Leo ein bisschen haben? Ich leide unter ernsthaftem Baby-Entzug. Ihr könntet ein bisschen mit Chloe spazieren gehen, und ich lege ihn im Café ein bisschen hin.

Nico sah Lily an, die nickte. „Ich habe ihn gefüttert, bevor wir losgegangen sind", sagte Lily. „Ich glaube, er könnte ein Nickerchen gut gebrauchen."

Nico holte das Baby aus dem Tragegeschirr und reichte es Missy mitsamt der dünnen Decke, in die es eingewickelt war. „Wie geht es meinem kleinen Leo", zwitscherte sie sofort. „Wie geht es meinem süßen Süßen?"

Leo starrte sie einen Moment lang an, bevor er ihr ein zahnloses Baby-Lächeln schenkte.

„Ich mache Pause", rief sie Ben über die Schulter hinweg zu.

„Jupp." Klar, warum sollte sie ihn auch nicht mit einer ganzen Schlange allein lassen? Doch er konnte sich nicht einmal ansatzweise darüber ärgern, weil sie so verliebt in ihren kleinen Neffen war.

Ein paar Minuten später sah er sie im Fenster des Cafés sitzen, den scheinbar schlafenden Säugling im Arm. Missy sah entspannt und zufrieden aus. Sie schenkte ihm ein sanftes Lächeln, das ihn direkt ins Herz traf. Er konnte den Blick nicht von ihr abwenden. Sein Herz pochte, und etwas tief in ihm erwachte zum ersten Mal in seinem Leben. Missy war eine Frau, der es bestimmt war, Kinder zu haben, und er war dazu bestimmt, sie ihr zu schenken. Er wusste es, als wäre es … Schicksal.

Und dann fing es an zu schneien.

Als er gen Himmel deutete, blieb Missy der Mund offen stehen, dann strahlte sie.

Er beobachtete, wie sie staunend die Schneeflocken betrachtete und schluckte. Eine Frau, die Schnee immer noch als magisch betrachtete und weich wurde, wenn sie ein Baby in ihren Armen hielt.

Etwas Schöneres hatte er noch nie gesehen.

# KAPITEL ELF

Missy verbrachte die nächsten eineinhalb Wochen in frustrierter Unsicherheit. Beim Weihnachtsspaziergang war sie sich so sicher gewesen, dass Ben an ihr interessiert war, doch als sie zur Arbeit zurückkehrte, war er so distanziert, dass sie glaubte, es sich nur eingebildet zu haben. Oder schlimmer – vielleicht hatte er das Interesse verloren. Sie wünschte sich, sie wäre direkt nach dem Weihnachtsspaziergang ihren Instinkten gefolgt, doch sie war so mit dem Aufräumen beschäftigt gewesen, und dann hatte er mit Logan und Marcus den Truck für ihre Lieferungen beladen. Ihre Gedanken kreisten um Ben. Etwas in ihr hatte sich verändert und es war aufregend und beängstigend zugleich. Sie wusste, dass sie keinem Mann vertrauen sollte, doch in Bens Fall war sie bereit, ihm zumindest einen gewissen Vertrauensvorschuss zu gewähren.

Ja, wirklich. Plötzlich war sie die Königin der Romantik.

Ben kam immer noch jeden Tag zur Kaffeepause in ihr Büro, doch in seinen Augen war kein Feuer. Nicht einmal der Anflug eines Flirts in seinem Ton. Es war so frustrierend, denn sie mochte ihn mehr, als sie je einen anderen Mann gemocht hatte.

Es war Mittwochmorgen. Ihr letzter Tag würde der nächste Montag sein, und sie fürchtete, dass ihr die Zeit ausging, um eine Bindung zu Ben herzustellen. Über die Feiertage würden sie beide beschäftigt sein, und wer wusste schon, wie lange es dann dauern würde, bis sie sich wieder sehen würden? Sie öffnete die Eingangstür des Büros und ging in ihr Zimmer. Logan begrüßte sie kurz auf dem Weg in die Küche. Sie kam an Bens Zimmer vorbei und winkte ihm zu. Er war am Telefon und winkte kurz zurück, bevor er sich wieder seinem Gespräch zuwandte.

Das war enttäuschend.

Doch das war dumm. Nur, weil sie mehr für ihn empfand, bedeutete das nicht, dass sie sich Hals über Kopf in eine Romanze stürzen würde. Es war nicht so, dass einer von ihnen auf etwas Langfristiges aus war. Oder? Auch wenn sie in letzter Zeit immer wieder gedacht hatte, dass sie vielleicht einfach sehen sollten, wo die Sache hinführte. Doch was, wenn Ben ganz anders fühlte. Vielleicht war er einfach zu allen so freundlich. Hatte sie ihn nicht in warmem, herzlichem Ton mit jedem Mann, jeder Frau und jedem Kind, das er beim Thanksgiving Dinner in der Obdachlosenunterkunft bedient hatte, sprechen hören?

Uff. Es war so gar nicht ihre Art, so von einem Mann besessen zu sein.

Sie fuhr ihren Laptop hoch und fand eine detaillierte Email von Logan mit ihren Aufgaben für den Tag. Er war unglaublich organisiert, was das anging. Natürlich war er immer da, falls sie Fragen hatte, doch alles war so klar ausgeführt, dass sie sofort anfangen konnte. Sie verdrängte die Gedanken an Ben und konzentrierte sich auf die Präsentationssoftware. Es fühlte sich an, als wären nur Minuten vergangen, als es an der Tür klopfte.

Sie warf einen Blick auf die Zeitanzeige auf ihrem Bildschirm – schon vier Uhr – und blickte auf, lächelnd in Erwartung von Bens Kaffeepausenbesuch.

Es war Logan. Ihr Lächeln schwand.

„Oh, komm schon. So schlimm bin ich auch wieder nicht. Schau nicht so enttäuscht drein."

Erwischt. Ihre Wangen brannten. „Ich komme gut mit der Präsentation voran."

„Toll. Ich wollte das in Berichtform darstellen, jetzt denke ich, es wäre cooler, eine Videopräsentation zu machen. Sie bekommen einen Ausdruck, um die Zahlen nachvollziehen zu können, doch ich will etwas, das sie anzieht, bis sie Angst haben, jemand anderes könnte ihnen zuvor kommen. Hast du je eine Videopräsentation gemacht?"

„Nein."

Er verschränkte die Arme und starrte in die Ferne. „Vielleicht sollte ich das outsourcen." Er sah sie wieder an. „Irgendwelche Ideen?"

„Versuch es bei Claire oder ihrer Produktionsgesellschaft, die kennen sicher Freelancer, die das machen können."

„Mann, warum bin ich da nicht selbst drauf gekommen? Sie ist schließlich meine Schwägerin." Er lächelte sie herzlich an. „Habe ich dir eigentlich schon mal gesagt, dass du brillant bist? Nicht nur deswegen. Ich bin wirklich beeindruckt von deiner Arbeit."

Sie wandte ein wenig beschämt den Blick ab. Sie hatte keinen teuren Uniabschluss. Sie hatte die Highschool abgebrochen und ihren Abschluss auf dem zweiten Bildungsweg nachgeholt. Alles, was sie konnte, hatte sie sich selbst beigebracht. Als brillant hatte sie bisher noch niemand bezeichnet.

„Missy, hättest du Lust, Vollzeit für uns zu arbeiten?", fragte Logan. „Wir könnten wirklich jemanden wie dich brauchen. Fleißig, intelligent, mit ausgezeichneten Computerkenntnissen. Du könntest mit deiner Position wachsen, wenn die Firma wächst. Vielleicht könnten wir eine Officemanagerposition schaffen, wenn wir mehr Leute einstellen. Was denkst du?"

Sie schloss abrupt ihren offenen Mund. Heilige Scheiße. Sie war erst zweieinhalb Wochen hier und sie wollten sie Vollzeit! Es war eine Firma auf dem Weg nach ganz oben, und sie wusste von den Zahlen, mit denen sie arbeitete, dass es ihnen fantastisch ging.

„Kommt eure Sekretärin nach Neujahr nicht zurück?", fragte sie.

„Doch, das tut sie. Aber wir hätten dich auch gerne hier. Sie würde sich um den Verwaltungskram kümmern – Emails, Ablage, Datenerfassung –, und du könntest dich auf Komplizierteres konzentrieren – Berichterstattung, Beta-Tests, wenn wir die Software verbessern, Buchhaltung. Wenn du Interesse hast, an der Software selbst zu arbeiten, würden wir dir Programmierkurse bezahlen, um dich auf den neusten Stand zu bringen. Wie gesagt, es ist eine Position, in der du deinen Interessen entsprechend wachsen kannst. Wir klammern uns hier nicht an Titel fest. Wir wollen einfach mit den Besten arbeiten." Sie schwieg, immer noch sprachlos. „Natürlich mit Krankenversicherung und allem Drum und Dran, dazu Aktienoptionen. Was verdienst du in deinem momentanen Job?"

Sie dachte an ihre Arbeitgeber, Vince und Sophia Marino, herzliche, hart arbeitende Leute, die es ihr ermöglicht hatten, nach Clover Park zu ziehen, um in der Nähe ihrer Schwester sein zu können. Lily hatte sie vom ersten Tag an wie Familie behandelt, selbst bevor sie einander gut kannten, hatte sie der Marino-Familie vorgestellt und alles, was gut war, in ihr Leben gebracht. Sie war den Marinos so viel schuldig. Wie oft hatte Sophia ihr gesagt, dass sie gar nicht wusste, wie sie vor ihrer Zeit zurecht gekommen waren? Es ging um mehr als Geld. Es ging um Familie. Loyalität. Sie wegen eines besseren Angebots zu verlassen, kam ihr wie Verrat vor.

Logan trommelte auf ihren Tisch. „Was immer du verdienst, wir halten mit und legen noch was drauf. Denk darüber nach." Damit ging er.

Sie saß eine Weile da. Ihre Gedanken rasten. Sie versuchte, logisch zu denken. Das war Geschäft, und Logan hatte ihr gerade eine ausgezeichnete Chance geboten. Die Aktienoptionen allein konnten ein Vermögen wert sein, wenn die Firma an die Börse ging. Doch dann meldeten sich ihre Gefühle zu Wort.

Sie würde ihre Bosse verlassen müssen, dabei waren sie wie Familie für sie. Marino & Capello Construction war ein gutes, solides Unternehmen, das lange weiterbestehen würde. Sie behandelten sie gut und zahlten weiter voll, obwohl sie während der ruhigen Saison nur Teilzeit arbeitete. Wenn sie hier arbeitete, wäre nicht nur Logan ihr Boss, sondern auch Ben. Das wäre eine gefährliche Situation – Ben in einer Autoritätsposition über ihr. Echte Autorität und nicht nur ein vorübergehender Job. Er würde über ihre Gehaltserhöhungen entscheiden und ob sie weiter für sie arbeiten durfte oder nicht. Und wenn es nicht funktionierte, müsste sie zu Marino & Capello Construction zurück kriechen und um ihren alten Job betteln. Sie würde das Gefühl der Zugehörigkeit beim gemeinsamen sonntäglichen Abendessen der Marinos verlieren – das einzige Mal, an dem sie sich seit dem Tod ihrer Adoptiveltern als Teil einer Familie fühlte. Sie würden denken, dass sie nicht zu schätzen wusste, was sie für sie getan hatten.

Nein. Zu riskant. Sie würde dankend ablehnen.

Andererseits war der angebotene Job mehr, als sie sich je zu träumen gewagt hatte, eine Position, die auf ihre Stärken und Interessen zugeschnitten war und zu mehr wachsen konnte.

Sie wandte sich wieder dem Computer zu, doch der Bildschirm verschwamm, als ihr plötzlich Tränen in die Augen stiegen. Gott, was war nur in letzter Zeit mit ihr los? Sie war sonst nie so emotional gewesen. Gah! Jetzt konnte sie sich nicht konzentrieren. Sie stand auf und überlegte, nach unten zu gehen, um Sabrina ihr Herz auszuschütten, doch dann entschied sie sich dagegen. Sabrina hatte wahrscheinlich sowieso gerade Klienten da, denn sie war immer gut gebucht.

Sie ging in die Küche. Heute würde sie sich ihren

eigenen Kaffee holen. Sie goss sich gerade eine Tasse des dampfenden Gebräues ein, als die Tür aufging und Ben mit einem Tablett mit den üblichen Kaffees für ihr Nachmittagsritual herein kam. Ihr Herz pochte, und sie war sich nicht sicher, ob es an seinem plötzlichen Auftauchen lag – seine Wangen waren rot von der Kälte und er sah umwerfend aus in seiner schwarzen Lederjacke und Jeans – oder weil er sie beim Kaffeetrinken hinter seinem Rücken erwischt hatte.

„Was ist denn in dich gefahren?", fragte er. „Komm rüber und nimm dir was von dem guten Zeug." Er wartete nicht auf eine Antwort, sondern ging weiter. „Logan, Kaffee!"

Sie leerte die Tasse und wusch sie aus, dann ging sie in ihr Büro. Er saß wie immer auf dem Sessel vor ihrem Schreibtisch. Die Jacke hatte er ausgezogen und es sich bequem gemacht. Sie kämpfte gegen den plötzlichen Drang an, sich auf seinen Schoß zu setzen und ihm mit den Fingern durch die weichen Haare zu fahren …

Nein. Er war in letzter Zeit viel zu distanziert gewesen, als dass sie eine Abfuhr riskieren wollte. Davon abgesehen war sie ein Profi. War ihr nicht gerade wegen ihrer Fähigkeiten ein fantastischer Job angeboten worden? Ihr Magen rebellierte, doch sie ignorierte es. Sie ging an ihren Platz und nahm dankbar den Kaffee an. „Danke."

Er prostete ihr zu, dann trank er selbst einen Schluck.

„Logan hat mir eine Vollzeitstelle angeboten."

Er richtete sich auf, die Augen weit aufgerissen. „Das hat er?"

„Dann hat er sich scheinbar nicht vorher mit dir abgesprochen."

„Wann ist das passiert?"

„Vor ein paar Minuten erst. Schätze als du unterwegs warst, um Kaffee zu holen."

Er nickte langsam. „Logan!", bellte er, und als er nicht sofort reagierte, nahm er sein Handy und rief ihn an. „Du unterbreitest neuerdings Jobangebote, ohne dich mit mir abzusprechen? Wir sind Partner." Dem folgte eine lange Pause. „Hast ja recht. Okay." Er legte auf.

„Was hat er gesagt?"

Ben schüttelte den Kopf. „Er hat gesagt und ich zitiere: Krieg dich wieder ein. Wir sind beide der Meinung, dass sie eine große Hilfe und ihre Arbeit beeindruckend ist. Um die Details kümmere ich mich später." Er trank einen Schluck Kaffee und sah sie an. „Ich könnte mir das durchaus vorstellen. Was sagst du?"

Sie umfasste ihre Kaffeetasse mit beiden Händen. Ich weiß nicht. Ich habe bereits einen guten Job, bei dem ich für gute Leute arbeite."

„Was sind wir dann? Die Bösen?"

„Nein, überhaupt nicht. Ich arbeite gerne für euch." Sie schluckte. „Er sagt, dass meine Position mit der Firma wachsen könnte, über bloßen Verwaltungskram hinaus, was immer ich will."

Er lächelte. „Das ist ein großartiges Angebot. Er erkennt Talent und belohnt das auch."

Sie wurde rot, denn das Kompliment – das zweite dieser Art an einem Tag – war ihr ein bisschen unangenehm. Brillant und talentiert. Sie ermahnte sich, es sich nicht zu Kopf steigen zu lassen, doch ein ungewohnter Stolz erfüllte sie. Anerkennung für harte Arbeit von ihren zwei umwerfenden Bossen. Oh-oh.

Sie beugte sich vor und flüsterte: „Du wärst dann mein Boss."

„Und was wäre so schlecht daran?"

„Du weißt schon."

Seine Grübchen blitzten kurz auf, dann sah er sie ernst an. „Nein, weiß ich nicht. Sag's mir."

*Weil wir miteinander geschlafen haben! Weil ich dich immer noch will und ich das Gefühl habe, dass du mich auch immer noch willst.* „Spiel nicht den Dummen."

Er lehnte sich zurück. „Wenn du hier arbeiten

möchtest, kannst du hier arbeiten. Dem steht absolut nichts im Weg."

Sie war geschockt. Offensichtlich wollte er nichts mehr von ihr. Er trank seinen Kaffee, ruhig und cool, was sie nur noch mehr aufregte. Sie schluckte schwer. „Du willst nur, dass ich etwas Unangemessenes sage." *Hoffe ich.*

Er zog eine Braue in die Höhe und sah sie immer noch vollkommen ruhig an.

Dann wusste sie, wie sie alle ihre derzeitigen Probleme lösen würde. Sie würde jetzt den ersten Schritt machen, und je nachdem, ob er reagierte oder nicht, würde sie sich, was den Job anging, entscheiden. Einen Moment lang zögerte sie und überlegte, ob es eine bessere Lösung gab, doch die letzten eineinhalb Wochen, in denen Ben sie frustriert hatte, trieben sie an. Sie warf einen Blick nach draußen in den Vorraum. Von Logan keine Spur.

Sie beugte sich über den Tisch und flüsterte: „Nach Büroschluss, wenn Logan weg ist, ficken wir."

Er starrte ihren Mund an. „Ach so?"

Sie lehnte sich zurück, zufrieden mit ihrer eleganten Lösung. Auf professionelle Grenzen pfeifen, sich der überwältigenden Lust hingeben und ein Jobangebot in den Wind schreiben.

Sie unterdrückte ein Lächeln, aufgedreht beim Gedanken, wieder mit Ben zusammen sein zu können. Heute Abend. Vielleicht hier auf ihrem Schreibtisch. Dann dachte sie, dass sie es locker klingen lassen sollte, um keine großen Erwartungen zu wecken. Sie wollte ihn nicht abschrecken. Er hatte ihr ziemlich unverblümt klargemacht, dass er keine ernsten Beziehungen hatte.

Sie sah ihm in die Augen. Seine Miene war wieder cool und gefasst. Oh-kay. Sie konnte genauso cool und locker sein. Sie fuhr in ruhigem Ton fort und hoffte, dass er ihre Aufregung nicht hören würde. „Ja, noch einmal." *Und hoffentlich öfter.* „Und nach diesen dreieinhalb Wochen werde ich nicht für dich arbeiten. Du wirst nie mein Boss sein."

Er stand auf und starrte auf sie herab. „Du willst ein fantastisches Jobangebot für einen Fick aufgeben?"

Mit glühenden Wangen stammelte sie: „Ich … ich dachte nur …" Sie verstummte, als er um den Schreibtisch herum auf sie zukam. Ihr Mund war trocken, ihre Sinne in Habachtstellung, erregt von seinen Ecken und Kanten, die sie nicht gesehen hatte, seit sie angefangen hatte, hier zu arbeiten, aufgeregt, dass er definitiv ein gewisses Interesse an ihr hatte.

Er drehte ihren Schreibtischstuhl um, die Hände auf den Armlehnen. Als er sich zu ihr hinunter beugte, war das Lodern in seinen Augen wieder da. „Du fickst mich nicht während der Arbeitszeit."

Er war so verführerisch nah. Sie benetzte ihre Lippen und starrte seinen Mund an.

Er lehnte sich ein wenig zurück. „Mir ist egal, ob du den Job annimmst oder nicht. Tu was du willst."

Sie starrten einander an. Hitze sammelte sich zwischen ihren Beinen, ihr Körper bereit noch bevor sie ihn überhaupt berührte.

„Warum bist du dann so gereizt?", fragte sie mit heiserer Stimme.

„Mir gefällt deine Idee von einem lockeren Fick nicht", sagte er in scharfem Ton.

Ihr Magen machte einen Satz und ihr Puls raste. „Sag noch einmal Fick."

Er wollte sich aufrichten, doch sie packte seinen Kopf und küsste ihn. Er erwiderte den Kuss sofort und als er sie von ihrem Stuhl zog, entfachte er ein Feuer zwischen ihnen. Gott, wie hatte sie das vermisst. Den Rausch der Erregung, sich in seinem Duft und seinem Geschmack zu verlieren. Sie schlang die Arme um seinen Nacken und presste sich an seinen harten Körper, während animalische Instinkte die Kontrolle über den schier endlosen Kuss übernahmen. Sie wollte mit ihm verschmelzen, ihm so nah sein, wie zwei

Menschen einander nur sein konnten.

Plötzlich ließ er von ihr ab und trat einen Schritt zurück. „Das warst du", knurrte er. „*Du* hast *mich* geküsst."

Mit weichen Knien hielt sie sich an der Kante des Schreibtischs fest. „Ich weiß."

Er wischte sich mit der Hand über das Gesicht und sah vollkommen niedergeschlagen aus. Sie war enttäuscht und langsam fing ihr Magen an zu rebellieren.

Er sah sie mit harter Miene an. „Verdammt, das hätte nicht passieren sollen."

„Warum?"

Er biss die Zähne aufeinander. „Weil ich ein Profi bin. Ich kann mich nicht an weibliche Angestellte heranmachen, und du bist eine weibliche Angestellte."

„Aber ich–"

Er drehte sich um und stürmte hinaus. Ein paar Sekunden später hörte sie, wie die Bürotür zugeworfen wurde.

Er hatte das Büro wegen ihres Kusses verlassen.

Sie legte ihre Finger auf ihre immer noch prickelnden Lippen und starrte seinen Kaffeebecher, den er vergessen hatte, an. Eine furchtbare Erkenntnis machte sich breit. Sie hatte so richtig Scheiße gebaut.

~ ~ ~

Missy fühlte sich in ihrer Annahme bestätigt, als Ben sie in den darauffolgenden Tagen mied. Keine gemeinsamen Kaffeepausen, keine Gespräche. Nur ein höflicher Gruß, wie man ihn mit jedem beliebigen Kollegen auf dem Flur austauschen würde. Sie hatte ihn verloren, bevor sie ihn überhaupt gehabt hatte. Sie hätte nicht den Anschein erwecken wollen, dass sie nur am Sex mit ihm interessiert war. Sie hatte sich nicht zu weit aus dem Fenster lehnen wollen, für den Fall, dass er nicht dasselbe für sie empfand, doch jetzt war alles einfach … weg. Sie wusste nicht, ob er sich mehr daran störte, dass sie ihn wie einen lockeren Fick behandelt hatte, oder dass sie die Grenze am Arbeitsplatz überschritten hatte. Vielleicht beides. Sie hätte besser damit umgehen sollen, auf einen besseren Zeitpunkt warten sollen, um eine Verbindung zu ihm zu schaffen – nicht bei der Arbeit.

Ben war schlechter Laune im Büro, blaffte Logan an. Seine Miene war angespannt. Der herzliche, feixende Ben, den sie so mochte, war verschwunden. Logan fragte ihn immer wieder, was sein Problem war. Ben antwortete nie, doch sie wusste, dass sie der Grund war. Sie fühlte sich schrecklich, weil sie ihm offensichtlich Leid bereitet hatte, obwohl sie ihm doch nur näher hatte kommen wollen.

Gestern, am Donnerstag, hatte sie Logan gesagt, dass sie aus Loyalität ihre derzeitige Firma nicht verlassen wollte, und er hatte es respektiert. Doch sie hatte sich danach schlecht gefühlt. Sie hätte das von Anfang an tun sollen, anstatt Ben da mit hineinzuziehen.

Das Schlimmste daran war, dass ihr die Zeit ausging, die Sache mit Ben zu kitten. Es war schon fast fünf Uhr am Freitag, und sie hatte das Wochenende, um sich etwas zu überlegen, denn Montag war ihr letzter Tag, und wenn sie die Sache nicht wieder gerade bog, würde sie keine weitere Chance dazu bekommen.

Vielleicht könnte sie sich am Montag nach der Arbeit unter vier Augen mit Ben unterhalten und versuchen, mit ihm offener über ihre wachsenden Gefühle für ihn zu reden.

Logan erschien in der Tür. „Hast du mal ne Minute?"

„Klar."

Er setzte sich ihr gegenüber und sah sie ernst an. „Missy, wir beide wissen die Arbeit, die du hier geleistet hast, wirklich zu schätzen", sagte er und hielt inne.

Während dieser Pause geriet Missy in Panik. Hatte Ben Logan gesagt, dass sie sich unangemessen verhalten hatte? Sie hatte so etwas noch nie zuvor getan, und es wäre furchtbar, wenn es einen Makel hinterlassen würde. Was, wenn sie ihre Firma kontaktierten? Scheiße, sie hatte die Konsequenzen ihrer spontanen Aktion nicht durchdacht. Das war so untypisch für sie.

Sie wappnete sich für das Schlimmste. „Danke, es war eine großartige Erfahrung.”

„Heute ist dein letzter Tag.”

Sie schluckte. „Heute schon?”

Er schob ihr einen Umschlag zu. „Volle Bezahlung, und wenn du je eine Empfehlung brauchst, sag einfach Bescheid.” Er klang nicht wütend. Vielleicht hatte Ben doch nichts gesagt?

Sie starrte den Umschlag an, dann blickte sie ihm in die Augen, immer noch nicht sicher, was dahinter steckte. „Dann braucht ihr mich am Montag nicht?”

Er lächelte. „Betrachte es als verfrühtes Weihnachtsgeschenk. Nimm dir den Montag frei, bereite dich auf die Feiertage vor, entspann dich, was immer du willst.” Montag war der 23. Dezember.

Vor Erleichterung wäre sie fast umgekippt. Es war so großzügig und unerwartet. Trotzdem musste sie sich versichern, dass es keinen anderen Grund dafür gab. Sie wusste, dass es noch genug zu tun gab. „Logan, warum? Ich meine, das ist unglaublich großzügig, aber habe ich irgendwas falsch gemacht?”

„Überhaupt nicht.” Er stand abrupt auf. „Genieß dein Wochenende.”

„Du auch”, rief sie ihm hinterher.

Hm … also, es sah ganz so aus, als hätte sie keine Zeit mehr, die Sache mit Ben zu kitten. Jetzt oder nie.

Sie warf einen Blick auf den Gehaltsscheck. Er hatte das vereinbarte Gehalt und sogar einen kleinen Bonus gezahlt. In ihrem Hals wuchs ein Kloß. Sie würde es vermissen, mit Logan zu arbeiten. Es war eine großartige Erfahrung gewesen hier zu arbeiten, da sie wusste, dass sie ihre Arbeit zu schätzen wussten. Abgesehen von ihrem Fehltritt mit

Ben bereute sie nichts. Sie steckte ihren Gehaltsscheck in ihre Handtasche, stand auf und hängte sie über ihre Schulter. Sie sah sich in ihrem Büro um – wahrscheinlich das letzte Mal, dass sie ein eigenes Büro hatte – und seufzte. Dann ging sie langsam, nahm ihren Mantel vom Haken hinter der Tür und nahm sich einen Moment Zeit, sich zu überlegen, was sie zu Ben sagen wollte.

Hier war nicht der richtige Ort für diese Art von Konversation. Sie sollte ihn zum Abendessen einladen, in irgendeinen netten Laden, wo sie sich unterhalten und essen konnten, wie bei einem Date. Ein echtes Date. Ein Adrenalinschub schoss durch sie hindurch. Sie hatte noch nie einen Mann zum Essen eingeladen und konnte sich nicht einmal mehr an das letzte Mal erinnern, als sie ein echtes Date gehabt hatte.

Sie ging entschlossenen Schrittes zu seinem Büro und trat ein, bevor sie der Mut verließ.

Er blickte überrascht auf. „Hi."

Mit zitternden Fingern umklammerte sie ihre Handtasche und setzte sich ihm gegenüber hin. „Logan hat mich bezahlt. Das war mein letzter Tag, darum wollte ich mich verabschieden."

Er runzelte die Stirn. „Ich dachte, du würdest bis einschließlich Montag hier arbeiten."

Sie zuckte mit den Schultern. „Er hat gesagt, es ist ein verfrühtes Weihnachtsgeschenk und hat mir den Tag frei gegeben. Er hat mich für die ganze Zeit bezahlt."

„Und das ist okay für dich?"

Sie nickte. „Es war eine wirklich nette Geste von ihm. Jetzt habe ich ein bisschen Zeit zum Einkaufen. Vielleicht schaffe ich es sogar vor dem Ansturm am 24. Das wäre das erste Mal, dass ich nicht an Heiligabend einkaufen muss." Sie plapperte unkontrolliert und sagte alles Mögliche, nur nicht das, was sie sagen wollte.

„Hat dir die Arbeit hier gefallen?", fragte Ben in sachlichem Ton, als wäre es ein Exit-Gespräch mit dem

Personalchef.

„Ja, es war großartig." *Und es tut mir leid, dass ich getan habe, als wärest du nur ein lockerer Fick.*

Er nickte. „Bist du zufrieden damit, wie alles gelaufen ist? Keine Beschwerden?"

„Nein, ich bin glücklich." *Aber ich wäre viel glücklicher, wenn ich wieder mit dir zusammen sein könnte.*

„Gut."

Sie sahen einander lange an.

Sie konnte seine Miene nicht lesen. Sie konnte die Distanz zwischen ihnen nicht länger ertragen und brach das Schweigen. „Dann also…" *Tut mir leid, ich mag dich wirklich.* Die Worte blieben ihr jedoch im Halse stecken. Sie war es nicht gewohnt, offen mit jemandem über ihre Gefühle zu reden und schon gar nicht mit einem Mann. Sie hatte so viel Zeit damit verbracht, sich vor den Gefahren, die von Männern ausgingen, zu wappnen.

Er beugte sich vor. „Was?"

Sie rang mich ihren Händen. „Ich habe mich gefragt, ich meine, wenn du willst …" Sie hielt inne und holte tief Luft, und dann überraschte er sie, indem er im selben Moment dieselbe Frage aussprach.

„Möchtest du heute Abend mit mir was Essen gehen?"

# Kapitel Zwölf

Seit er und Missy sich in ihrem Büro geküsst hatten, war Ben von Schuldgefühlen überwältigt gewesen, die Grenze der Professionalität überschritten zu haben, die Firma enttäuscht zu haben, Logan enttäuscht zu haben. Es war furchtbar gewesen, mit ihm zu arbeiten, das wusste er, doch er hatte sich nicht wieder beruhigen können, wenn jeder Blick auf Missy ihn daran erinnert hatte, welch großen Mist er gebaut hatte. Er wusste, was hier auf dem Spiel stand, und hatte sich jedes Mal, wenn er versucht gewesen war, etwas zu unternehmen, wieder daran erinnert. Ein Teil von ihm hatte es Logan gestehen wollen, doch er hätte die Enttäuschung in seinen Augen nicht ertragen. Alles, woran er denken konnte, waren Worst-Case-Szenarien – was, wenn Missy es so darstellte, dass Ben als der Aggressor dastand? Der Schaden an seinem Ruf würde Logans Verhandlungsposition mit den Investoren beeinträchtigen. Was, wenn sie angepisst war, dass er sie gemieden und ihr nicht einmal mehr Kaffee gebracht hatte? Was, wenn sie das mit Ashley herausfand und glaubte, dass er jemand war, der zu so etwas fähig war? Natürlich hatte sie den Kuss initiiert, doch er hatte ihn erwidert. Er hatte das Wort „Fuck" viel zu oft gesagt. Er war einfach wütend gewesen, dass sie so getan hatte, als wäre er nicht mehr als ein Fick für sie, eine Ausrede, um das Jobangebot nicht aus einem anderen Grund absagen zu müssen. Es hatte ihn innerlich zerrissen, nicht zu wissen, was er tun sollte – was das Richtige war, und es hatte seine Stimmung in den Keller gezogen.

Und dann hatte sich alles verändert. Logan war eingeschritten und hatte seiner Misere ein Ende gesetzt, indem er Missy Montag freigegeben hatte. Er wusste in diesem Moment, dass Logan sowohl den Grund als auch die Lösung für Bens Stimmung kannte. Es war auch ein Geschenk für Ben, und er war Logan etwas schuldig dafür. Und dann war Missy hereingekommen, um ihn auf ein Date einzuladen. Er konnte es kaum fassen. Von erbärmlicher Stimmung zu absolutem Hochgefühl in kaum fünf Minuten. Das war der Effekt, den Missy auf ihn hatte.

An diesem Abend kam er zu ihrer Wohnung und klingelte mit einem Strauß Rosen in der Hand an ihrer Tür. Er wollte alles richtig machen und ihr zeigen, wie viel sie ihm bedeutete.

Sie öffnete die Tür, und ihre Augen schossen sofort zu den Rosen, die er ihr entgegen hielt. Ihre Miene war erstaunt. Sie sah ihn fassungslos an.

„Für mein schönes Date."

Erneut starrte sie die Blumen an. Hatte ihr noch nie jemand Blumen geschenkt? Sie musste vorher mit ein paar echten Losern ausgegangen sein.

Er ergriff ihre Hand und legte ihre Finger um den Strauß.

„Ben", krächzte sie mit glänzenden Augen. „Danke."

„Weinst du etwa?", fragte er, geschockt, dass Blumen Missy zum Weinen bringen konnten.

„Nein!" Sie verbarg ihr Gesicht hinter den Blumen und wich von der Tür zurück.

Er folgte ihr hinein und zog sie in seine Arme. Sie lehnte ihre Wange an seine Brust und benetzte den weichen Stoff seines Hemds mit ihren Tränen. Er hielt sie fester. Diese überraschend weiche Seite an ihr weckte seinen Beschützerinstinkt.

Sie schniefte und als sie schließlich den Kopf hob, versuchte sie, sein Shirt trocken zu tupfen. „Tut mir leid."

Er schmunzelte und sagte mit neckender Stimme: „Und ich hab die ganze Zeit gedacht, du wärst tough, dabei löst du dich ja schon beim Anblick von ein paar Blumen in Tränen auf."

Sie lächelte mit immer noch feuchten Augen. „Halt die Klappe."

Er hob ihr Kinn und küsste sie zärtlich, glücklich, sie wieder ohne Schuldgefühle berühren zu können, nachdem er sich so lange hatte zurückhalten müssen. „Komm, lass uns schön essen gehen."

Sie presste ihre Lippen aufeinander. „Tut mir wirklich leid, dass ich bei der Arbeit eine Grenze überschritten habe."

„Schon gut. Ich war viel eher wütend auf mich selbst." Er rieb sich den Nacken. „Es war mir einfach wahnsinnig wichtig, im Büro ein professionelles Verhältnis zu pflegen." Später würde er ihr erzählen warum, doch nicht jetzt. Er wollte ihr erstes Date genießen.

Sie nickte und streichelte eine der Rosen. „Und mir tut es leid, dass ich getan habe, als wollte ich nur noch einen One-Night-Stand. Ich hätte gern mehr als das mit dir."

Hitze schoss durch seine Adern. „Zuerst Dinner; dann kannst du dich entscheiden, ob du später mit mir ins Bett gehen willst."

Sie blickte zu ihm auf. „Das ob ist keine Frage. Ich brauche kein schönes Essen dafür."

„Und ob du das brauchst. Zwing mich nicht, dir Schmuck mitzubringen. Die Schluchzerei könnte ich nicht ertragen." Er lächelte zu ihr hinab und streichelte ihre Wange. „Was soll ich nur mit dir machen?"

Ihre Augen wurden sanft. „Ich weiß nicht."

Er küsste sie und verflocht dann seine Finger mit ihren. „Lass es uns herausfinden."

~ ~ ~

Missy begann den Abend nervös. Sie klammerte sich an ihren Strauß roter Rosen mit Schleierkraut und inhalierte den köstlichen Duft auf dem Weg in die Küche, um sie in die Vase mit den Geburtstagsblumen, die ihre Schwester ihr geschickt hatte, zu stellen. Kein Mann hatte ihr je Blumen geschenkt. Selbst Louis, ihr Exmann, hatte das nicht getan und immer gesagt, dass Blumen eine Geldverschwendung wären, weil sie nicht lange hielten.

Sie verdrängte die Gedanken an Louis. Das war ihr erstes richtiges Date seit sehr langer Zeit, und sie wollte es genießen. Sie trug ihren Lieblingspullover – einen weißen Kaschmirpullover, den ihre Schwester ihr geschenkt hatte, dazu einen schwarzen Rock, schwarze Strumpfhosen und schwarze Pumps. Sie war froh, dass sie sich schick gemacht hatte, denn Ben hatte sich auch umgezogen. Er trug ein schwarzes Hemd, eine dunkelgraue Stoffhose und elegante schwarze Schuhe. Es fühlte sich wie der Anfang von etwas Realem an, und das erfüllte sie mit mehr Begeisterung als Angst. Sie konnte die Angst vor Beziehungen zwar nicht ganz vertreiben, doch dieses Date war ein riesiger Schritt vorwärts für sie – und alles wegen Ben.

Als sie aus der Küche kam, holte sie ihren Mantel aus der Garderobe und zog ihn an. „Auf geht's."

Er nahm ihre Hand, und als er sie an seine Lippen hob und sie zärtlich küsste, jagte die Berührung einen Schauer durch sie hindurch. Sie spürte, wie sie rot wurde, da sie derart süße Zuneigung nicht gewohnt war. „Wie süß du bist, wenn du so schüchtern bist", sagte er mit seidiger Stimme, und seine blauen Augen tanzten amüsiert.

Sie starrte ihre Hand in seiner an. „Und wie süß du bist, wenn du den Romeo spielst."

Er lachte laut auf und verflocht seine Finger mit ihren. „Ich hatte überlegt, ob ich dir Pralinen mitbringen soll–"

„Mach das nicht." Louis' Friedensangebote waren immer von Pralinen begleitet gewesen. Falsche Süße, um sie wieder einzulullen, einem Mann zu vertrauen, der ihr

Vertrauen nicht verdient hatte.

„Du magst Pralinen nicht?"

„Nein."

„Dann ist ja gut, dass ich keine mitgebracht habe. Ich wollte deinen Appetit nicht verderben. Ich dachte, wir könnten zu einem Inder gehen. Ich kenne da einen wirklich guten. Magst du scharfes Essen?"

„Ich liebe es."

Ein Lächeln ließ die Grübchen unter seinem Stoppelbart sichtbar werden. Gott, diese Grübchen waren unwiderstehlich. „Großartig. Siehst du, ich wüsste das, wenn du mit mir reden würdest."

Sie ging mit ihm die Treppe hinunter und genoss es, dass er ihre Hand hielt. „Ich rede mit dir."

„Nur hier und da ein bisschen. Winzige Informationsfetzen. Ich will die ganze Enchilada."

„Wie wäre es mit der ganzen Samosa?" Die würzige Pastete war deutlich kleiner als eine Enchilada.

Er schmunzelte. „Netter Appetithappen. Nehme ich."

Wärme strahlte durch ihren Körper allein schon von seiner Nähe, die Farben der Welt waren sanfter, die Straßenlaternen glühten, der Mond strahlte. *Sie* strahlte. Bei ihm fühlte sie sich gut, sicher und geliebt. Vielleicht war es nicht seine Absicht, ihr das Gefühl zu geben, geliebt zu sein, doch irgendwie erreichte er ihr Herz und hüllte es in behagliche Zuneigung ein. Vielleicht bildete sie sich alles nur ein, doch es fühlte sich wie süße Liebe an, und davon hatte sie in ihrem bisherigen Leben wenig gehabt. Sie entschied sich, nicht dagegen anzukämpfen und einfach zu genießen, was er ihr anbot.

Als sie seinen schwarzen BMW erreichten, öffnete er die Beifahrertür für sie und schloss sie wieder, als sie eingestiegen war. Wow. Heute Abend war er ganz Gentleman. Schön.

Er setzte sich hinters Steuer. „Komm her." Er wartete nicht darauf, bis sie sich bewegte, sondern legte seinen Arm um ihren Nacken und zog sie zu einem glühend heißen Kuss an sich. Der Kuss war animalisch und ungezügelt und sie wollte nicht, dass er endete. Als er schließlich von ihr ablassen musste, um Luft zu holen, murmelte er: „Ich wollte nur den unbehaglichen Gute-Nacht-Kuss aus dem Weg räumen."

Atemlos brachte sie schließlich hervor: „Oh ja, das war unbehaglich. Danke."

Er grinste, legte den Gang ein und parkte aus. „Das ist die feurige Rothaarige, die ich kenne."

„Du und rote Haare. Warum stehst du so darauf?"

Er fuhr gemächlich über den Parkplatz in Richtung Straße. „Es spricht mich an. Vielleicht war ich in einem früheren Leben ein Schotte, der was mit einer Rothaarigen hatte. Meine Mutter soll halb schottisch gewesen sein."

Ein Schauer lief ihr den Rücken hinunter, und das unbestimmte Gefühl, dass das Schicksal doch am Werk sein könnte, machte sie erneut nervös. „Meine auch."

„Wie hieß deine biologische Mutter?"

„Taylor Carson."

„Meine hieß Margaret Beatty." Er lächelte. „Wenigstens bist du nicht meine Schwester."

„Das ist doch schon mal was."

Er legte seine Hand auf ihren Oberschenkel, und eine angenehme Wärme ging von ihr aus, als er ihn drückte. „Vielleicht haben sich Karma *und* Schicksal *für* uns verschworen." Seine Finger glitten in Richtung der Innenseite ihrer Oberschenkel, und sie spreizte instinktiv die Beine. Sie brauchte mehr.

„Vielleicht liegt alles an unseren Hormonen."

Er zog seine Hand zurück und sie seufzte frustriert.

Er schmunzelte. „Da, und schon wieder ist mir schmutzig zumute. Verdammt, Weib, ich kann es nicht abwarten, wieder ganz tief in dir drin zu sein."

Sie holte scharf Luft, überrascht über seine so direkten Worte, nachdem er zuvor so romantisch gewesen war. Er war unberechenbar, sexy, tough und süß – eine tödliche Kombination, was ihre Instinkte anging. Absolut unwiderstehlich.

Sie antwortete genauso unverblümt, in der Hoffnung, ihn ein bisschen aus dem Konzept zu bringen, um zu sehen, ob er nur ein Spiel spielte. Wenn es ihm nur um Sex ging, dann musste sie sich mental darauf vorbereiten und sich wappnen. „Warum überspringen wir das Dinner nicht und wenden uns gleich dem Sex zu?"

Ein leises Lächeln umspielte seine Mundwinkel. „Aber Missy, wo bleibt denn dann der Spaß? Jeder kann ficken. Wir sind auf dem Weg zur nächsten Ebene."

Ihr Herz machte einen Sprung. „Und die wäre?"

„Gegenseitige Anziehung, Respekt und Bewunderung."

Ihr Magen flatterte, ihr Puls raste, ihre Haut glühte. Es ging ihm nicht nur um Sex. Er respektierte sie, bewunderte sie sogar. Und ihre Gefühle beruhten tatsächlich auf Gegenseitigkeit.

Er sah sie an. „Du hast gar nichts dazu zu sagen?"

„Das ist … schön", stammelte sie, und ihr Hals und ihre Wangen brannten. Sie ließ das Fenster herunter und lehnte den Kopf in die kühle Brise, da es ihr peinlich war, dass sie stammelte und rot anlief.

„Du musst zum Teil Irish Setter sein", sagte er. „Du weißt schon, weil die ihren Kopf auch gerne aus dem Fenster strecken."

*Und da war er wieder.* „Herzlichen Dank auch."

„Hey, ich bin ein notgeiler Hund, darum passt das schon." Er drückte den Knopf, um ihr Fenster zu schließen. Sie drückte gleichzeitig ihren Knopf, und das Fenster blieb auf halber Höhe stehen.

„Ich erfriere", sagte er und drückte erneut auf den Knopf. „Komm, lass los."

Sie ließ den Knopf nicht los. „Wer sagt, dass ich schon genug frische Luft hatte?"

„Wie du willst", sagte er. „Das nächste Mal bringe ich

einen Parka mit."

Wieder machte ihr Herz einen Sprung. *Das nächste Mal.*

~ ~ ~

Als sie das Restaurant – das *Spice Jewel*, im wohlhabenden Ort Greenport, ein wunderschöner Laden, ganz in Bordeauxrot und Gold gehalten, mit dunklen Holztischen und Boden – erreichten, war Ben wieder ganz romantisch. Und sie ließ es zu. Er half ihr aus dem Mantel, rückte den Stuhl für sie zurecht und zeigte ihr die köstlichsten Gerichte auf der Speisekarte. Er kam wahrscheinlich regelmäßig mit seinen Dates hierher, doch es war ihr egal, ob er schon mit anderen hier gewesen war, denn in diesem Moment war all seine herzliche Zuneigung auf sie gerichtet.

„Wir müssen die Samosas bestellen", sagte er und lächelte sie über den Tisch hinweg an. „Du hast mir schließlich für jede Samosa, die ich esse, mehr Einblicke in Missy versprochen."

Sie lachte. „Meine Erinnerung sieht da ein bisschen anders aus."

„Du hast gesagt, nicht die ganze Enchilada, nur eine Samosa, also …"

„Da gibt es nicht viel zu erzählen. Wirklich."

„Sagt die mysteriöse Rothaarige."

Sie schüttelte den Kopf und wandte ihre Aufmerksamkeit wieder der Speisekarte zu. „Wollen wir ein paar Sachen zum Teilen bestellen?"

„Gerne."

Sie entschieden sich für das Chicken Goan Curry, das er empfohlen hatte, ein würziges Kokosnuss-Tamarindencurry, und Saag – Lamm mit Spinat und Ingwer. Das wäre mehr als genug für sie gewesen, besonders nachdem er auch Samosas, Reis und Naan bestellt hatte, doch als der Kellner kam, bestellte Ben auch noch Butter

Chicken und Kaali Daal.

„Ben, das ist viel zu viel Essen", sagte sie, nachdem der Kellner wieder gegangen war.

„Ich schaffe das locker."

„Wie schaffst du es nur, nicht zuzunehmen, wenn du so viel isst?"

Er beugte sich verschwörerisch vor. „Die Wahrheit?"

Sie nickte. „Ja."

„Ich esse nur so viel, wenn ich essen gehe."

Sie neigte den Kopf. „Kannst du nicht kochen?"

„Das schon, aber ich koche kaum."

„Warum nicht? Es ist günstiger und gesünder."

Er presste seine Lippen aufeinander und sah sie ernst an. „Es ist eine lästige Pflicht für mich. Als ich noch ein Kind war, hatte meine Mutter oft furchtbare Migräneattacken wegen ihres Tumors, darum war ich derjenige, der gekocht und sich so gut es ging um den Haushalt gekümmert hat. Jetzt, da ich das nicht muss, vermeide ich es."

Bei seinen Worten schnürte sich ihr Hals zu. „Tut mir leid, ich verstehe das. Manchmal braucht man einen neuen Anfang."

Er nickte. „Hast du jemals neu angefangen?"

*Viele, viele Male.* Im Haus ihrer Tante, auf der Straße, in diversen Pflegefamilien, in ihrer persönlichen Ehehölle und danach in Clover Park. Sie schluckte und redete sich innerlich zu, ihm gegenüber offener zu sein. „Ja."

Er musterte sie schweigend. „Mehr nicht? Nur ja?"

„Ja."

„Hm."

Sie strich die Serviette auf ihrem Schoß glatt und spielte mit einer der Ecken.

„Was ist eigentlich mit Sabrina?", fragte er.

Sie entspannte sich wieder, dankbar, dass er nicht weiter nachgebohrt hatte. „Was meinst du? Ihr geht's gut."

„Ist sie Single?"

Sie kniff die Augen zusammen. „Du lädst mich allen Ernstes auf ein Date ein und planst schon das nächste mit einer meiner besten Freundinnen?"

Er winkte sie mit dem Finger zu sich heran. Als sie sich nicht rührte, sagte er: „Komm her. Ich muss dir was sagen."

Sie verdrehte die Augen und beugte sich vor. „Was?"

Er legte die Hand an ihr Kinn. „Ich will dich und nur dich, solange du mich willst."

Vor Überraschung blieb ihr der Mund offen stehen.

Als er ihr Kinn losließ, streichelte er sanft ihren Hals. „Verstanden?"

Sie nickte mit brennenden Augen und lehnte sich zurück.

Er lächelte sanft. „Softie."

Sie runzelte die Stirn. „Ich bin dieses ... du weißt schon, dieses Süßholzgeraspel nicht gewohnt."

„Süßholzgeraspel?" Er holte seinen Geldbeutel hervor und zog eine Visitenkarte heraus. „Kann jemand bitte meine Mitgliedschaftskarte für den Männerclub entwerten?"

Sie lachte. „Steck das weg!"

Er grinste und steckte die Karte wieder in seinen Geldbeutel.

„Um deine Frage zu beantworten, ja, Sabrina ist Single. Denkst du an Logan? Sie gehen manchmal zusammen zum Lunch. Er ist auch allein, oder?"

„Ja." Er ließ seinen Geldbeutel wieder in seiner Gesäßtasche verschwinden und sah sie kopfschüttelnd an. „Hast du sie über seine dämlichen Witze lachen hören? Welche Frau lacht bitte über eine *Monster AG*-Imitation?" Er fuhr mit hoher, kratziger Stimme fort. *„Ich beobachte Sie, Glotzkowski.* Im Ernst jetzt, keine normale Frau würde das für witzig halten, es sei denn sie steht auf ihn."

Missy neigte den Kopf. „Also, wenn es eine gute Imitation ist–"

„Das ist ein Kinderfilm!"

Sie dachte an ihre Freundin. „Sabrina ist eine Beziehungsexpertin. Sie hat in ihrer Praxis so vielen Leuten dabei geholfen, ihren Weg zu befriedigenden Beziehungen zu finden. Wenn sie ihm noch kein Zeichen gegeben hat, dann liegt das daran, dass sie nicht glaubt, dass sie beziehungstechnisch gut zusammenpassen.”

„Glotzkowski”, wiederholte er, als ob das alles sagte.

„Hm … also er sieht ja schon heiß aus mit diesem Bart.” Als sich seine Miene verfinsterte, hob sie die Hand. „Ich sage das rein objektiv. Es ist eine simple Tatsache, der die meisten Frauen zustimmen würden. Ich zähle jetzt nicht auf, was sonst noch alles heiß an ihm ist, aber glaub mir, er ist heiß. Vielleicht findet sie das ja einschüchternd.”

Ben presste die Lippen aufeinander. „Dieser dämliche Bart. Ich habe ihm gesagt, dass er ihn abrasieren soll. Möchtegern-Hipster.”

„Er hat keine sexy Grübchen wie du.”

Er rieb sich das stoppelige Kinn. „Die gefallen dir?”

Sie lächelte. „Ja.”

„Meine Großmutter sagt, dass ich damit immer noch wie ein süßer Fratz aussehe.”

Sie lachte.

„Natürlich tut sie das nur, wenn sie was von mir will”, fügte er hinzu, und sie musste noch mehr lachen. „Okay, das reicht jetzt. Gott, reiß dich zusammen.”

Zum Glück kamen die Samosas, und sie konnte sich wieder beruhigen.

Ben hob eine hoch. „Jetzt erzähl mir was über dich, sonst überlebt die Samosa es nicht.”

„Dann überlebt sie es nicht.”

Er biss hinein. „Kein Mitleid für ein frittiertes Stückchen Himmel?”

Sie biss in ihre und kaute. „Ich bin mir nicht sicher, was du wissen willst.”

„Alles. Bei dir komme ich mir immer so vor, als müsste ich dir alles aus der Nase ziehen.”

„Okay, okay. Meine Lieblingsfarbe ist grün. Abgesehen von Kirsch-Vanille-Eiscreme mag ich keine Süßigkeiten. Ich liebe Schnee und mein Lieblingsfilm ist *Terminator*."

Er runzelte die Stirn. „Du stehst auf Männerfilme?"

„So was wie Männerfilme oder Frauenfilme gibt es nicht. Es ist ein Film, und ich mag ihn."

„Das kann nicht dein Lieblingsfilm sein. Du sagst das nur, weil du jetzt hier bei mir bist. Bei deinen Freundinnen ist es bestimmt irgendeine romantische Komödie."

„Nein wirklich. Das ist mein Lieblingsfilm."

„Warum?", fragte er herausfordernd.

„Weil sie eine verdammt toughe Frau ist, die alles tut, um ihren Sohn zu retten", antwortete sie.

Er sah sie mit tiefer Zuneigung an, bevor er schließlich „Danke" sagte.

Sie wandte den Blick ab, aus irgendeinem Grund peinlich berührt. „Keine große Sache", murmelte sie und biss erneut in ihre Samosa.

Ben musste ihr Unbehagen gespürt haben, denn er bohrte nicht weiter. Stattdessen brachte er sie mit Geschichten aus seiner Kindheit mit den Campbells und den anderen Jungs zum Lachen. Ihre Lieblingsgeschichte war die vom schon als Teenager riesigen Marcus, der ein Kätzchen gerettet hatte. Der beste Teil der Geschichte war jedoch, wie Ben Marcus geholfen hatte, indem er das Kätzchen zu Bens Großmutter gebracht hatte, weil Marcus keine Haustiere in seiner Wohnung halten durfte. Daraufhin hatte Marcus Bens Großmutter jahrelang regelmäßig besucht, nachdem sie sich über ihre gemeinsame Liebe zu Bitty, dem Kätzchen, angefreundet hatten. Dass Ben Marcus mit dem Kätzchen geholfen hatte, sagte ihr, dass Ben schon als Teenager überaus mitfühlend gewesen war.

Als Ben sie nach dem Essen nach Hause fuhr, schwiegen beide. Aus dem Radio dudelte leise Weihnachtsmusik. Satt und zufrieden wünschte sie sich, dass die Nacht niemals enden würde. Er hatte ihr einiges über seine Kindheit und seine Jugend erzählt, was ihr das Gefühl gegeben hatte, ihm nah zu sein.

„Ich bin in Kalifornien aufgewachsen", platzte sie heraus, denn plötzlich hatte sie das Bedürfnis, ihm auch etwas von sich zu erzählen.

Er sah sie an. „Okay", sagte er langsam.

„Darum liebe ich Schnee. Das ist immer noch neu für mich und kommt mir jedes Mal wie ein Wunder vor. Weiche Magie, die vom Himmel fällt und alles glitzernd und neu wirken lässt."

„So habe ich nie darüber gedacht. Schnee war toll für mich als Kind, besonders, wenn die Schule deswegen ausgefallen ist. Jetzt bedeutet Schnee Arbeit. Etwas, das man wegräumen muss."

„Du kannst dich glücklich schätzen, dass du damit aufgewachsen bist. Du bist wahrscheinlich Schlittenfahren gegangen, hast Schneemänner gebaut und dir mit deinen Brüdern Schneeballschlachten geliefert."

„Schneeballschlachten sind das Beste am Schnee. Sobald es wieder schneit, bist du dran."

Sie lächelte. „Ich freu mich drauf." Sie mochte es, dass er von einem „nächsten Mal" sprach. Als wollte er zumindest ein bisschen mehr Zeit mit ihr verbringen. „Wenn wir bei mir sind, wie wäre es, wenn du mit nach oben kommst?"

„Da bin ich dir sogar schon einen Schritt voraus. Ich bin vorbereitet und hab ein Kondom eingesteckt."

Sie lachte. „Nur eins?"

„Eigentlich drei. Ich habe mich viel zu lange mit Fantasien zufriedengeben müssen. Seit unserem letzten Mal."

Ihr Magen schlug einen Purzelbaum. „Oh."

„Ja, oh. Das erste Mal ist vielleicht schnell und wild, doch dann will ich mir Zeit lassen. Wenn du nicht das Raubtier raushängen lassen könntest–"

„Raubtier!"

„Mit dir ist es, wie mit einem sexy Alligator zu ringen, Zähne und Krallen inbegriffen."

Sie prustete vor Lachen. „Du musst an deinen Komplimenten arbeiten. Erst bin ich ein Irish Setter, jetzt ein Alligator?"

„Ich beschreibe nur, was ich sehe."

„Und mir gefällt nun einmal, was mir gefällt."

„Ich mag das ja auch. Aber ich denke, wir können auch langsamer machen und auf einen Monsterorgasmus hinarbeiten."

„Ja", hauchte sie. „Das klingt gut.

„Ich würde dich jetzt so gerne fingerficken, aber es ist dunkel, und ich muss mich aufs Fahren konzentrieren."

Sie wimmerte, tropfnass vor Verlangen.

„Dirty Talk gefällt dir wohl? Davon habe ich jede Menge."

„Mach langsam, bitte. Du machst mich verrückt und ich muss noch zwanzig Minuten warten, bis wir zu Hause sind."

Doch das stachelte ihn nur an. Er erzählte ihr, was er alles mit ihr tun wollte, jede Fantasie, die er je über sie gehabt hatte, und trieb sie vor Verlangen fast in den Wahnsinn.

Viel länger würde sie es nicht mehr aushalten.

# Kapitel Dreizehn

Missy hatte kaum die Wohnungstür geöffnet, da klatschten sie schon aneinander. Die Münder ausgehungert, die Hände tastend, stürmten sie in ihre Wohnung. Er schob ihren Rock hoch und zog ihr Strumpfhose und Höschen aus. Sie verlor die Balance, als sie gleichzeitig versuchte, ihm die Hose auszuziehen. Er fing sie auf und senkte sie, begleitet von gierigen Küssen, sanft zu Boden. Sie waren wie die Tiere, und es machte ihr nichts aus. Sie machte sich erneut an seiner Hose zu schaffen, und er streckte ihr die Hüfte entgegen, um ihr zu helfen.

Er riss seinen Mund von ihr los, riss die Kondompackung auf und rollte es in Rekordzeit über, bevor er sich wieder ihr zuwandte, zwischen ihre Beine rutschte und mit einem Stoß in sie eindrang.

Sie warf ihren Kopf in den Nacken. Das war die Vereinigung, nach der sie sich so lange gesehnt hatte. Sie klammerte sich an ihn und schloss die Augen, während er hart und tief in sie hineinpumpte. Sie vergaß alles, außer dem Gefühl seiner heißen Haut, dem tiefen Druck, der sie ausfüllte, den überwältigenden Gefühlen, die sich immer weiter aufschaukelten. Dann schrie sie auf, als sich die Explosion der Lust aus ihrem Innersten ausbreitete. Er folgte nur einen Moment später und presste sie fest an sich.

Kurz darauf hob er den Kopf. „Das war schnell und wild."

Sie lächelte schief. „Wir sind Tiere."

Er biss ihr in die Unterlippe. „Das nächste Mal schaffen wir's bis ins Bett."

„Was denkst du, wie lange es dauert?"

Er grinste. „Du willst wissen, wie lange es dauert, bis ich wieder einen hoch bekomme?" Er bewegte sich langsam in ihr. „Bei dir überhaupt nicht lange."

Sie strahlte.

Eine Stunde später, nach geradezu quälend langem Vorspiel – auf das er bestanden hatte –, wurde es endlich wieder ernst. In ihrem Bett. Mit ihr obenauf.

Er legte die Hände um ihren Po und lächelte sie sexy an. „Ich weiß, du bist gerne oben, doch wenn du wieder das Tier in dir rauslässt, wird das nichts mit dem langsamen Fick."

„Ich mache langsam."

Was sie zu Anfang auch tat, doch dann fühlte es sich so gut an, dass sie nicht anders konnte, als schneller zu machen und laut zu werden, so sehr genoss sie den Ritt.

Er packte sie bei den Hüften und hielt sie fest. „Positionswechsel. Und lass deine Knie da, wo ich sie sehen kann."

Sie hätte gelacht, wenn sie dem Orgasmus, nach dem sie sich mit jeder Faser ihres Seins sehnte, nicht so verdammt nah gewesen wäre.

Er drehte sie um, senkte sich auf sie hinab und stieß langsam und tief in sie hinein, während er eine Hand an ihre Wange legte. „Du bist so schön. Diese sexy Lippen." Er küsste ihre Lippen. „Diese süßen roten Wangen." Er küsste ihre Wangen. „Diese niedliche Nase." Wieder ein Kuss.

„Fick mich." Sie reckte ihm ihre Hüften entgegen.

„Dieses Kinn." Er küsste ihr Kinn und strich mit der Nase ihren Hals entlang, was heiße Schauer durch ihren Körper jagte. Seine Stimme war heiser. „Langsam diesmal. Mach einfach mit, okay?"

Heiße Tränen brannten in ihren Augen aus Gründen, die sie nicht verstehen konnte, und sie schloss ihre Lider. Er küsste zärtlich ihre geschlossenen Augen, und als sie sie wieder öffnete, wischte er sanft mit dem Daumen eine Träne von ihrer Wange.

Beschämt wandte sie den Kopf ab, doch er legte eine Hand an ihre Wange und zwang sie, ihn wieder anzusehen. „Ich mag diese Seite von dir, so zart und sensibel. Du musst sie nicht vor mir verbergen.”

Als sie ihn finster ansah, schmunzelte er. „Wie du willst”, sagte er, bevor er wieder anfing, in sie hineinzupumpen. Sie blickten einander in die Augen. Sie wandte sich nicht von der Zärtlichkeit ab, die sie in seinen sah, und vielleicht lag auch ein bisschen Zärtlichkeit in ihren, denn alles fühlte sich anders an. Magisch. Schön. Strahlend. Das war nicht Ficken. Er machte Liebe mit ihr, und zum ersten Mal in ihrem Leben wusste sie, was das bedeutete.

Sie ergriff seinen Kopf und küsste ihn, legte alles, was sie für ihn empfand, in diesen Kuss, all die süße Zärtlichkeit und Leidenschaft. Er erwiderte ihn mit derselben Leidenschaft und setzte ihr Innerstes in Brand. Schließlich unterbrach sie atemlos den Kuss.

„Ja”, keuchte er und stieß schneller in sie hinein, während sich sein Atem mit ihrem mischte. Ihr Herz pochte in ihrer Brust. Der Genuss, den er ihr bereitete, eskalierte und brachte sie ihm näher, bis Körper und Seele verschmolzen. Dann jagte eine Supernova der Lust durch sie hindurch, bis sie atemlos zitternd dalag. Als sich seine Zähne in ihren Hals gruben, erschreckte und erregte es sie zugleich, während er immer schneller pumpte. Ehe sie sich's versah baute sich zusammen mit seinem Orgasmus eine weitere Welle der Lust in ihr auf, die schließlich mit ihm explodierte.

Er ließ sie sein Gewicht spüren, und sie umarmte ihn. Sie hatte noch nie jemanden nach dem Sex umarmt, doch diesmal fühlte es sich einfach richtig an.

Einen Moment später hob er seinen Kopf und strich

ihr die Haare aus dem Gesicht. Er sah sie fragend an – doch ihre Verbindung war so tief, dass sie verstand. Und zum ersten Mal glaubte sie, dass er vielleicht auch sie verstand. Er wollte wissen, ob sie okay war, wollte wissen, ob sie mehr haben konnten, ob er bleiben konnte.

Sie nickte.

Er küsste sie zärtlich. „Danke."

Sie war dabei, sich in ihn zu verlieben. Es machte ihr Angst, doch sie fühlte sich zu gut, um dagegen anzukämpfen. Wie viel Zeit auch immer sie hatten, sie wollte ihn einfach genießen. Sie streckte sich und schaltete die Nachttischlampe aus.

Er zog die Decke über sie und legte einen Arm um ihre Schultern, um sie an sich zu ziehen. Sie schmiegte ihren Kopf an seine Brust und lauschte dem gleichmäßigen Rhythmus seines Herzens.

Er drückte ihr einen Kuss auf den Kopf. „Ich habe noch nie eine ernsthafte Beziehung gehabt. Ich dachte, ich sollte das einfach mal loswerden."

Sie schaltete das Licht wieder ein, um ihn anzusehen, geschockt, dass er die Worte „ernsthafte Beziehung" benutzte. Die meisten Männer dachten kaum über Beziehungen nach, von darüber sprechen ganz zu schweigen. Seine Miene war entspannt, und er sah ihr ruhig in die Augen.

„Ist das eine Warnung?", fragte sie.

Er schmunzelte. „Ich sage nur, dass ich wahrscheinlich irgendwann einen Fehler machen werde."

„Dann wirst du mich auf diese Unterhaltung verweisen? Sozusagen als Freikarte?"

Er lachte. „Ich hab dir gesagt, dass das alles neu für mich ist. Siehst du, wie ich es schon geschafft habe, dich zu verärgern?"

Sie küsste ihn auf den Mund. „Ich bin nicht verärgert. Ich bin … glücklich. Ich" – sie schluckte schwer – „ich habe noch nie so etwas empfunden."

Er drückte sie zärtlich, während sein Blick warm auf ihr ruhte. „Mir geht's genauso."

Sie schaltete das Licht aus und kuschelte sich wieder an ihn.

„Kannst du mir erzählen, warum es dich so aus der Fassung gebracht hat, als ich beim letzten Mal, als wir Sex hatten, deine Handgelenke festgehalten habe?", fragte er in sanftem Ton.

Ihr Leuchten verblasste, und Kälte breitete sich in ihr aus. Sie sagte nichts. Die Tatsache, dass sie mit einem Mann wie Louis zusammen gewesen und so lange mit ihm zusammen geblieben und ein Opfer gewesen war, erfüllte sie mit Scham. Sie wusste, dass es nicht ihre Schuld gewesen war. Sie hatte schwer darum gekämpft, damit fertig zu werden. Doch da war sie wieder, diese erniedrigende Scham. Eine Erinnerung an den Preis der Liebe. Eine, die sie sogar vor Ben die Flucht ergreifen lassen wollte.

„Missy, ich spüre, dass dir etwas Schlimmes zugestoßen ist, und ich will mögliche Trigger vermeiden, die dich an irgendetwas davon erinnern. Ich frage nur, weil du mir nicht egal bist."

Adrenalin schoss durch sie hindurch. Ihr Atem war rau, ihre Haut klamm. Seine Worte erinnerten sie an das, was ein Sozialarbeiter oder ein Therapeut vielleicht sagen würde. Durch seine Mutter, die ja Sozialarbeiterin war, muss er traumatischen Situationen gegenüber sensibler sein als andere. Sie kämpfte gegen den Fluchtreflex an und suchte nach Worten, die nicht zu viel verrieten. „Ich mag es nicht, wenn jemand meine Handgelenke festhält", flüsterte sie. „Und kein Haareziehen." *Oder Schlagen oder Schreien.*

Er hielt sie fester. „Was ist passiert?"

Ihr Hals schnürte sich zu und machte es ihr unmöglich, weiterzureden.

„Du kannst mir alles erzählen. Ich werde dich nicht verurteilen."

Sie versuchte, sich von ihm weg zu rollen, doch er zog

sie fester an sich. Sie wehrte sich nicht dagegen. Ein Teil von ihr brauchte in diesem Moment seine Nähe.

„Okay", sagte er in beruhigendem Ton. „Alles okay. Ich weiß genug."

Sie versuchte, sich wieder zu entspannen, doch es gelang ihr nicht. Ein anderer Teil von ihr wollte ganz weit weg laufen und sich verstecken. Wie konnte sie sich nach dieser Intimität sehnen und sich dennoch davor fürchten? Sie wusste nicht, wie sie ihr Herz öffnen und sich trotzdem sicher fühlen konnte.

„Missy, du sexy Alligator, ich muss dich umarmen, nachdem du mir diesen Monsterorgasmus abgerungen hast. Komm her."

Sie lachte, als er sie ganz auf sich zog und sie in eine seiner strahlenden, liebevollen Umarmungen einhüllte. Nachdem sie sich hatte zurückziehen wollen, hielt er sie noch lange fest, bis sie sich endlich wieder entspannte und einschlief.

~ ~ ~

Ben konnte gar nicht genug bekommen von Missy. Er verbrachte das ganze Wochenende in ihrer Wohnung. Am Samstagabend kochten sie sogar gemeinsam Abendessen, und es gefiel ihm. Alles war großartig. Mehr als das, alles war perfekt. Das machte ihm Sorgen, denn nichts war je so perfekt. Doch würde ihn das aufhalten? Gott, nein. Eine Macht, die stärker war als er selbst, drängte sich an seinen Bollwerken vorbei und sorgte dafür, dass er ihr nahe blieb, näher, als er je einer Frau gewesen war. Und er wusste, dass das Gefühl von gegenseitiger Natur war, denn sie hieß ihn mit offenen Armen und sanftem Lächeln willkommen.

Jetzt war es spät am Sonntagvormittag. Sie saßen aneinander gekuschelt auf ihrem Sofa und sahen gemeinsam einen Hallmark-Weihnachtsfilm an. Ja, seine Mitgliedskarte im Männerclub hatte sich zu Hause, in seiner Wohnung versteckt. Das Paar, das auf dem Bildschirm einen Weihnachtsbaum schmückte, war ihm egal. Alles, was ihn interessierte, war die Frau in seinen Armen, tough und stark und doch tief berührt von kitschigen Filmen, Babys und süßen Worten. Er wollte sie seiner Großmutter vorstellen. Vielleicht an Heiligabend; bis dahin waren es nur noch zwei Tage.

Er küsste sie auf den Kopf und wartete auf die nächste Werbepause, um sie wegen Heiligabend zu fragen, denn er wollte sie nicht während des Films stören – ein so guter Freund war er. Als schließlich die Werbepause kam, hob er ihr Kinn zu sich. „Was machst du an Heiligabend?"

„Eine Menge. Ich muss die Geschenke für die Harpers einpacken, kochen, eine Geschenkkarte abholen, und dann muss ich alles zu ihnen rüber bringen und aufbauen. Es ist eine Überraschung, habe ich dir das nicht erzählt?"

„Nein."

„Ja, es ist eine."

„Du tust eine Menge für diese Familie. Wie kommt's?"

„Nicht nur ich", sagte sie und wich der Frage nicht zum ersten Mal aus. „Alle aus der Kirche. Alle haben geholfen, das Geld zu sammeln."

„Und du hast noch mehr verdient. Bist du dir sicher, dass du nicht für uns arbeiten willst?"

Sie lächelte sanft. „Ich liebe euch Jungs, aber ich liebe auch meine Familie. Die Marinos bedeuten mir alles. Sie haben mich eingestellt, weil ihr Unternehmen schon immer ein Familienunternehmen gewesen ist."

Er schluckte. Hatte sie gerade gesagt, dass sie *ihn* liebte, oder war das nur so ein ich-liebe-alles-und-jeden-Ding?

Sie küsste ihn und wandte sich wieder dem Fernseher zu. Er starrte geradeaus. Sollte er ihr sagen, dass er sie liebte? Er war ziemlich sicher, dass es das war, was seinen Verstand befallen hatte. Warum sonst hätte er drei Wochen lang mit Quasi-Dauerständer ausgehalten, um sie als *Freundin* kennenzulernen? Warum sonst würde es ihm Spaß machen,

Abendessen zu kochen, obwohl er das normalerweise hasste? Oder es genießen, auf dem Sofa mit ihr zu kuscheln und romantische Filme anzusehen? Doch vielleicht war es zu früh für Liebe. Vier Wochen intensive Anziehung, vielleicht mehr, wenn man in Betracht zog, wie lange sie schon zuvor zufällig aufeinander getroffen waren und geflirtet hatten.

Vielleicht war es nur fortgeschrittene Lust. Sie hatten dieses Wochenende eine Menge umwerfenden Sex gehabt, und er hatte bei ihr übernachtet – zweimal sogar –, ohne Probleme beim Schlafen gehabt zu haben. Mit seiner Ex hatte er nur die Nacht verbracht, um einen Streit zu vermeiden. Er überlegte, ob er aufhören könnte, Sex mit Missy zu haben, und es ihm dann immer noch gefallen würde, zu kuscheln und romantische Filme anzusehen. Das wäre ein echtes Zeichen für Liebe.

Nein. Was sollte es bringen, sich willentlich um den Genuss zu bringen? Als ob er die Hände von ihr lassen könnte. In diesem Moment lag seine Hand auf ihrem flachen Bauch unter ihrem Pullover und konnte jeden Moment zum Vorderverschluss ihres BHs oder in ihr Höschen wandern. Er hatte sich noch nicht entschieden. In ihr Höschen bedeutete einen schnellen Fick, was immer der Hammer war, doch hinauf zu ihren Brüsten bedeutete langsame Verführung, die sie in den Wahnsinn trieb. Immer diese Entscheidungen!

Als jemand an die Tür donnerte, zuckte sie zusammen.

„Erwartest du jemanden?", fragte er.

„Nein", flüsterte sie.

Er löste sich von ihr und stand auf. „Ich gehe nachsehen, wer es ist."

Sie schaltete den Fernseher aus und zog die Beine an.

„Missy!", blaffte eine Männerstimme. „Mach auf!"

Ben runzelte die Stirn und wandte sich Missy zu, die leichenblass geworden war. „Wer ist das?" flüsterte er.

Sie schüttelte den Kopf und schien in die Ecke des Sofas zu schrumpfen.

Der Mann schlug so fest gegen die Tür, dass sie in den Angeln erzitterte.

„Wer sind Sie?", blaffte Ben den Mann an.

„Und wer sind Sie?", gab der Mann streitlustig zurück.

„Was wollen Sie?", rief Ben.

Der Mann rüttelte am Türknauf. Die Kette war vorgelegt, doch wenn der Fremde groß und entschlossen genug war, könnte er die Tür aus den Angeln reißen.

Ben wandte sich Missy zu. „Ruf die Polizei."

„Nein", sagte sie kleinlaut.

Er starrte sie einen Moment lang an. Sie zitterte am ganzen Leib und kauerte zwischen den Kissen. Das war nicht die Missy, die er kannte. Was hatte dieser Mann ihr angetan?

„Verschwinden Sie!", rief Ben. „Wir haben die Cops gerufen." Er tastete in seiner Hosentasche nach seinem Handy. Es musste auf dem Sofa herausgerutscht sein. Als er zum Sofa zurückeilte, sprang Missy auf, als wäre er im Begriff, sie anzugreifen. „Keine Panik", sagte er und hob sein Handy auf.

Der Idiot draußen donnerte weiter gegen die Tür und rüttelte am Türknauf. Dann warf er sein Gewicht gegen die Tür. „Du bist mir was schuldig!", schrie der Mann.

Ben hatte die erste Nummer auf seinem Handy getippt, als Missy zur Tür rannte und sie aufriss, doch die Kette hinderte sie daran, sie ganz zu öffnen. Ben eilte zu ihr.

„Ich schulde dir nichts!", schrie Missy so laut, dass sich ihre Stimme überschlug. „Du hast ihr Geld gestohlen, du Bastard!"

Der Ton des Mannes wechselte sofort zu süß und schmeichelnd. „Missy, Honey. Ich brauche nur ein bisschen Geld, um über die Runden zu kommen. Du bist mir was schuldig, weil ich dir ein Dach über dem Kopf gegeben habe. Drei Jahre Miete sollten reichen." Ben hätte alles verwettet, dass das Louis war, Missys Ex-Mann. Drei Jahre Miete, drei Jahre Ehe, das passte.

Missy öffnete die Kette so schnell, dass Ben keine Gelegenheit hatte, zu reagieren. Vor der Tür stand ein großer, dünner Mann mit langen, fettigen, schwarzen Haaren, die ihm ins hagere Gesicht fielen. Er trug einen Armeeparka und eine schmutzige schwarze Hose und roch, als hätte er einen Monat lang nicht geduscht. Er sah nervös aus und schien dringend seinen nächsten Schuss zu brauchen.

Der Bastard streckte Missy die Hand entgegen. „Ich würde mich mit einem Tausender zufrieden geben. Beeil dich, und ich lass dich in Ruhe."

Ben trat auf ihn zu. „Verschwinden Sie."

Ben konnte es nicht fassen, doch Missy bedeutete ihm zu schweigen und wandte sich Louis zu. „Ich habe kein Geld. Geh bitte."

„Lügnerin!", schrie Louis und wollte sich auf Missy stürzen.

Ben wollte den Mann zurückhalten, doch Missy war schneller. Sie packte Louis bei den Schultern und rammte ihr Knie mit solcher Wucht zwischen die Beine des Mannes, dass er wie ein nasser Sack stöhnend zu Boden fiel.

Ben wollte Louis aus der Tür hinaus befördern, doch Missy hielt ihn mit der Hand auf dem Arm davon ab. Ihre Augen loderten vor Wut.

Sie zerrte Louis hoch, rammte ein Knie gegen seine Brust und versetzte ihm eine schallende Ohrfeige. „Wage es, mir noch einmal nahe zu kommen", schrie sie ihn an. „Und ich kastriere dich! Verstanden?"

Louis sagte nichts und sah aus, als würde er gleich in Ohnmacht fallen – wahrscheinlich eine Mischung aus Entzug und Schmerz.

Missy ohrfeigte ihn erneut. „Antworte mir."

Louis murmelte etwas Unverständliches.

Missys Hand schloss sich um seinen Hals und drückte zu. Louis wurde hochrot im Gesicht, und die Adern an seinem Hals und seinem Gesicht traten hervor. Fuck.

„Missy–", begann Ben.

„Nein", sagte sie, ohne den Blick von dem Mann, den sie würgte, abzuwenden. „Er muss es sagen. Sag es, Louis. Sag, dass du mir nie wieder nahe kommen wirst."

Louis röchelte und bewegte die Lippen, brachte jedoch kein Wort heraus.

„Er ist es nicht wert", sagte Ben leise und versuchte, seine sanfte Missy zu erreichen. „Lass uns ihn einfach rauswerfen, okay? Er hat's begriffen."

Sie starrte Louis an und ließ ihn los. Der Mann rang nach Luft.

Missy trat einen Schritt zurück. „Raus hier."

Louis rappelte sich auf und wäre vor Eile auf dem Weg zur Tür beinahe über seine eigenen Füße gestolpert.

Missy schlug die Tür hinter ihm zu, schloss ab und legte schwer atmend die Kette vor.

Ben starrte die Tür einen Moment lang an und versuchte zu verstehen, wie Missy mit jemandem wie diesem Mann zusammen gewesen sein konnte. Sie hatte so viel Besseres verdient.

Er wandte sich ihr zu. „Du hast diesen Dreckskerl geheiratet?"

Ihre Augen blitzten auf, doch ihre Stimme war ruhig. „Ich habe dir nie gesagt, dass ich verheiratet war. Wer hat dir das erzählt?"

Er antwortete nicht sofort, unsicher, wie er antworten sollte, ohne sich zu verraten. Doch andererseits wollte er nicht lügen.

Sie sah ihn vorwurfsvoll an. „O mein Gott. Ich bin so was von dumm! Du hast bei Checkin Nachforschungen über mich angestellt, nicht wahr? Du bist in meine Privatsphäre eingedrungen!"

Er hob eine Hand. „Okay, atme erst einmal tief durch. Du bis noch viel zu aufgeregt."

„Sag mir einfach, ob du ohne mein Einverständnis Informationen über mich eingeholt hast."

„Missy, das machen wir bei jedem neuen Mitarbeiter so."

„Fahr zur Hölle!" Sie wirbelte herum, nahm ihren Mantel und ihre Tasche und marschierte zur Tür hinaus.

Er konnte sie nicht allein gehen lassen. Was, wenn Louis um die Ecke auf sie wartete?

Er zog seine Stiefel an und nahm seine Jacke. Sein Magen drehte sich. Er wusste, dass es zu perfekt gewesen war. Nichts Gutes war von Dauer.

Trotzdem folgte er ihr hinaus.

# KAPITEL VIERZEHN

Missy rannte die Treppe hinunter und schalt sich dafür, Ben je vertraut zu haben. Wie oft musste sie noch ins Klosett greifen, um zu begreifen, dass sie keinem Mann vertrauen konnte? Das bittere Gefühl in ihrem Bauch sagte ihr, dass sie wieder zugelassen hatte, dass jemand sie zum Narren hielt. Zuerst Louis, dann der verheiratete Matt und jetzt Ben. All diese Frauen, die sie beraten hatte, damit sie nicht wieder zum Opfer wurden, all die Jahre, in denen sie selbst ein Opfer gewesen war, hatten sie gelehrt – und das berechtigter Weise – nie einem Mann zu vertrauen. Und trotzdem hatte sie Ben so nahe an sich heran gelassen. In ihr Zuhause, in ihr Bett und in ihr Herz.

Sie wischte sich die Tränen aus den Augen und sah sich auf dem Parkplatz nach Louis um. In der Ferne sah sie seinen alten blauen Toyota davon fahren. Sie zitterte und schwitzte, als der Adrenalinrausch, Louis nach so vielen Jahren endlich konfrontiert und *sich verteidigt* zu haben, abklang. Normalerweise hätte sie ihn nie konfrontiert. All die Selbstverteidigungsmechanismen, die sie gelernt hatte, zielten darauf ab, sich zu verteidigen, wenn jemand sie angriff. Er hatte sie angegriffen, sie hatte sich verteidigt.

Sie hatte sich durchgesetzt.

Sie holte tief Luft, immer noch zu aufgeregt, um irgendwohin zu fahren. Sie setzte sich in ihren Wagen, ließ den Motor an und drehte die Heizung auf. Schnell verschloss sie die Türen. Sie würde warten, bis Ben ging, dann würde sie wieder ins Haus gehen. Warum sollte sie diejenige sein, die ihre eigene Wohnung verließ? Sie war geflohen, da sie nicht in der Lage gewesen war, nach der Auseinandersetzung mit Louis mit Bens Verrat umzugehen. Sie hätte Louis fast umgebracht. Sie hatte die Macht in ihren Händen gespürt und alles durch diesen roten Nebel gesehen. Bens Stimme war durch diesen Nebel zu ihr durchgedrungen und hatte sie zurückgeholt. Sie hätte sich dafür bei ihm bedankt, wäre sie nicht so wütend auf ihn. Er hatte ohne ihr Einverständnis hinter ihrem Rücken herum geschnüffelt und Dinge über sie in Erfahrung gebracht, über die sie nie mit jemandem sprach.

Ben erschien am Ausgang, sah sie sofort und ging auf ihren Wagen zu. Verdammt. Sie wollte nicht mit ihm reden. Er hatte viel zu viel gesehen, wusste viel zu viel. Das war der Grund, warum sie nie Beziehungen hatte. Sie wurde dabei immer verletzt.

Er klopfte an das Fenster auf der Beifahrerseite und gestikulierte ihr zu, dass sie die Tür öffnen sollte.

Sie starrte ihn an, und alles, was sie sah, war ein Mann, der mehr wusste, als er das Recht dazu hatte. Sie rieb sich die Schläfen. Warum gelang es ihr nie, ihre Vergangenheit hinter sich zu lassen und ein neuer Mensch zu sein? Eine smartere, stärkere Missy. Jetzt war es zu spät. Ben würde sie immer als die andere Missy sehen – ein Opfer.

„Ich erfriere hier draußen!", rief Ben durch das verschlossene Fenster. „Komm schon, Missy. Bitte mach auf."

Sie sah ihn böse an.

„Ich gehe nicht, solange ich nicht sicher bin, dass du okay bist!", sagte er.

All der Lärm würde die Aufmerksamkeit der Nachbarn auf sie lenken. Sie knirschte mit den Zähnen und öffnete die Tür.

Er stieg ein, schloss die Tür und wandte sich ihr zu. „Ich habe einen Backgroundcheck über dich eingeholt, als du angefangen hast, für uns zu arbeiten. Das machen wir bei allen Angestellten so. Wir können als Firma schließlich nicht das *nicht* praktizieren, was wir für andere anbieten."

Sie rang um Ruhe, immer noch zitternd und schwitzend. „Ich habe nicht unterschrieben, dass es okay ist, dass du so in meiner Vergangenheit herumwühlst. Referenzen von mir aus, aber meine private Geschichte, nein. Und du hast n-nie–" Sie presste die Lippen aufeinander, denn sie hasste es, dass sie stammelte. Sie hatte einen riesigen Kloß im Hals und Tränen in den Augen, doch sie würde nicht zusammenbrechen.

„Können wir reingehen und reden?", fragte er sanft. „Du musst dich erholen. Ich weiß, Louis–"

„N-Nein!" Ihr Atem stockte, und sie rang ein Schluchzen nieder. „Du hast mir nie gesagt, dass ihr das immer so macht."

Er starrte sie einen Moment lang an. „Ich gebe zu, dass ich neugierig war, und dass ich nicht unserem Standardprocedere gefolgt bin, was dich angeht. Ich war Hals über Kopf in dich verknallt, Missy. Vom ersten Moment an konnte ich nicht klar denken, was dich angeht. Ich habe es nicht aus bösem Willen getan, das schwöre ich. Ich wollte dich nur kennenlernen."

„Dann hättest du es auf natürliche Weise passieren lassen sollen. Wenn ich dazu bereit gewesen wäre."

„Du hast recht. Das sehe ich ein, und es tut mir leid."

Sie presste ihre Lippen aufeinander und kämpfte gegen die Tränen an. „Wenn du nur mit mir geredet hättest, wäre ich nicht so neugierig gewesen. Du warst geradezu mysteriös."

Ihre Nackenhaare stellten sich auf. „Dann ist es *meine* Schuld?"

„Schau, so wird das ganze ablaufen: Ich werde mich noch einmal entschuldigen, du wirst eine Weile böse auf mich sein, und dann wird alles wieder normal sein. Okay? Es tut mir wirklich, wirklich leid. Ich werde so etwas nie wieder tun."

Sie sagte nichts.

„Ich habe dir gesagt, dass ich noch nie eine ernste Beziehung hatte. Kannst du ein bisschen nachsichtig mit mir sein?"

Ihre Unterlippe zitterte. Sie musste es beenden. Sie konnte ihm nicht vertrauen.

Sein Ton wurde eindringlicher. „Missy, du hättest mir von Louis erzählen sollen. Dass er dir wehgetan hat. Du hast mich vollkommen im Dunkeln gelassen, was dein Leben angeht. Was ich nicht weiß, kann ich nicht in Ordnung bringen."

Sie presste ihre Lippen aufeinander. „Ich bin niemand, den du in Ordnung bringen kannst."

„Nicht dich, nur das Problem. So bin ich nun einmal. Ich sehe ein Problem und finde Lösungen. Dazu brauche ich allerdings Informationen. Du hast kaum irgendwas über dich erzählt. Das einzige, was ich von dir weiß, ist, dass du in Kalifornien aufgewachsen bist und Schnee liebst."

Sie verschränkte die Arme und schob das Kinn vor. „Du weißt eine Menge mehr als das. Sachen, die ich außer meiner Schwester niemandem erzählt habe."

„Ich habe immer noch das Gefühl, nichts zu wissen", sagte er leise. „Als würdest du etwas vor mir verbergen."

Scheiß drauf. Er wollte Details, sie würde sie ihm geben. Vielleicht würde er dann begreifen, wie kaputt sie war. Sie war sich sicher, dass er dann ganz schnell die Flucht ergreifen würde.

„Was willst du wissen, Ben? Dass meine Mutter mich mit sechzehn bekommen und aufgegeben hat? Wie wäre es mit der Geschichte von meinen Adoptiveltern, die bei einem Autounfall ums Leben gekommen sind, als ich zehn war? Dass mein Dad sofort tot war und meine Mutter im Koma gelegen hat? Wie ich sie noch einmal mit Schläuchen und Kabeln auf der Intensivstation gesehen habe, vollkommen verängstigt, und wie sie dann in der Nacht gestorben ist, als ich geschlafen habe und ich keine Gelegenheit mehr hatte, mich von ihr zu verabschieden? Das ist ein Knaller, nicht wahr? Oder dass ich diesen Bastard Louis mit achtzehn geheiratet und drei Jahre seine Misshandlungen ertragen habe? Dass er mich an den Handgelenken gepackt und mich so heftig geschlagen hat, dass mir die Ohren geklingelt haben? Dass er mir die Haare ausgerissen hat, mich emotional misshandelt hat, und dass ich es zugelassen habe? Wie wäre es damit, dass er mich fast umgebracht hätte, als ich ihm gesagt habe, dass ich mich scheiden lassen will? Ist es das, was du unbedingt über mich wissen willst?"

„Missy." Er griff nach ihrer Hand, doch sie hielt ihre Arme weiter verschränkt.

Sie sprach weiter und dachte dabei an nichts anderes, als ihn zu vertreiben. „Füg das zu deiner Akte über mich hinzu. Ich war eine fünfzehnjährige Ausreißerin, als der widerliche Mann meiner Tante mich angemacht hat. Sechs Monate auf der Straße, dann eine Pflegefamilie nach der anderen. Ist es nicht großartig, wie viel man über jemanden ohne das tolle Internet erfahren kann?"

„Nein, Missy. Es tut mir leid. Baby–"

Tränen erstickten ihre Stimme. „Fick dich."

Seine Stimme blieb ruhig. „Mir tut wirklich leid, was du alles durchgemacht hast."

Sie starrte geradeaus und Tränen liefen über ihre Wangen. „Ich wollte nicht, dass du es erfährst. Er hat mich misshandelt, und ich bin geblieben."

„Das war nicht deine Schuld."

Sie wischte sich die Tränen weg und schniefte. „Ich weiß, doch es fühlt sich so an. Ich bin hergekommen, um neu anzufangen. Ich wollte nicht, dass du mich so siehst." Sie schlang ihre Arme fester um ihren Körper. „Es ist mir so peinlich", flüsterte sie.

„Peinlich? Gott, ich bin beeindruckt. Du hast ihm in den Arsch getreten, und er hat es verdammt noch mal verdient."

Als sie ihm in die Augen sah, sah sie dort nur Bewunderung. „Es hat sich gut angefühlt", gab sie zu. „Ich habe für eine Konfrontation trainiert, seit ich ihn verlassen habe."

„Das hast du gut gemacht, Missy. Wirklich gut."

Sie nickte, immer noch ein bisschen zittrig, aber auch ein bisschen stolz.

„Wie lange hat er dich schon um Geld angebettelt?"

„Er ist vor ein paar Wochen aufgetaucht. Ich dachte, dass ich ihn, nachdem er das Geld vom Basar in der Kirche gestohlen hatte, nie mehr wiedersehen würde. Darum habe ich den Job bei euch angenommen. Ich wollte nicht, dass jemand mitbekommt, dass ich den Teufel an ihre Türschwelle geführt habe."

„Auch das ist nicht deine Schuld."

„Doch, das ist es." Ohne sie wäre Louis nie hier aufgetaucht.

„Ist es nicht", beharrte Ben. „Erzähl mir alles, was mit ihm passiert ist, und dann lasse ich mir etwas einfallen, wie wir ihn endgültig aus deinem Leben verbannen. Und dann helfen wir gemeinsam den Harpers."

„Das ist *mein* Job. Ich brauche niemanden, der mich rettet."

„Das tue ich auch nicht. Ich helfe nur."

„Ich komme schon klar", sagte sie. Sie löste ihre Probleme selbst. Immer.

„Warum willst du nicht, dass ich dir helfe?", bellte er, seine Stimme zu laut für den beengten Raum.

Sie sah ihn böse an. „Schrei mich nicht an. Ich brauche und will deine Hilfe nicht."

Er seufzte. „Schau, ich will mich nicht streiten."

„Dann solltest du gehen, denn ich habe keine Lust, mich zu wiederholen, bis du es mit deinem Dickschädel begreifst. Ich löse meine Probleme selbst."

„Du kannst nicht alles allein machen", blaffte er und

klang wütend darüber, dass sie sich nicht sofort mit seinem Plan einverstanden erklärte. „Ich will helfen. Ich will dafür sorgen, dass du sicher bist."

„Ich bin sicher. Du hast gesagt, dass es dich beeindruckt hat, wie ich ihm in den Hintern getreten habe, doch du glaubst nicht, dass ich mit einer weiteren Konfrontation klar kommen würde. Doch das kann ich. Ich glaube nicht, dass es ein nächstes Mal geben wird, doch wenn es eines gibt, dann bin ich vorbereitet."

„Was meinst du damit?", fragte er.

Sie schloss die Augen, um nicht zu schreien. Sie mochte es nicht, Bens Fragen zu beantworten. Er wollte die Kontrolle übernehmen, sich als ihr Retter aufspielen, doch so war sie nicht. „Ben, ich bin fertig."

„Fertig?"

Sie sah ihm in die Augen und presste über den Kloß in ihrem Hals heraus: „Ja, fertig."

„Okay, wir können später darüber reden, doch glaube nicht, dass ich das auf sich beruhen lassen werde."

Sie schüttelte den Kopf.

Dann verstand er und sah sie fassungslos an. „Machst du … Schluss mit mir?"

„Ja", flüsterte sie, dann stieg sie aus dem Auto aus und zog leise die Tür zu.

Einen Moment später fiel die Tür hinter ihm ins Schloss.

Doch er folgte ihr nicht.

Mit rebellierendem Magen, auf zittrigen Beinen und allein von ihrer Willenskraft angetrieben schaffte sie es in ihre Wohnung, bevor sie zusammenbrach.

# Kapitel Fünfzehn

Am Montagmorgen schleppte Ben sich zur Arbeit, ein elendes Häuflein verworrener Gefühle – wütend, traurig und verletzt zugleich. Es überraschte ihn, wie sehr es wehtat. Ein perfektes Wochenende und dann ging alles den Bach runter. Er hatte die ganze Zeit gewusst, dass das Glück mit Missy nicht von Dauer sein konnte, dennoch hatte das jähe Ende ihn geschockt. Es war, als hätte er einen Arm verloren. Sie war für ihn ein wichtiger Teil seines Lebens geworden, und jetzt war sie weg. Er konnte immer noch nicht fassen, wie schnell alles zerbrochen war.

Logan warf ihm einen Blick zu und hörte auf, seinen Kaffee einzugießen. „Du siehst scheiße aus. Hast du die Nacht durchgemacht?"

Er hatte nicht mehr als drei Stunden geschlafen, nachdem er die halbe Nacht lang das Problem mit Missy aus allen möglichen Blickwinkeln beleuchtet hatte. „Ich habe geschlafen." Er schlurfte ins Büro, doch seine Schuldgefühle belasteten ihn. Er hätte Missy von vornherein sagen sollen, dass er sie einem Backgroundcheck unterzogen hatte. Nein, er hätte sie das Standardformular unterschreiben lassen sollen, das sie allen gaben, doch er war zu neugierig gewesen und hatte mehr über sie wissen wollen.

Er ließ sich auf seinen Schreibtischstuhl sinken. War, was er getan hatte, wirklich so schlimm? Oder war Missy besonders sensibel wegen dieses Arschlochs Louis? Wenn sie ihm mehr über sich erzählt hätte, wäre er nicht so neugierig gewesen.

Er stützte seine Ellbogen auf den Schreibtisch und ließ den Kopf in seine Hände sinken.

Als es leise an die Tür klopfte, richtete er sich abrupt auf. War Missy da? War sie bereit, wieder mit ihm zu reden?

Logan.

Ben schnitt eine Grimasse. „Lass mich in Ruhe. Ich habe vor Weihnachten eine Menge zu erledigen." Das Büro war ab morgen bis nach Neujahr geschlossen.

„Erledigen?" Logan lächelte und setzte sich Ben gegenüber hin. Er begriff einfach nie. „Hast du mir schon ein Geschenk besorgt?"

„Ich bin nicht in Stimmung, mit dir zu reden. Lass mich bitte einfach in Ruhe."

Logan musterte ihn. „Habt ihr Schluss gemacht?"

„Woher weißt du das?"

Logan schüttelte den Kopf. „Du bist ein Idiot."

„Danke, selber Idiot." Er rieb sich die Nasenwurzel und schloss die Augen. „Würdest du mich bitte in Ruhe lassen?"

„Nein", sagte Logan gut gelaunt.

Ben kniff die Augen zusammen. „Ich will dir wirklich nicht in den Arsch treten. Das ist nicht gut fürs Geschäft."

Logan schnaubte. „Als könntest du das." Sie waren ziemlich gleich stark und wussten das aus all den Jahren, in denen sie miteinander oder mit den anderen Jungs gerungen hatten. Ringen war für sie sowohl Sport als auch ein Weg, Probleme zu lösen. Zumindest war es das, als sie Kinder gewesen waren. Als Teenager hatten sie sich die eine oder andere blutige Nase eingehandelt. Jetzt waren sie erwachsen und der Meinung, dass sie über diese Art, mit Meinungsverschiedenheiten fertig zu werden, hinweg waren. Doch so, wie Ben sich jetzt fühlte … war er sich da nicht mehr so sicher.

Logan schüttelte den Kopf. „Da hab ich dir launischem

Arsch den Weg freigemacht und sie am Freitag gehen lassen, damit du endlich mit ihr zusammen sein kannst, und dann baust du Scheiße."

Ben stand auf, stützte seine Hände auf den Tisch und beugte sich zu Logan vor. „Letzte Warnung", knurrte er.

Logan stand langsam auf und zwang Ben damit, sich aufzurichten, um nicht zu ihm aufblicken zu müssen. „Was auch immer es war, entschuldige dich einfach."

„Das habe ich ja! Mehr als einmal."

„Dann mach's noch mal. Mit Blumen oder so was."

Missy war keine Frau, die sich von einem offensichtlichen Entschuldigungsgeschenk beeindrucken ließ. Es fiel ihr so schon schwer, jemandem zu vertrauen, und er hatte es geschafft, das bisschen Vertrauen, das sie ihm entgegengebracht hatte, auch noch kaputtzumachen. Seine Brust schmerzte, und Traurigkeit verdrängte Wut und Schmerz. Er ließ sich wieder auf seinen Stuhl fallen. Es war so was von beschissen.

„Verdammt, Ben, mir kommen die Tränen, wenn ich dich nur ansehe."

„Fick dich."

„Wenn sie dir so wichtig ist, dann gib nicht auf. Es ist nicht so hoffnungslos, wie es sich jetzt vielleicht anfühlt." Damit ging er.

„Was weißt du schon?", rief Ben ihm hinterher. Logan hatte seine Freundin von der Uni nicht aufgegeben und hoffte immer noch auf eine Versöhnung zur „rechten Zeit", was auch immer das heißen sollte. Doch es schien nie zu klappen. Der Junge wusste nichts darüber, wie man Beziehungen kittete.

Logan zeigte ihm über die Schulter den Mittelfinger.

Ben klickte durch seine Emails, um wenigstens die zu sortieren. Auf richtige Arbeit konnte er sich jetzt sowieso nicht konzentrieren.

Löschen. Löschen. Löschen.

Missy beim Kirchenbasar, wie sie ihm einen Pullover

verkaufte, schlagfertig und amüsant. Dann dieser Mund, diese sexy, vollen Lippen.

Löschen. Löschen. Löschen.

Missy in einem engen schwarzen Kleid bei der *Fierce Loving* Party, wie sie ihn beiläufig fragte, ob er Sex wollte. „Wenn's einen juckt, muss man eben ab und an mal kratzen, oder?" Sein Finger lag auf dem „Löschen"-Knopf, und er erinnerte sich an den warmen, einladenden Blick ihrer braunen Augen. Er war überzeugt gewesen, dass lockerer Sex mit ihr perfekt wäre, doch dann war daraus mehr geworden, und jetzt war es *vorbei*.

Löschen! Löschen! Löschen!

Er klappte den Laptop zu, doch das verhinderte nicht, dass weitere Erinnerungen an Missy vor seinem inneren Auge aufblitzten – Missy als Weihnachtself, Missy nackt und animalisch, Missy professionell-zugeknöpft, Missy sanft und weich. Letztere vermisste er am meisten, sanft und zärtlich, die schnell die Fassung verlor.

Er richtete sich auf. Moment. Das war alles, was er tun musste. Eine Geste, bei der sie die Fassung verlor, die ihr zeigte, wie sehr er sie liebte. Sein Verstand stockte einen Moment. Er liebte sie. Warum sonst hätte er das Gefühl, einen Teil von sich selbst verloren zu haben? Er würde etwas tun, um ihr zu zeigen, dass sie ihm vertrauen konnte. Sie würde begreifen, dass sie nicht allein mit allem in ihrem Leben fertig werden musste. Er half Menschen, die ihm nahe standen. Es war ein bedeutender Teil von ihm. Sie musste verstehen, dass er half, weil er liebte.

Er stand auf, zog seine Jacke an, entschlossen, zu Missy durchzudringen. Er blieb stehen. Was sollte er tun? In ihrer Wohnung auftauchen? Nein. Die Harpers. Missy würde morgen dorthin gehen. Sie wollte den Harpers ein besonderes Weihnachtsfest bereiten, und er würde helfen. Er würde Missy zeigen, dass sie ein großartiges Team sein konnten, wenn sie es nur zuließ. Er holte sein Handy heraus und suchte nach der Adresse der Familie, doch sie war nirgendwo registriert. Kein Problem. Er wusste, dass sie in dieselbe Kirche gingen, die auch seine Großmutter besuchte. Er würde die Info von ihr bekommen. Er schickte Logan eine kurze SMS und teilte ihm mit, dass er in ein paar Stunden zurück sein würde. Als er die Tür hinter sich schloss, gab die Hoffnung ihm einen Energieschub.

Erst Stunden später kehrte er ins Büro zurück, weil seine Großmutter darauf bestanden hatte, ihm etwas zu Mittag zu kochen, nachdem sie ihn gescholten hatte, weil er so mitgenommen aussah, und ihn gefragt hatte, ob er auf sich aufpasste, gut aß, trainierte, genug schlief und so weiter. Bla, bla, bla. Er gab sich größte Mühe, ihr das zu versichern, doch sie schien zu wissen, dass etwas mit ihm nicht stimmte. Was die Harpers anging, hatte sie sich jedoch als große Hilfe erwiesen. Nachdem sie ihm von ihrer Situation erzählt hatte, verstand er, warum es Missy so wichtig war, ihnen zu helfen.

Er hoffte nur, dass seine Geste nicht nach hinten losgehen würde. Bei Missy reichten gute Absichten manchmal nicht aus. Sie musste tief im Inneren glauben, dass er es wirklich so meinte.

# KAPITEL SECHZEHN

Der 24. Dezember fing furchtbar an, und von da an ging es steil bergab. Am frühen Morgen bemerkte Missy, dass der Weihnachtstruthahn, den sie für die Harpers hatte kochen wollen, schlecht war – grau und übelriechend. Dann hatte es im Supermarkt keine Truthähne mehr gegeben. Sie hatte das ganze Mahl um den Truthahn herum geplant, darum war sie zu zwei weiteren Supermärkten gefahren, bevor sie endlich einen in der richtigen Größe fand, der jedoch tiefgefroren war und Tage zum Auftauen gebraucht hätte. Darum hatte sie stattdessen zwei Hühnchen gekauft.

Dann war sie auf einer gefrorenen Pfütze auf dem Parkplatz ausgerutscht und auf ihrer Hüfte gelandet. Es tat höllisch weh, und sie war sich sicher, dass sie einen üblen blauen Fleck bekommen würde.

Auf dem Weg nach Hause blieb sie im Verkehr in der Nähe der Eastman Mall stecken und verfluchte all die Last-Minute-Weihnachtseinkäufer.

Als beim Abbiegen auf den Parkplatz vor ihrem Haus ihr Reifen platzte, war ihre Fassung dahin.

Sie fluchte wie ein Seemann und klatschte mit der Hand aufs Lenkrad, bevor sie den Wagen auf dem nächstbesten Parkplatz abstellte. Zu behaupten, dass ihre Weihnachtsstimmung getrübt war, wäre eine Untertreibung. Sie fühlte sich wie Scrooge und wollte es einfach nur noch hinter sich bringen. Sie wusste, dass es nicht nur an diesem dämlichen Truthahn lag oder am

Verkehr oder ihrem platten Reifen. Nein, sie war unglücklich wegen Ben. Sie vermisste ihn und war deswegen wütend auf sich. Sie hasste es, dass sich ihr Bett leer anfühlte, hasste, dass sie jedes Mal, wenn sie die Augen schloss, seine funkelnden blauen Augen, seine Grübchen und sein Lächeln sah, hasste es, so viel für einen Mann zu empfinden, dem sie nicht vertrauen konnte. Sie wusste, dass der Preis der Liebe hoch war, doch sie war so dumm gewesen, ihn trotzdem in ihr Herz zu lassen. Natürlich war er nicht wie Louis, das wusste sie, aber er hatte ihr dennoch wehgetan. Und sie würde nicht zulassen, dass er ihr noch einmal wehtat, selbst, wenn das hieß, dass sie sich eine Weile elend fühlen würde. Das würde vorübergehen. Sie hatte schon Schlimmeres überlebt.

Sie entschloss sich, sich später um den Reifen zu kümmern, nahm ihre Einkäufe und ging in ihre Wohnung, um mit dem Kochen anzufangen. Gegen Mittag hatte sie sich ein bisschen beruhigt – oder vielleicht war sie einfach nur müde. Sie war um fünf Uhr aufgestanden, um mit den Vorbereitungen für das Essen anzufangen. Die Hühnchen waren gekocht. Alle Beilagen waren fertig und in Plastikbehälter verpackt. Gestern Abend hatte sie einen Apfelkuchen gebacken. Jetzt musste sie nur noch den Reifen wechseln, das Essen, die Dekoration und die Geschenke in ihr Auto bringen und zu den Harpers fahren. Sie hatte mit Rena vereinbart, dass sie am Nachmittag kurz vorbeischauen würde.

Als Missy den Reifen wechselte, war sie überaus zufrieden mit sich, dass sie das nun selbst beherrschte. Früher hatte sie immer den Automobilclub angerufen, doch ihr Schwager Nico hatte ihr gezeigt, wie es ging. Einen Moment lang bestaunte sie ihr Werk. Der Ersatzreifen war ein Notlaufreifen, doch für die zehn Minuten Fahrt durch den Ort sollte er reichen. Sie richtete sich langsam auf und stöhnte ein wenig dabei, denn ihre Hüfte tat weh. Sie fror und warf einen Blick gen Himmel, der voller perlgrauer

Wolken hing, die Schnee versprachen. Oh, wie sehr sie sich über weiße Weihnachten freuen würde. Doch jetzt noch nicht – sie hatte noch eine Menge zu tun.

Sie ging zurück in ihre Wohnung im ersten Stock. Drei Gänge später war ihr Auto bis unters Dach vollgestopft mit allem, was die Harpers für ein perfektes Weihnachtsfest brauchten. Sie seufzte. Okay, sie war wieder innerhalb ihres Zeitplans. Zeit, ihre Weihnachtsstimmung hervorzuholen.

„Fröhliche Weihnacht überall …", trällerte sie und zwang sich, fröhlich zu sein, als sie vom Parkplatz fuhr, ein wenig holprig mit dem kleineren Notlaufreifen.

Nach zwei roten Ampeln hatte sie freie Fahrt durch den Ort und bog auf die Hauptstraße ab. So weit, so gut. Bei der Kirche bog sie rechts ab. Die Wohnung der Harpers war nicht mehr weit entfernt, nur noch drei Blocks.

*Rums!*

Ihr Herz raste, und sie umklammerte ihr Lenkrad, als das Auto nach rechts ausbrach. Sie war in ein Schlagloch gefahren, das sie übersehen hatte. Was zum …? Sie konnte kaum lenken. Zitternd fuhr sie an den Straßenrand. Das konnte nichts Gutes bedeuten. Sie stieg aus und starrte den Schuldigen an – ihr Ersatzreifen war platt.

Sie blickte die Straße hinab. In den weihnachtlich geschmückten Häusern waren glückliche Familien mit ihren Weihnachtsvorbereitungen beschäftigt. Sie würde sie nicht stören, um um Hilfe zu bitten. Sie konnte das allein. Alles, was sie tun musste, war, ein paar Blocks zu laufen. Sicher, sie würde ein paarmal gehen müssen, doch sie würde es schaffen. Zuerst die Dekoration. Die würde sie auf der Veranda des viktorianischen Hauses lassen, in dem die Harpers die Dachgeschosswohnung gemietet hatten. Hoffentlich würde keines der Kinder sie bemerken, bis sie alles zum Haus gebracht hatte.

Dann würde sie die Geschenke bringen, dann das Essen.

Als sie die Dekoration – zwei Kisten und zwei Tüten –

zum Haus gebracht hatte, tat ihre Hüfte weh, und ihr Gesicht war eiskalt, aber sie weigerte sich, sich davon beeinträchtigen zu lassen.

Als nächstes waren die Geschenke dran. Sie zerrte den Müllsack voller Geschenke vom Rücksitz, dann holte sie den hübsch verpackten Bilderrahmen mit einem Geschenkgutschein für ein professionelles Familienfoto aus dem Kofferraum. Sie konnte nicht riskieren, den zu zerbrechen. Sie wollte sich gerade wieder auf den Weg machen, als ein Mann nach ihr rief.

„Brauchen Sie Hilfe?"

Sie drehte sich um und sah den Eigentümer des Hauses, vor dem sie parkte, ein älterer Mann mit schütterem, weißem Haar, der in Flanellhemd, dunkelgrauer Hose und Hausschuhen auf der Veranda stand und sie beobachtete. „Nein, danke!", rief sie. „Ich komme schon klar."

Er kam auf sie zu und betrachtete ihren Wagen. „Sieht aus, als hätten Sie einen Platten."

„Ja, darum kümmere ich mich, wenn ich zurück-komme."

Er rieb seine Hände und hauchte hinein. „Haben Sie noch einen Ersatzreifen?"

„Nein, ist schon okay. Ich lass ihn abschleppen und gehe nach Hause."

Er sah sie mitfühlend an. „Müssen Sie weit gehen? Ich kann Sie gerne fahren." Er lächelte. „Eine junge Dame sollte an einem kalten Tag wie heute nicht laufen."

Sie wich unbehaglich einen Schritt zurück. „Es ist nicht weit, danke. Ich lasse den Wagen so schnell wie möglich wegschaffen." Sie ging los und sah sich nicht noch einmal um. Der Sack mit den Geschenken stieß schmerzhaft gegen ihre Hüfte, und sie musste die Seite wechseln, doch sie marschierte weiter und ignorierte ihre Schmerzen, ihr gefrorenes Gesicht, ihre tauben Finger und Zehen. Noch ein Gang.

Als sie zu ihrem Auto zurückkam, war der alte Mann zum Glück wieder in seinem Haus verschwunden. Dieses Mal würde sie ein bisschen länger brauchen. Vier Tüten mit Essen und der Kuchen, den sie in Alufolie eingewickelt hatte. Zum Glück hatte sie ihre Baumwoll-Einkaufstaschen benutzt. Sie hängte zwei der Taschen über jede Schulter und trug den Kuchen mit beiden Händen. Oh – eines hätte sie beinahe vergessen. Sie hatte zwei Gläser Marmelade auf dem Weihnachtsbasar in der Kirche gekauft. Sie holte die Plastiktüte aus dem Auto und ging los. Sie fühlte sich wie ein Packesel. Ihre Schultern schmerzten, ihre Hüfte protestierte, doch sie ging weiter.

*Fast geschafft. Du kannst das. Ignorier den Schmerz, ignorier die Kälte.*

Auf dem Gehsteig vor dem Haus blickte sie auf und sah, dass das Licht in der Wohnung der Harpers eingeschaltet war. Sie lächelte, als sie an die Freude in den Gesichtern der Kinder dachte, wenn sie all die Weihnachtsstimmung–

„Ah!" Sie stolperte auf dem holprigen Gehsteig. Der Kuchen flog in hohem Bogen aus ihren Händen, die Marmeladengläser rutschten aus der Tüte und zerbarsten auf dem Gehsteig, und sie fiel auf ihre Einkaufstaschen und war sich sicher, dabei ihre selbstgebackenen Käsebrötchen zerdrückt zu haben. Sie rollte von den Taschen und blieb auf dem kalten Boden sitzen. Sie betrachtete die zerbrochenen Marmeladengläser, den ruinierten Kuchen und das dunkelrote Gelee, das überall verspritzt war. Die Kinder hätten sich über die Marmelade gefreut – Erdbeere und Blaubeere, sie wusste, dass sie die am liebsten mochten. Es waren kleine Dinge wie diese, die Kindern das Gefühl gaben, sicher zu sein. Ihr Hals schnürte sich zu. Sie wünschte sich das so sehr für sie.

Jetzt blinzelte sie gen Himmel und kämpfte gegen die Tränen an. Dieser Tag war die Hölle gewesen, und plötzlich wünschte sie sich, sie hätte wenigstens ein bisschen

Hilfe. Wenn sie Lexi oder Sabrina angerufen hätte, um sie herzubringen, wäre nichts von alledem passiert. Sie wohnten nicht weit weg. Oder sie hätte Lily oder Nico anrufen können, um ihr mit den Taschen zu helfen – sie wohnten schließlich im Ort. Aber nein, sie hatte alles allein machen müssen, wie immer, und jetzt war ihr kalt, sie war müde, alles tat weh, und sie war am Rande eines Zusammenbruchs. Warum musste alles nur so verdammt schwer sein?

Eine heiße Träne lief ihr über die Wange, doch sie wischte sie weg. Nein. Sie war stärker als das. Das war nur eine Verzögerung, kein Misserfolg. Sie musste nur eine Tasche ausleeren, um das zerbrochene Glas sicher zu entsorgen, dann würden sie immer noch ihr Weihnachtsessen zelebrieren. Die Kinder mussten wissen, dass sie selbst ohne ihren Dad, selbst an einem neuen Ort mit wenig Geld Weihnachten immer noch genießen konnten. Sie hätte sich so sehr gewünscht, dass das jemand für sie getan hätte, nachdem ihre Eltern gestorben waren. Ihrer Tante war Missys Weihnachtsfest genauso egal, wie alles andere, was sie anging.

Missy machte sich ans Werk, packte ihre Taschen um und hob vorsichtig das zerbrochene Glas auf und warf es in die leere Tüte.

Sie ging zu dem Haus, vor dem ihr Auto geparkt war, packte die Tasche mit dem zerbrochenen Glas in ihren Kofferraum und klopfte an die Tür des älteren Mannes, der ihr vorhin hatte helfen wollen.

Er öffnete lächelnd die Tür. „Ich dachte mir schon, dass Sie bei diesem Wetter zurückkommen würden. Es ist unter null Grad. Das fährt einem in die Knochen. Darf ich Sie jetzt nach Hause fahren?"

„Nein, vielen Dank. Ich wollte sie nur um eine Rolle Küchentücher und einen Müllsack bitten. Ich habe ein paar Blocks weiter zwei Gläser mit Marmelade und einen Kuchen fallen lassen und will das wegräumen."

Er sah sie seltsam an, ging jedoch beides holen.

Sie eilte zurück zum Haus der Harpers. Jeden Moment könnte jemand die Taschen und Kisten entdecken, die sie auf der Veranda und auf dem Weg vor dem Haus gelassen hatte. Als sie vor dem Haus ankam, starrte eine junge Frau den Kuchen und die verspritzte Marmelade an.

„Das war ich!", rief Missy. „Tut mir leid. Ich räume das jetzt weg. Ist mir auf dem Weg zu meiner Freundin runtergefallen."

Die Frau nickte und ging zurück ins Haus.

Missy ging in die Hocke und wischte alles so gut sie konnte weg. Ihre Hüfte schrie vor Schmerzen, doch sie konnte das Chaos, das sie angerichtet hatte, nicht einfach auf dem Gehsteig lassen. Als sie schließlich fertig war, wischte sie ihre Hände ab, dann nahm sie die Weihnachtsdeko und klingelte bei Rena.

„Hi, ich bin's, Missy."

„Komm nur rauf."

Sie balancierte die Kartons auf ihrer unverletzten Hüfte, während sie die Tür öffnete und in den dritten Stock ging. Sie klopfte an, und einen Moment später öffnete Rena strahlend die Tür. Ihre dunkelbraunen Haare hatte sie jetzt kurz geschnitten. Sie trug einen roten Pullover und Jeans und sah behaglich und glücklich aus.

„Fröhliche Weihnachten", rief Missy. „Ich habe ein bisschen Weihnachtsdeko mitgebracht, weil ich mir nicht sicher war, ob du irgendetwas mitgenommen hast." Alle wussten, dass sie mit nur einem Koffer pro Person geflohen war.

„Oh, wie schön! Warte, ich helfe dir." Rena nahm eine der Kisten, bevor Missy protestieren konnte.

Im Wohnzimmer fand sie eine gemütliche Szene vor — ein Feuer prasselte im Kamin, in der Luft lag der Duft von Kiefernnadeln und frisch gebackenen Keksen. Ein etwas spärlicher Weihnachtsbaum in der Ecke war mit Zucker-stangen, Ketten aus Tonpapier und silbernem Lametta dekoriert. Die Kinder saßen am Sofatisch und falteten und schnitten Schneeflocken aus weißem Papier.

„Hi!", sagte Missy. „Das sieht schön aus."

Die Jungs kamen angerannt und zeigten ihr ihre Schneeflocken. „Sind die nicht cool?", fragte Todd. „Die kommen gleich an den Baum."

Will meldete sich zu Wort. „Wenn man richtig schneidet, ist das Loch in der Mitte ein Stern! Überraschung!"

„Wow, cool", lächelte sie.

Madelyn lächelte und schüttelte den Kopf. „Nach dem ersten Mal ist es keine Überraschung mehr."

In der Küche piepste eine Eieruhr. „Oh, das sind die Kekse. Bin gleich wieder da."

Missy stellte die Kartons mit der Deko neben den Baum. Sie hatte ein bisschen zu viel mitgebracht, da der Baum auch so schon recht gut dekoriert war und sie ja auch noch die Schneeflocken hatten.

Sie folgte Rena in die Küche, wo ihr beim Anblick der Kekse der Magen zu knurren begann. Ein Anflug von Sehnsucht breitete sich in ihr aus, als sie die Weihnachtsstimmung in der kleinen Wohnung auf sich wirken ließ. „Du hast es wirklich schön weihnachtlich gemacht, Rena."

Rena warf die Topflappen beiseite und flüsterte: „Ich war mir nicht sicher, wie unser erstes Weihnachten allein werden würde, doch die Kinder sind glücklicher denn je. Sie fühlen sich sicher hier. Und sie sind zäh. Ihre Welt ist auf den Kopf gestellt worden, doch sie haben durchgehalten." Sie blickte liebevoll in Richtung ihrer Kinder. „Ich hatte früher nie Zeit, so etwas mit ihnen zu machen. Ich meine so etwas Einfaches wie Papierschneeflocken zu schneiden. Ich war immer so beschäftigt mit all ihren Freizeitaktivitäten. Ich war eher ihr Chauffeur, und wir hatten kaum Zeit, zusammen zu essen. Jetzt können wir uns diese Extras nicht leisten, aber weißt du was? Es hat uns gelehrt, wieder eine Familie zu sein."

Einen Moment lang brachte Missy keinen Ton heraus. Ihr Hals war wie zugeschnürt, ihre Augen brannten und ihr Herz pochte.

„Mom, Hilfe!", rief Will und hielt seine Schneeflocke hoch.

Rena ging hinüber, und Missy ließ die so einfache wie schöne Szene einer Mutter, die ihrem Sohn dabei half, eine Schneeflocke zu schneiden, auf sich wirken. Renas Worte hallten in ihrem Kopf wider: *Ihre Welt ist auf den Kopf gestellt worden, doch sie haben durchgehalten.* Missys Welt war viele, viele Male auf den Kopf gestellt worden, und sie hatte auch durchgehalten. Sie hatte gekämpft, und es war ihr schwer gefallen, doch sie hatte durchgehalten. Sie war zäh. Wenn ihre Welt wieder auf den Kopf gestellt werden würde, würde sie wieder durchhalten.

Sie seufzte, und der Schmerz in ihrem Herz ließ ein wenig nach. Sie konnte ein Risiko mit Ben eingehen. Er hatte Mist gebaut, sie jedoch auch, indem sie ihn im Büro geküsst hatte, doch er hatte es ihr verziehen.

Er hatte sich aufrichtig bei ihr entschuldigt, es gab keine Geheimnisse mehr zwischen ihnen, und vielleicht war er bereit, es noch einmal zu versuchen. Mit zittriger Hand fuhr sie sich durch die Haare, euphorisch und verängstigt zugleich. Was, wenn es zu spät war?

Rena sah sie an. „Hast du Lust, ein bisschen hier zu bleiben? Ich könnte uns einen Tee kochen, und du kannst entweder beim Dekorieren helfen oder dich einfach auf dem Sofa entspannen."

Mist. Sie hatte das Essen und die Geschenke draußen vergessen. „Ich komme gleich zurück", sagte sie. „Ich muss noch was unten gelassen haben."

Sie eilte die Treppe hinunter in der Hoffnung, dass noch alles war, wo sie es gelassen hatte. Draußen war tatsächlich noch alles so, wie sie es zurückgelassen hatte. Als sie die Taschen mit dem Essen aufhob, hörte sie eine vertraute Männerstimme. „Sieht aus, als hätte hier jemand Paintball gespielt. Ich würde sagen, rot hat gewonnen." Er meinte die Marmeladenflecken auf dem Gehsteig.

Ihr Herz pochte bis zum Hals, als sie aufblickte und Ben am Eingang zum Garten stehen sah. Er trug einen grünen Samtmantel mit passendem grünen Samt-Elfenhut und hielt eine braune Papiertüte in der Hand. Er war ihretwegen hier, das wusste sie, und das bedeutete, dass er sie nicht aufgegeben hatte. Ihr Puls raste, und ihr wurde trotz der Kälte warm, als plötzlich ihr ganzer Körper elektrisch kribbelte.

Seine Grübchen wurden sichtbar, und ihr Herz machte einen Sprung. „Ich dachte, wir könnten Kekse backen. Ich habe Ausstechförmchen gekauft wie die, die ich als Kind benutzt habe, und bunte Schokostreusel."

Langsam stellte sie die Taschen ab und ging auf zittrigen Beinen zu ihm. „Woher wusstest du, wo ich bin?"

„Meine Großmutter kennt die Harpers. Ich wollte helfen." Er wurde ernst. „Ich wollte dich."

Sie war sprachlos. Sie bebte, und heiße Tränen brannten in ihren Augen. Er stellte seine Tüte ab, und als er sie in seine Arme zog, hüllte er sie mit strahlender Liebe ein. So an ihn geschmiegt, wurde sie ganz ruhig.

Sie blickte zu ihm auf. „Ich vergebe dir. Ich würde es gerne noch einmal versuchen, okay?"

„Gott sei Dank." Er legte die Hand an ihre Wange, beugte sich zu ihr hinunter und küsste sie. „Ja, ja und ja."

Jemand klopfte an eine Glasscheibe. Ben blickte auf und lächelte. „Wir haben Zuschauer."

Die Kinder pressten ihre Nasen an die Scheibe, zeigten auf Ben und riefen aufgeregt durcheinander.

„Du bist aber auch ein niedlicher Elf", sagte Missy.

„Ich habe von der Besten gelernt", lachte er. „Wir sollten das zu unserer Weihnachtstradition machen. Elfen an Heiligabend."

„Irgendwie klingt das schmutzig."

Er lachte, holte einen Elfenhut aus seiner Tasche und setzte ihn ihr auf. „Perfekt", erklärte er, dann sah er sich um und deutete auf die Taschen auf der Veranda. „Ist das alles deins?"

„Ja, ich mach das schon." Sie hob die Taschen auf. „Das ist für die Harpers." Als sie sich aufrichtete, trug Ben bereits den Sack mit den Geschenken über der Schulter. „Den musst du nicht tragen."

„Ich habe nur eine Tüte mit Kram für Kekse. Lass mich den tragen."

Sie runzelte die Stirn und hob den sorgfältig verpackten Rahmen auf, der am Geländer lehnte.

Er ging zu ihr. „Warum schaust du so finster drein? Wozu sind denn all meine Muskeln gut, wenn nicht zum Tragen?"

Sie starrte ihn an. „Du verstehst schon, dass ich keine Hilfe brauche? Vielleicht muss ich zweimal gehen, aber ich kann alles gut allein nach oben bringen."

Er sah sie einen Moment lang an. „Meinst du, ich kann mich entspannen und zusehen, wie du dich um alles allein kümmerst?"

Sie nickte und strahlte. Er hatte es endlich begriffen.

Er beugte sich vor und küsste sie. „Weißt du, wie lange es her ist, seit ich mich das letzte Mal bei einer Frau nicht verbiegen musste?"

„Keine Ahnung."

„Noch nie. Ich habe mich noch nie bei einer Frau entspannt." Er fuhr lauter fort. „Ich schwöre mit dem Weihnachtsmann als meinen Zeugen, dass du es nicht bereuen wirst, mir eine zweite Chance zu geben. Von jetzt an volle Transparenz. Willst du mir glauben?"

Sie schmolz dahin. „Ja, ich will."

Als sie einander ansahen, schossen elektrische Blitze zwischen ihnen hin und her, denn beiden schien bewusst zu sein, dass ihr „Ja, ich will" wie ein Eheschwur geklungen hatte. Es machte ihr keine Angst, und auch Ben sah glücklich aus.

Er lächelte, und aus seinen Augen strahlte Liebe. „Mir gefällt, wie sich das anhört, Missy. Jetzt lass uns nach oben gehen. Wir haben schließlich Weihnachten zu feiern." Er nickte in Richtung Treppe, den Sack mit den Geschenken immer noch über seiner Schulter.

Mit seiner Hilfe würde sie kein zweites Mal gehen müssen. Ihre praktische Seite akzeptierte seine Hilfe, und sie ging mit dem Essen voraus, als wären sie ein Team von Weihnachtselfen. Elfen, die gemeinsam Dinge vollbrachten.

An der Tür angekommen, klopften sie an. Die Jungs öffneten und schrien: „Santas Helfer sind da!"

Missy und Ben lächelten einander an und traten ein, ein echt elfiges Team.

# Kapitel Siebzehn

Ben baute gerade das Lego Flugzeug-Set mit Todd und Will fertig, als Missy wieder in die Wohnung der Harpers zurückkam – die Nase und die Wangen rot vor Kälte, nachdem sie den Gehsteig mit dem Gartenschlauch abgespritzt hatte. Sie hatte sein Angebot abgelehnt, sich an ihrer Stelle darum zu kümmern, denn er musste sich noch daran gewöhnen, nicht jeden Job übernehmen zu müssen, den es zu erledigen gab. Es war eine Erleichterung zu wissen, dass sie nicht jeden Moment auf Hilfe angewiesen war. Und sie hatte ihm seinen Fehltritt verziehen. Ein besseres Weihnachtsgeschenk hätte er sich nicht wünschen können.

Madelyn rannte zu Missy, um ihr aufgeregt das Freundschaftsarmband zu zeigen, das sie für ihre neue Freundin Katharina geknüpft hatte.

Er schluckte. Missy mit den Kindern zu sehen – all die Planung und die Mühe, die sie sich gegeben hatte, um ihnen ein besonderes Weihnachten zu schenken – hatte ihm die Augen geöffnet. Sie war zwar durch die Hölle gegangen, doch sie war fähig, unglaublich viel Liebe zu geben. Sie hatte nicht nur ein köstliches Abendessen zubereitet, weil sie wusste, dass Rena immer noch lernte, wie man kochte, nachdem sie jahrelang vom Lieferservice gelebt hatte. Oder dass Missy sich weigerte, den Dank für die Dekoration und die Geschenke einzuheimsen, und darauf bestand, dass sie von der ganzen Gemeinde kamen und sie lediglich die

Botin war. Missy gelang es sogar, das praktische Geschenk der Winterkleidung cool wirken zu lassen. Sie hatte alles sorgfältig ausgewählt und eingepackt und erklärt, dass die Schneeanzüge nicht nur für kalte Tage gut waren, sondern auch perfekt für Schlittenfahrten, Schneeballschlachten und Schneemänner bauen. Auch wenn die meisten Kinder von Kleidung als Geschenk enttäuscht gewesen wären, reagierten die Jungs begeistert angesichts all der coolen Sachen, die sie damit unternehmen konnten, und Madelyn war begeistert, denn ihr Mantel sah genauso aus wie der ihrer Freundin. Er war sich sicher, dass Missy sich über Mode für Mädchen informiert hatte.

Nach der Winterkleidung hatte Missy jedem Kind ein Spielzeug zum Auspacken gegeben, und vier weitere Geschenkkartons für den Weihnachtsmorgen unter den Weihnachtsbaum gelegt. Die Jungs hatten Legosets bekommen, ein Flugzeug und einen Truck, und Madelyn einen Webrahmen zum Knüpfen von Freundschaftsbändern. Missy hatte bereits ein Freundschaftsband mit Madelyn geknüpft, sich lange mit ihr unterhalten und gefragt, ob sie bereits ein paar nette Mädchen in der Schule kennengelernt hatte.

Jetzt beobachtete er, wie Missy – immer noch im Mantel – sich mit Madelyn unterhielt, und es traf ihn wie ein Blitz: Sie war seine erste und letzte Liebe. Sein Puls raste, alle seine Nervenenden prickelten, hellwach und lebendig. Nie zuvor hatte er zugelassen, sich zu verlieben, und war immer mit einem Fuß aus der Tür gewesen, doch vielleicht hatte das Schicksal es so gewollt, damit es Missy in sein Leben bringen konnte. Er wollte den Rest seines Lebens mit ihr verbringen und wollte, dass es sofort anfing. Ehe war für ihn nicht ausgeschlossen, auch wenn Missy gesagt hatte, dass sie nicht noch einmal heiraten wollte. Doch er würde auch so glücklich werden, solange sie zusammen waren.

Er stand auf, um ihr aus dem Mantel zu helfen, als

Rena zu ihnen trat und ihm die Tüte mit seinen Ausstechformen reichte. „Ich habe sie abgewaschen", sagte Rena. „Ihr zwei habt so viel für uns getan. Ich kann euch gar nicht genug danken. Ich werde die Kinder bettfertig machen oder es zumindest versuchen." Sie lachte. „Warum geht ihr zwei nicht nach Hause und feiert Weihnachten zusammen?"

„Danke, dass wir mit euch feiern durften", sagte Missy. „Wenn ihr sonst noch irgendetwas braucht, ruf mich bitte an. Ich erinnere mich nur zu gut daran, wie es ist, neu in einem Ort zu sein. Doch jetzt kenne ich jede Menge Leute, die euch mit allem Möglichen helfen können."

Rena schüttelte lächelnd den Kopf. „Ich bin mir sicher, dass ich am richtigen Ort gelandet bin. Ich habe mich noch nie so willkommen gefühlt. Dabei war alles ein Riesenzufall. Es war der einzige Ort, in dem ich eine Wohnung gefunden habe, die ich mir leisten kann und die groß genug für uns alle ist."

„Da hatte vielleicht das Schicksal seine Hand im Spiel", sagte Ben und knuffte Missy sanft.

„Das kann gut sein", sagte Rena leise, dann wandte sie sich den Kindern zu. „Ben und Missy gehen nach Hause. Was sagt man da?"

„Auf Wiedersehen!" – „Danke schön!" – „Frohe Weihnachten!", riefen die Kinder durcheinander.

„Euch auch", sagte Ben.

„Fröhliche Weihnachten!", rief Missy, dann umarmte sie Rena zum Abschied und ging zur Tür.

„Kann ich mit dir fahren?", fragte Missy auf dem Weg nach unten.

„Sicher. Ist es okay, wenn wir zu mir gehen? Ich würde Heiligabend gerne mit dir verbringen." Und den Weihnachtstag und Silvester und Neujahr und jeden anderen Tag.

Sie sah ihn mit sanften Augen an. „Das klingt schön."

Er blieb stehen und küsste sie. Die sanfte Missy traf ihn

jedes Mal mitten ins Herz.

Unten hielt er ihr die Tür auf.

„Ich muss mein Auto abschleppen lassen", sagte sie im Vorbeigehen.

Er erschrak. Hatte sie einen Unfall gehabt? „Warum? Was ist passiert?"

„Einen Platten heute Mittag und jetzt ist mein Ersatzreifen auch noch platt. Habe ein paar Blocks weiter geparkt."

Sie stiegen in seinen Wagen, der vor dem Haus geparkt stand, während seine Gedanken um diese neue Information kreisten. Missy musste alles allein in die Wohnung der Harpers geschleppt haben. Natürlich hatte sie niemanden um Hilfe gebeten. Er ließ den Motor an und wollte sie gerade fragen, wie oft sie hin und her gegangen war, um alles zum Haus zu bringen, als sie von selbst anfing, von ihrem desaströsen Tag zu erzählen, der dann doch in einem glücklichen Weihnachten für die Harpers geendet hatte, auch wenn sie zugab, dass sie bereits glücklich gewesen waren, als sie angekommen war.

Er starrte sie fassungslos an. „Und du bist nie auf die Idee gekommen, jemanden um Hilfe zu bitten? Nicht, als du den Platten hattest? Nicht, als du den ganzen Kram geschleppt hast, nachdem du dir die Hüfte geprellt hast? Und auch nicht, als die Gläser mit der Marmelade runtergefallen sind?"

„Es klingt ziemlich lächerlich, wenn du mich so fragst."

„Es *ist* lächerlich. Selbst wenn du mich nicht anrufen wolltest, du hast Freunde und Familie hier."

„Ich bin es nicht gewohnt, um Hilfe zu bitten." Sie biss sich auf die Unterlippe. „Nachdem die Marmeladengläser runtergefallen war und der Kuchen ruiniert war" – sie seufzte –, „dachte ich zugegebenermaßen einen kurzen Moment lang, dass ich um Hilfe hätte bitten sollen."

Er unterdrückte ein Lächeln. „Du hast es auch so geschafft." Er legte den Gang ein und fuhr los. „Du hast diese Kinder wirklich glücklich gemacht."

„Das habe ich."

„Du bist so was wie eine Superheldin."

„Schätze schon." Sie strahlte und drückte seinen Arm. „Und mit deinem Superheldenkomplex, alles und jeden retten zu müssen, macht uns das zu einem guten Team."

Er kniff die Augen zusammen. „Ich höre da eine versteckte Beleidigung."

„Nein, wirklich, ich meine es, wie ich es gesagt habe", beharrte sie. „Wir sind beide kompetente Erwachsene, die gerne anderen helfen."

„Aber ..." Er wartete immer noch auf die Beleidigung.

Sie lächelte, um den Schlag ein wenig abzumildern. „Aber vielleicht könntest du deinen Helferkomplex ein bisschen im Zaum halten, und ich könnte ab und zu um Hilfe bitten."

„Okay. Dann ... hältst du mich für einen Super-helden?"

„Klar, in gewisser Weise."

Er entspannte sich. „Endlich hat sie's begriffen."

„Eingebildet bist du gar nicht, oder?"

„Nur, wenn ich weiß, dass ich im Recht bin."

„Aha, wenn du meinst."

Als er sie ansah, umspielte ein Lächeln ihre Lippen. „Sag mir nicht, dass du immer noch denkst, dass ich Mr. Wrong bin." Sie hatte ihn so genannt, als er sie nicht erkannt hatte, nachdem sie ihre roten Haare dunkelbraun gefärbt hatte. Ein Wortspiel auf seinen Nachnamen Wright.

Sie senkte die Lider. „Nein", sagte sie leise. „Das denke ich nicht mehr."

Er plusterte sich stolz auf. „Dann sprich es aus, Weib."

„Du bist Mr. Wright", sagte sie.

„Ich bin dein Mr. Right, und damit meine ich nicht meinen Nachnamen."

Sie lächelte ihn sanft an. „Ja."

Er schluckte den Kloß in seinem Hals hinunter.

„Danke", sagte er knapp.

Sie seufzte. „Ich muss meinen Schwager wegen des Autos anrufen. Vielleicht kann einer seiner Jungs es abholen und sich darum kümmern."

„Dann ist *er* der Mann, den du um Hilfe bittest."

Sie verdrehte die Augen. „Er hat eine Werkstatt." Sie versetzte ihm einen spielerischen Knuff. „Keine Sorge, ich werde eines Tages schon etwas finden, was Super Ben tun kann."

„Ja, ja."

„Das werde ich. Versprochen! Wie wäre es heute Abend mit einer Fußmassage für mich? Das wäre eine große Hilfe."

„Okay, aber sei gewarnt, meine Hände werden sich nicht lange mit deinen Füßen aufhalten."

Sie lachte. „Das hoffe ich doch."

Sie holte ihr Handy aus der Tasche und sorgte dafür, dass ihr Auto abgeholt wurde, dann schloss sie die Augen und schlief ein. Es überraschte ihn nicht. Es war dunkel draußen, im Auto war es warm, und sie hatte seit fünf Uhr geschuftet. Er stellte das Radio ein bisschen lauter, und während er „I'll be home for Christmas" mitsang, dachte er daran, wie sehr er Missy zum Weihnachtsessen bei seiner Großmutter mitbringen wollte. Doch Heiligabend war nur für sie beide bestimmt.

Nachdem er den Wagen in seiner Garage abgestellt hatte, überlegte er, ob er Missy ins Bett tragen sollte, als sie plötzlich aufschreckte. „Wo bin ich?", fragte sie erschrocken. „Wie viel Uhr ist es?"

„Du bist in meinem Haus", sagte er in beruhigendem Ton. „Und es ist kurz vor neun."

Sie entspannte sich. „Tut mir leid. Manchmal schrecke ich aus dem Schlaf hoch. Ist wohl noch ein Reflex aus der Zeit, in der ich mich nicht sicher fühlte."

„Bei mir bist du immer sicher."

Sie legte eine Hand an seine Wange und sah ihn mit

sanften Augen an, dann stieg sie aus. Er folgte ihr, schaltete das Licht im Haus ein und ging dann ins Wohnzimmer, um ein Feuer im Kamin anzuschüren.

„Du hast einen Baum!", rief sie und eilte hinüber, um ihn anzusehen.

Er schaltete die bunte Lichterkette ein. „Er ist künstlich, aber ja, sieht ziemlich echt aus." Jedes Jahr schmückte er den Baum, und jedes Stück Christbaumschmuck erinnerte ihn an seine Mutter. Sie hatte ihm jedes Jahr ein ganz besonderes Stück geschenkt. Als Kind war sein Lieblingsornament ein Stück Porzellan-Pizza gewesen. Später waren es oft Logos seiner Lieblings-Sportteams gewesen. Er hatte auch Erinnerungsstücke von ihren gemeinsamen Urlauben und handgemachte Schmuckstücke, die er im Werkunterricht in der Schule hatte anfertigen müssen. Einige seiner Meisterstücke – ein Tannenzapfen, der mit Glitzersteinen beklebt war, ein (schiefer) Weihnachtsbaum aus einer grün angemalten Toilettenpapierrolle, und ein Handabdruck aus Gips aus dem Kindergarten durften nicht fehlen. Seine Mutter hatte jedes auch noch so hässliche Stück geliebt. Vielleicht würde er eines Tages die Kunstwerke seiner eigenen Kinder an den Baum hängen und glauben, dass jedes einzelne etwas ganz Besonderes war.

Er lächelte vor sich hin, während er das Feuer anschürte, und hörte Missy dabei zu, wie sie den Baum bestaunte. Als das Feuer prasselte, holte er den flachen Karton, den er vor Wochen mit bunten Cartoons aus der Sonntagszeitung verpackt hatte, unter dem Baum hervor. Die Cartoons als Geschenkpapier zu benutzen war ebenfalls eine Weihnachtstradition, die seine Mutter geprägt hatte.

Er reichte ihr ihr Geschenk. „Hier, für dich. Frohe Weihnachten."

Sie schlug die Hand vor den Mund und riss die Augen auf.

Er lachte. „Schau nicht so geschockt. Es ist

Weihnachten. Natürlich habe ich dir ein Geschenk besorgt." Er zog ihr die Hand vom Mund und drückte ihr den Karton in die Hand.

Sie blickte zwischen dem Karton und Ben hin und her. „Ben! Ich habe dir nichts besorgt." Sie starrte kopfschüttelnd den Karton an. Dann waren da wieder ihre sanften Augen. „Du bist so wunderbar. Ich war so unglücklich ohne dich."

Er strahlte.

„So sehr musst du dich jetzt aber auch wieder nicht darüber freuen."

Er legte die Hand unter ihren Ellbogen und führte sie zum Sofa. „Ich bin froh, dass du ohne mich unglücklich warst, denn ich habe mich gefühlt, als hätte ich einen Arm verloren."

Sie stellte den Karton auf den Sofatisch, umarmte ihn und schmiegte ihren Kopf an seine Brust.

Er drückte sie an sich und holte tief Luft. „Missy, der Grund, warum ich so geschockt reagiert habe, als du mich im Büro geküsst hast, war, weil ich es nicht riskieren konnte, unprofessionell zu wirken. Eine Frau, die ich eingestellt und später gefeuert habe, hat mich fälschlicherweise bezichtigt, sie sexuell belästigt zu haben."

Sie starrte ihn an.

„Ich wurde von allen Anschuldigungen freigesprochen, denn ich war nie allein mit ihr. Ich bin mir jedoch sicher, dass noch so etwas in der Art meine Karriere zerstören und unsere Chancen bei den Investoren zunichte gemacht hätte. Ich konnte nicht riskieren, in einer kompromittierenden Situation am Arbeitsplatz gesehen zu werden. Darum hat Logan die Führung übernommen, was die Investorengespräche angeht. Es hat Gerüchte wegen der Anzeige gegeben."

„Aber du hast gesagt, dass du von allen Anschuldigungen freigesprochen worden bist."

„Ich weiß, aber heutzutage reicht es schon, überhaupt

beschuldigt zu werden, und schon leidet der Ruf darunter."

Sie blickte empört drein. „Wer dich kennt, weiß, dass du nie so etwas tun würdest! Du bist der beste Mann, dem ich je begegnet bin!"

Eine Welle der Liebe brandete durch ihn hindurch. „Danke."

Sie schüttelte den Kopf. „Es ist die Wahrheit. Ich kann nicht fassen, dass jemand dir so etwas angetan hat."

Er nahm ihr Gesicht in seine Hände und küsste sie. „Und auch, wenn ich mich dir gegenüber professionell verhalten habe, habe ich jeden Tag an unserer Freundschaft gearbeitet und gehofft, dass zu gegebener Zeit mehr daraus wird."

Ihre Augen wurden sanft, und sie schmiegte ihre Wange an seine Hand. „Oh, Ben. Ich liebe dich."

Sein Puls schoss in die Höhe. Er wollte es auch sagen, doch sie redete weiter, die Augen glänzend vor unvergossener Tränen. „Seit meinem Exmann habe ich das nie wieder zu jemandem gesagt. Ich hatte Angst vor der Liebe. Ich dachte, sie würde mich schwach machen, doch mit dir kann ich immer noch stark sein. Und sicher."

Am liebsten hätte er auf dem Sofatisch getanzt. „Das ist das schönste Geschenk, das mir jemals jemand gemacht hat."

„Wirklich?", fragte sie unsicher. Sie war ein Risiko eingegangen, und er wusste, dass es eine große Sache für sie war.

Er streichelte ihre Wange mit dem Daumen. „Wirklich. Ich liebe dich auch. Ich habe dich geliebt, seit du versucht hast, mir einen Pullover mit einem Vogel drauf anzudrehen."

Sie lachte.

„Und ich werde dich bis zu meinem letzten Tag lieben."

„Ben", schluchzte sie und wischte sich über die Augen. „Sag so was nicht. Du bringst mich zum Weinen."

„Wenn's doch wahr ist." Er führte sie zum Sofa. „Komm, pack dein Geschenk aus."

Sie starrte die Sonntagscartoons an. „Das ist süß. Verpackst du deine Geschenke immer so?"

„Ja, das war eine Tradition von meiner Mom. Ich führe ihre Traditionen fort, um die Erinnerung an sie zu bewahren. Sie hat die Feiertage immer zu etwas ganz Besonderem gemacht." Er schluckte. „Alle Feiertage erinnern mich an sie."

„Das muss schwer für dich sein."

Er nickte. „Am Anfang schon. Doch jetzt ist es fast so, als wäre sie bei mir."

Sie küsste ihn, dann riss sie das Papier auf und öffnete den Deckel des Kartons. „Oh!" Sie holte einen rostroten Kaschmirpullover hervor. „Der ist wunderschön! Hast du mir etwas Rotes geschenkt, weil du meine roten Haare vermisst? Wenn ich wieder zu Rot zurückkehre, könnte sich das beißen."

„Daran habe ich gar nicht gedacht. Ich dachte nur, dass er deine schönen Brüste betonen würde."

Sie küsste ihn erneut und feixte: „Jetzt fühle ich mich ganz schmutzig."

„Großartig. Fortsetzung folgt."

Sie rieb lächelnd ihre Wange am Pullover.

„Möchtest du mit mir zum Weihnachtsessen zu meiner Großmutter gehen?", fragte er.

Sie ließ den Pullover sinken. „Oh, normalerweise verbringe ich Weihnachten mit Lilys Familie. Vielleicht könnte ich vormittags zu ihnen fahren und dann mit dir und deiner Großmutter zu Abend essen." Sie legte den Pullover auf den Tisch, holte ihr Handy aus ihrer Tasche und tippte schnell. Einen Moment später vibrierte es, und sie hielt es hoch, damit er lesen konnte.

Lily: *Ich wusste, dass er Mr. Right ist!*

„Dann hast du ihr von Mr. Wrong erzählt?", fragte er und spielte mit einer Strähne ihrer Haare.

Sie legte das Handy auf den Tisch. „Das musste ich, denn sie hat mich genervt, dass ich dich am Sonntag zum Essen mitbringen soll. Sie sagt, das ist der erste Schritt in einer dauerhaften Beziehung."

„Großartig. Ich komme." Er küsste ihren Hals, dann flüsterte er ihr ins Ohr: „Wenn du den Großmuttertest bestehst, kannst du bei mir einziehen."

Sie lehnte sich zurück, um ihn anzusehen. „Ach so? Nur wenn ich bestehe?"

Er schmunzelte. „Achte nur auf deine Manieren, dann bin ich mir sicher, dass du bestehen wirst."

Sie hob das Kinn. „Vielleicht musst du auch einen Test bestehen."

Er schmunzelte. „Den bestehe ich mit fliegenden Fahnen."

Sie sah ihn mit großen Augen an. „Stört es dich wirklich nicht, was du über meine Vergangenheit weißt?"

„Missy", sagte er sanft. „Mir ist es nicht viel anders ergangen."

„Aber das mit Louis …"

Er ergriff ihre Hand. „Warum sollte das meine Meinung über dich ändern?"

Sie starrte ihre Hände an. „Siehst du mich als ein Opfer?"

„Siehst du dich selbst so?"

„Damals war ich eines", sagte sie leise. „Und das ist auch der Grund, warum ich nicht wollte, dass du oder sonst jemand mich so sieht. Die einzige, die es weiß, ist meine Schwester."

Er drückte ihre Hand. „Jeder, der dich heute kennt, würde sagen, dass du alles andere als ein Opfer bist. Ich sehe dich an und sehe eine *starke* Frau." Sie lächelte, darum fuhr er fort. „Praktisch, stur. Sexy, bisweilen ein bisschen klugscheißerisch. Ich kann weitermachen, wenn du willst."

„Bitte", sagte sie mit einem strahlenden Lächeln.

Er sah sie mit vollem Herzen an. „Ich sehe dich an und

sehe meine ewige Liebe vor mir."

Sie warf sich in seine Arme und verteilte Küsse über sein ganzes Gesicht. Er lachte, ließ sich auf den Rücken sinken und zog sie mit sich, bevor er ihre Küsse erwiderte. Er wusste schon, wie es weitergehen würde – Ringen am Boden mit seiner sexy Alligatorfrau. Er wollte gerade vorschlagen, nach oben zu gehen, wo sie auf seinem weichen Bett ringen konnten, als sie den Kopf hob und ihn anlächelte.

„Was ist?"

„Zu schade, dass du dich nicht für den blauen Glücksvogelpullover entschieden hast. Den hätte ich morgen zu gerne an dir gesehen."

Er drückte ihren Po. „Und ich würde dich gerne in nichts außer deinem Elfenhut sehen. Dazu vielleicht noch ein paar strategisch positionierte Glöckchen, an denen ich klingeln kann."

„Perverser."

„Das sagst du jetzt, aber ich weiß, dass du darüber nachdenkst. Deine Wangen und dein Hals sind feuerrot."

„Das kommt von deinem Stoppelbart."

Er rieb sich das Kinn. „Morgen rasiere ich mich."

„Du bist schon irgendwie süß."

„Wie kannst du es wagen!" Er richtete sich auf, und sie grinste, als er sie mit sich zog. Er küsste sie, schob sie von sich und stellte sie auf die Füße. „Wenn hier jemand *irgendwie süß* ist, dann bist du das, nackt vor dem Feuer." Er führte sie zum Kamin.

Als sie die Wärme des Feuers spürte, legte sie die Arme um seinen Nacken und sprach gegen seine Lippen: „Was, wenn ich nicht süß bin? Was, wenn mir eher nach Alligatorringen zumute ist?"

Er küsste sie und zog sie auf den Teppich herunter. „Kein Problem. Ich liebe den Alligator in dir. Ich bin glücklich, solange du nur nackt bist."

Sie schlang die Arme um ihn. „Mach Liebe mit mir."

Sein Herz stolperte. Kein *fick mich*. Nein, mach Liebe mit mir. Mit vor Gefühlen rauer Stimme nahm er ihr Gesicht in beide Hände. „Ich liebe dich ganz und gar, Körper und Seele." Seine Augen brannten, ihre glänzten vor Tränen, und sie kamen einander auf halbem Weg zu einem glühenden Kuss entgegen, in den beide all ihre Liebe legten.

# KAPITEL ACHTZEHN

Missy folgte Ben den Gartenpfad zum Bungalow seiner Großmutter in Eastman hinauf, ein wenig nervös, die Frau kennenzulernen, die Ben nach dem Tod seiner Mutter großgezogen hatte. Sie musste einen guten Eindruck hinterlassen, denn sie wusste, dass seine Großmutter ihm alles bedeutete. Sie war nach dem Tod seiner Mutter in sein Elternhaus gezogen, um ihm Kontinuität zu geben. Missy wünschte sich, ihre Tante hätte nur einen Bruchteil davon getan. Es war nicht leicht, in einem neuen Zuhause und einer neuen Schule neu anzufangen, wenn man um seine Familie trauerte.

Auf der Veranda angekommen, verflocht Ben seine Finger mit ihren, küsste sie und klingelte. Seine so natürliche Zuneigung war eine willkommene Ablenkung. Eines Tages würde sie sich daran gewöhnen, doch noch überraschte es sie jedes Mal.

Die Tür schwang auf, und Missy blieb der Mund offen stehen. Die süße Mrs. Walsh aus der Kirche stand da in einem roten Pullover mit einem großen grünen Weihnachtsbaum und winzigen blinkenden Lichtern vor ihr. Ihre weißen, kinnlangen Haare hielt sie mit einer roten Spange aus dem Gesicht. Ben trat ein und umarmte seine zierliche Großmutter. Missy folgte ihm.

Mrs. Walsh löste sich von ihrem Engel und strahlte Missy an. „Ich wusste, dass ihr spätestens Weihnachten zusammen sein würdet!"

„Ich wusste nicht, dass Sie Bens Großmutter sind", sagte Missy und blickte zwischen ihr und Ben hin und her. Natürlich konnten sie einander nicht ähnlich sehen – Ben war schließlich adoptiert. Auch ihre Nachnamen waren unterschiedlich, darum hätte sie es nicht wissen können.

„Ich bin sehr stolz, seine Großmutter zu sein", sagte die alte Dame. „Kommt rein, kommt rein und setzt euch. Fröhliche Weihnachten!" Sie murmelte vor sich hin, als sie ins Wohnzimmer eilte, wo ein Teller mit Erdnussbutter-keksen mit jeweils einem Schokokuss in der Mitte auf sie wartete.

Missy ließ sich neben Ben auf dem bequemen beigefarbenen Sofa nieder. Mrs. Walsh setzte sich in einen blauen Lesesessel daneben und lächelte sie an.

Ben nahm einen Keks. „Danke, Großmutter. Deine Erdnussbutterkusskekse sind die besten."

„Darum habe ich sie ja gemacht", sagte Mrs. Walsh. „Ich muss mich ja um meinen Schnuckel kümmern."

Missy unterdrückte ein Lachen, Ben lächelte nur.

Plötzlich kam Missy ein Gedanke. „Mrs. Walsh?"

„Ja?" Die blauen Augen der alten Dame glitzerten vergnügt.

„Haben Sie Ben zum Basar geschickt, damit er mir über den Weg läuft?", fragte Missy.

Mrs. Walsh lachte. „Ich habe ihn geschickt, um sein Geschenk zu holen."

Ben schmunzelte. „Und das war Missy. Das habe ich zwischenzeitlich begriffen." Er verzog das Gesicht und fuhr mit gespieltem Ärger fort. „Wie kommst du auf die Idee, dass ich verkuppelt werden wollte?"

„Du bist einunddreißig Jahre alt. Muss ich mehr sagen?", fragte Mrs. Walsh. „Single und bereit dich niederzulassen. Davon abgesehen ist Missy wie du, ein guter Mensch mit tiefem Mitgefühl. Und zwei gute Menschen gehören einfach zusammen." Sie lächelte selbstzufrieden.

Missy tauschte einen schiefen Blick mit Ben aus. Sie

waren der alten Dame auf den Leim gegangen, doch sie waren zu glücklich, um sich daran zu stören. Vielleicht wollten beide an Schicksal glauben. Und vielleicht war es ja Schicksal. Es war ja schließlich nicht so, dass Mrs. Walsh wusste, dass Missy genau wie Ben adoptiert war und ihre Adoptiveltern verloren hatte. Außer mit ihrer Schwester hatte sie nie mit jemandem darüber geredet. Doch die Gemeinsamkeiten in ihrer beider Vorgeschichten grenzten ans Mystische.

„Ha!", rief Mrs. Walsh. „Ich höre keine Beschwerden. Natürlich ist Ben hier ein bisschen langsam—"

„Ich bin nicht langsam", protestierte er, und Missy lachte.

Mrs. Walsh fuhr fort, als hätte er nichts gesagt. „Darum musste ich mir ein bisschen mehr Mühe geben. Missy, als ich gesehen habe, dass du als Elf in der Mall gearbeitet hast, habe ich ihn am nächsten Tag wegen der Uhrenbatterie hingeschickt. Die Uhr war schon seit Jahren tot."

Missy schnitt eine Grimasse. „Ich bin mir nicht sicher, ob es geholfen hat, mich als Weihnachtself zu sehen. Ich habe lächerlich ausgesehen in diesem Kostüm."

„Du hast absolut niedlich ausgesehen!", erklärte Mrs. Walsh.

„Und der kurze Rock hat definitiv geholfen", fügte Ben augenzwinkernd hinzu.

Missy lachte und wedelte mit dem Finger. „Sie sind ganz schön verschlagen. Ich wäre nie darauf gekommen, dass Sie hinter all diesen Zufallsbegegnungen mit Ben stecken. Ich dachte, es war nur, weil er und ich im selben Ort arbeiten und dieselben Leute kennen."

Mrs. Walsh hielt Missy den Teller mit den Keksen entgegen. „Iss, Kind. Du bist zu dünn." Missy bekam einen Kloß im Hals, so süß war die Geste. Mrs. Walsh sprach mit ihr, als gehörte sie zur Familie.

Missy nahm einen Keks. „Danke."

Mrs. Walsh nickte, dann erklärte sie: „Ich habe Ben

gesagt, dass er eine Rothaarige heiraten würde." Alle in der Kirche hatten Missy kurz mit roten Haaren gesehen.

Ben stöhnte. „Sehr subtil."

Missy biss ein Stück von ihrem Keks ab, um nicht antworten zu müssen. Sie wusste, dass Ben kein Interesse am Heiraten hatte; das hatte er ihr schon erzählt, und sie war nach dem traumatischen Ende ihrer ersten Ehe auch nicht sonderlich begeistert von dem Gedanken.

„Siehst du?", sagte Ben zu Missy. „Das Schicksal ist real." Er nickte in Richtung seiner Großmutter.

„Ich bin das Schicksal", kicherte Mrs. Walsh. „Gib's zu, ist Missy als Geschenk nicht besser als ein kratziger Pullover? Ich habe dir gesagt, dass du dir dein Geschenk holen musst, bevor es dir jemand wegschnappt. Und wenn ich das so sagen darf, sie ist ein toller Fang."

Missy wurde rot. Sie war Komplimente einfach nicht gewohnt.

„Ja, das ist sie", sagte Ben mit einem Lächeln, dann flüsterte er Missy ins Ohr: „Sieht aus, als hättest du den Großmuttertest schon lange bestanden."

„Was flüsterst du denn da drüben?", protestierte Mrs. Walsh. „Ich kann dich nicht verstehen."

Missy lächelte. „Er sagt, ich habe den Großmuttertest bestanden."

„Das hast du! Ich habe dich ja auch ausgesucht!" Mrs. Walsh rieb sich die Hände. „Wann ist die Hochzeit? Ich werde schließlich nicht jünger."

Missy verschluckte sich fast vor Lachen.

„Wir wollen zuerst zusammenziehen", sagte Ben sachlich.

*Zusammenziehen.* Missy sah Ben an.

„Und in Sünde leben!", sagte Mrs. Walsh mit gerunzelter Stirn, doch Ben machte es noch schlimmer.

„Missy ist eine Sünderin der schlimmsten Sorte."

„Ben!", entfuhr es Missy.

Er lächelte sie an, dann wandte er sich wieder seiner

Großmutter zu. „Sie ist ein solcher Engel, doch du solltest sie sehen, wenn sie– Au!" Missy versetzte ihm einen Ellbogenstoß in die Rippen, bevor sie ihn süß anlächelte. Er küsste sie und biss ihr kurz in die Unterlippe. Verlangen schoss wie ein Blitz durch sie hindurch, und sie musste den Wunsch nach mehr niederringen.

„Wer möchte Wein?", fragte Mrs. Walsh. „Ich glaube, wir sollten darauf anstoßen, dass Ben endlich eine Familie gründen will." Sie stand auf und murmelte: „Selbst, wenn er in Sünde leben will." Dann ging sie in die Küche.

Ben ergriff Missys Hand. „Ich würde dich ohne zu zögern heiraten", sagte er mit heiserer Stimme.

Missy holte scharf Luft. „Was sagst du da?"

Er hob ihre Hand und küsste sie auf die Fingerknöchel. „Wenn du bereit wärst, noch einmal zu heiraten, würde ich gerne um deine Hand anhalten. Du bist meine erste Liebe." Er hielt inne und blickte ihr tief in die Augen. Mit pochendem Herzen erwiderte sie seinen Blick. „Meine erste und meine letzte Liebe. Ich will mein Leben mit dir verbringen", fügte er hinzu.

Da brach sie in Tränen aus, überwältigt von allem, was sie für ihn empfand, überwältigt von seinen zärtlichen Worten.

Er legte einen Arm um ihre Schultern und zog sie an sich. „Zu früh. Ich verstehe", flüsterte er. „Wir reden später."

Kurz darauf kehrte Mrs. Walsh mit einer Flasche Wein unter dem Arm, drei Weingläsern in der einen und einem Korkenzieher in der anderen Hand zurück. Missy wischte schnell ihre Tränen weg, doch seine Großmutter sah es.

„Benjamin Oliver Wright!", schalt Mrs. Walsh ihn. „Was hast du getan?"

„Danke für dein Vertrauen", brummte er.

Missy straffte ihre Schultern. „Er hat gerade etwas ganze Süßes gesagt, und mir sind die Tränen gekommen, weil ich das nicht gewohnt bin."

„Oh", Mrs. Walsh reichte Ben die Flasche Cabernet und den Flaschenöffner. „Na dann. Ben kann manchmal ganz süß sein. Du bist allerdings die erste Frau, die er nach Hause gebracht hat."

Ben öffnete die Weinflasche und schien gar nicht peinlich berührt zu sein, dass seine Großmutter so offen über ihn sprach. Als er Missy ein Glas Wein reichte, sah sie ihn staunend an. Sie hatte nicht gewusst, dass dies ein so besonderer Anlass war. Sie hatte angenommen, dass er über die Jahre viele Freundinnen mit nach Hause gebracht hatte.

„Ist das wahr?", fragte Missy. „Ich bin die erste Frau, die du mit nach Hause gebracht hast?"

„Ja."

Ihr Kinn bebte, und ihre Augen füllten sich mit Tränen, denn er war auch etwas ganz Besonderes für sie. Der einzige Mann, der sie erregte und ihr gleichzeitig das Gefühl gab, sicher zu sein.

Er nahm ihr das Glas aus den zitternden Fingern und stellte es auf den Tisch. „Wenn du wieder weinst, wird Großmutter mir das ewig vorhalten."

Missy ergriff seine Hände. „Ja. Ich werde dich heiraten."

Er strahlte. „Das wirst du?"

Sie nickte und lächelte ihn glücklich an, bevor er ihr Gesicht in seine Hände nahm und sie leidenschaftlich küsste, bis sie den Kuss mit all der Liebe in ihrem Herzen erwiderte.

„Genug mit dem Geknutsche", erklärte Mrs. Walsh schließlich.

Sie lachten und ließen lächelnd voneinander ab.

„Lasst uns anstoßen", sagte Mrs. Walsh und hob ihr Glas, und Ben und Missy schlossen sich ihr an.

„Auf mich", flötete die alte Dame. „Darauf, dass ich zwei wunderbare Menschen zusammengebracht habe, die mich bald zur Urgroßmutter machen werden!"

Ben zuckte zusammen. Missy lächelte nur und stieß mit

Mrs. Walsh an. Sie hatte sich immer Kinder gewünscht, jedoch nie alleinerziehende Mutter sein wollen. Wenn sie Ben heiratete und sich ein Leben mit ihm aufbaute, dann wäre es schön, auch Kinder mit ihm zu haben.

„Keine Eile, was Kinder angeht", sagte Ben und warf seiner Großmutter einen strengen Blick zu. Mrs. Walsh lächelte gelassen.

Missy konnte sich vorstellen, dass seine Großmutter ihm Fragen über ihre Familienplanung stellen würde. *Habt ihr es versucht? Welche Positionen? Beeilt euch und versucht es weiter!*

Ben drückte Missys Hand und lächelte. Auf seinen sauber rasierten Wangen tanzten seine Grübchen. „Irgendwann hätte ich schon gerne Kinder."

Wieder bildete sich ein Kloß in Missys Hals und ihre Augen brannten. „Ich auch" war alles, was sie herausbrachte.

„Jetzt bringt ihr mich zum Weinen", erklärte Mrs. Walsh. „So viel Liebe", schniefte sie. „Ich bin so glücklich. Kommt her, eure alte Großmutter braucht eine Umarmung."

Ben stand auf, um sie zu umarmen, und Missy folgte schnell seinem Beispiel. Als sie wieder Platz genommen hatten, erzählte Missy Mrs. Walsh vom Heiligabend bei den Harpers. Sie unterhielten sich eine Weile, tranken Wein und alles strahlte. Oder vielleicht lag es auch daran, dass Missy von all der Liebe strahlte.

Später gingen sie und Ben in die Küche, um beim Zubereiten des Abendessens zu helfen. Mrs. Walsh erzählte ihr Geschichten über Ben, die, auch wenn sie unglaublich stolz auf ihn war, manchmal ein wenig peinlich waren. Missy genoss es und sah dabei immer wieder Ben an, der nur lächelte. Es schien ihn nicht zu stören, dass sie den intensivsten Einblick in seine Person bekam, den man nur bekommen konnte. In Gegenwart seiner Großmutter brauchte man das Internet nicht. Missys Lieblingsgeschichte war sein Beinahedurchbruch, als er als Zwölfjähriger mit einer Band durch die Malls der Gegend getourt war. Ha! Sie erklärte, dass sie es nicht erwarten konnte, die Bilder zu sehen, und dass er für sie singen musste. Er versprach es, wollte jedoch eine Gegenleistung dafür. Sie wusste, was das war, auch wenn sie es vor seiner Großmutter nicht aussprechen konnten.

Das Abendessen war köstlich und die Atmosphäre entspannt. Sie hatte sich schon zuvor gut mit Mrs. Walsh verstanden, doch jetzt, da sie wusste, dass sie beide Ben liebten, fühlte sie sich ihr noch näher.

Sie beobachtete Ben, der sich gerade ein Stück gewürzten Kirschkuchen in den Mund schob. Das war das berühmte Rezept seiner Großmutter. Sie schob sich auch ein Stück in den Mund und hätte sich fast verschluckt, als Mrs. Walsh erklärte: „Ben, du musst ihr einen Ring besorgen! Ohne Ring ist es nicht offiziell. Trödle nicht."

„Ich brauche keinen Ring", sagte Missy. „Ist schon okay." Sie brauchte nicht viel, um glücklich zu sein. Sie hatte gelernt, mit dem Wichtigsten zu leben.

Ben hob eine Hand und warf seiner Großmutter einen weiteren strengen Blick zu, bevor er sich Missy zuwandte. „Du bekommst einen Ring und einen förmlichen Antrag. Ich wollte nur, dass du weißt, wie sehr ich dich heiraten will. Dank dir glaube ich an die Ehe. Ich …" Er zuckte mit den Schultern. „Ich will dich einfach für immer."

Bei *für immer* stockte Missy der Atem. Ihr Herz stolperte und sie erstarrte. Dann atmete sie zittrig aus, stand auf und ging wie im Traum um den Tisch herum zu ihm. Als sie ihn erreichte, stand er auf, nahm sie in die Arme und hüllte sie mit seiner strahlenden Liebe ein.

Er küsste sie auf den Kopf und sagte zu seiner Großmutter: „Ich bringe sie jetzt nach Hause."

Missy löste sich von ihm und sah seine Großmutter an, die verstohlen eine Träne wegwischte.

„Raus mit euch", sagte Mrs. Walsh. „Geht und macht

Babys."

Ben schmunzelte. „Subtil ist sie nicht gerade."

„Subtil verstehst du ja auch nicht", sagte Mrs. Walsh. „Deswegen brauchst du ja mich."

Missy nahm es Mrs. Walsh nicht übel, dass sie die Initiative ergriffen hatte. Die alte Dame wollte ihren Enkel glücklich sehen und hatte sie dazu gebracht, über Ehe und Kinder zu reden. Missy war sich sicher, dass sie das Thema lange nicht angesprochen hätte. Es war mehr, als sie zu hoffen gewagt hatte. Sie wäre mit einer festen Beziehung zufrieden gewesen, doch sie musste zugeben, dass der Gedanke an Ehe und Kinder sie glücklich machte.

Sie verabschiedeten sich und fingen bereits auf dem Nachhauseweg an, ihren Einzug bei ihm zu planen. Zum ersten Mal erfüllte der Gedanke an die Zukunft sie mit nichts außer Freude.

Doch sobald sie das Haus betraten, hatte Missy genug vom Reden. Sie stürzte sich auf ihn und sie taten es im Foyer an der Wand.

Und in seinem Bett.

Und in der Dusche.

Dann schliefen sie ineinander verschlungen ein, dem Schicksal und der Liebe ergeben.

# EPILOG

Missy saß mit Lexi und Sabrina auf Haileys weichem Blümchensofa, alle drei bereits für den Silvesterabend zurechtgemacht. Der Rest ihrer Freundinnen war in Haileys Wohnung zerstreut, wühlte in ihren Stapeln von Hochzeitsmagazinen und Liebesromanen in den Bücherregalen im Wohnzimmer, naschte in der Küche Gemüse und Dips, die Hailey für sie bereitgestellt hatte, oder sie waren in Haileys Schlafzimmer, wo sie unter Haileys begeisterter Anleitung Haare und Make-up stylten. Soweit Hailey wusste, waren sie alle hier aufgetaucht, um sich auf die Silvesterparty vorzubereiten. Die Party im Garner's war ihre alljährliche Tradition. Doch der wahre Grund, aus dem sie sich alle in Haileys Wohnung versammelt hatten? Sabrina wollte eine Intervention veranstalten.

Als Hailey endlich ins Wohnzimmer kam – atemberaubend wie immer in einem schulterfreien schwarzen Top mit einem schwarzen Minirock und schwarzen Stilettos – entschuldigte sich Mad und erklärte, dass sie etwas zu Hause vergessen hatte.

„Was hast du vergessen?", fragte Hailey. „Ich kann dir was von mir geben."

„Schon okay", sagte Mad auf dem Weg zur Tür. „Dauert nicht lange."

Hailey runzelte die Stirn. „Bis zu ihr und zurück dauert es mindestens eine halbe Stunde."

„Keine Eile", beruhigte Sabrina sie. „Es ist ja noch nicht einmal acht."

„Hast ja recht", nickte Hailey. „Hat irgendjemand Hunger?", fragte sie gut gelaunt und ging in die Küche. „Ich mache schnell eine Käseplatte mit Baguette. Oh, und Oliven habe ich auch da."

Missy und Sabrina sahen einander an. Es war Sabrinas professionelle Meinung, der alle zustimmten, dass Hailey sich dringend beruhigen musste. Sie lief jetzt schon seit mehr als zwei Monaten auf Hochtouren – seit Josh und Clarissa zusammen waren –, und Sabrina fürchtete, dass Hailey sich bald vollkommen verausgaben könnte. Die Sorge war berechtigt, denn in der ersten Hälfte des neuen Jahres würde Hailey eine Menge in ihrer Firma zu tun haben, nicht nur mit frisch verlobten Paaren, sondern vor allem für Carries und Zachs Hochzeit, über die das *Bride Special* Magazin berichten würde. Diese Hochzeit musste alles bisher Dagewesene toppen. Für Haileys geistige Gesundheit und die Zukunft ihrer Firma war diese Intervention unabdingbar.

Sie hörten, wie sich Hailey ohne Punkt und Komma mit der süßen Lauren unterhielt, die einzige, die in der Küche geblieben war, als Wirbelsturm Hailey hereinge-stürmt kam. Der Rest der Frauen unterhielt sich leise im Wohnzimmer und wartete auf das Signal von Mad. Eine halbe Stunde später, nachdem sie gesnackt hatten und alle bereits reichlich nervös waren, verkündete Sabrina: „Mad ist auf dem Weg." Was bedeutete, dass Mad bereits hier war und draußen wartete.

„Endlich!", rief Hailey aus der Küche, wo sie die Teller abwusch. Sie hatte natürlich jegliche Hilfe von ihren Gästen verweigert. „Heute Nacht müssen wir tanzen! Es macht mich so was von nervös, im Winter eingesperrt zu sein." Nervös, hyperaktiv, alles hatte denselben Grund.

„Klingt gut!", rief Lexi.

„Hailey, könntest du bitte mal herkommen?", bat

Sabrina. „Ich wollte mit dir über das neue Jahr reden."

„Einen Moment nur!", trällerte Hailey. „Lass mich nur schnell …" Ein paar Teller klirrten, als sie sie in den Schrank stellte, dann erschien Hailey im Wohnzimmer. „Okay. Was gibt's?"

Missy rutschte zur Armlehne des Sofas und Sabrina klopfte auf den freien Platz neben sich. Hailey ging hinüber, setzte sich, schlug die Beine übereinander und sah Sabrina an. „Wobei kann ich dir helfen?"

Alle verstummten und lauschten auf Sabrina. Schließlich war sie eine Therapeutin.

Sabrina begann in sanftem Ton zu reden. „Hailey, jetzt, da die Feiertage um sind, ist es an der Zeit, dass du mal langsam machst."

„Du bist in letzter Zeit geradezu furchteinflößend hyperaktiv", fügte Missy hinzu.

Hailey schnaubte. „Ich bin nicht hyperaktiv, ich habe nur–"

„Extrem hart gearbeitet", unterbrach Sabrina sie. „Seit …" Sie hielt inne, und Missy hielt den Atem an und fragte sich, ob Sabrina das Thema Hailey und Josh anschneiden würde. „Also, seit du dich entschlossen hast, Beziehungen gegenüber aufgeschlossen zu sein und deine Freunde-mit-gewissen-Vorzügen-Situation zu beenden, hast du jede Menge liebevolle Energie versprüht."

„Und das überall", sagte Lexi.

Sabrina warf Lexi einen Blick zu, dann drehte sie sich wieder zu Hailey um. „Und wir alle glauben, dass du … diese Energie fokussieren musst. Du bist auch einmal dran, geliebt zu werden." Sie schickte Mad das Signal per SMS, während die anderen einstimmten.

„Sie hat recht."

„Du hast Liebe verdient."

„Wir wollen, dass du glücklich bist!"

Hailey schluckte, und ihr Blick wanderte nervös im Raum umher.

Als es an der Tür klopfte, fuhr Hailey auf, steif wie ein Brett, und starrte die Tür an, als könnte gleich der Teufel persönlich hereinkommen – in Joshs Person.

„Ich gehe schon", sagte Sabrina, eilte zur Tür und öffnete sie.

Mad kam mit zwei Reisetaschen herein. „Ich bin wieder da!"

Hailey ließ sich aufs Sofa fallen. „Gott! Ich dachte, ihr wolltet den Spieß umdrehen und mich verkuppeln!"

„Das hätten wir wirklich tun sollen!", rief Lexi, doch alle warfen ihr finstere Blicke zu. „Was? Gleiches sollte man mit Gleichem vergelten."

Mad stellte vorsichtig die Reisetaschen auf den Boden, öffnete eine und holte einen winzigen drahthaarigen weißen Hund mit spitzen Ohren und riesigen schwarzen Augen heraus. Das Hündchen sah sich neugierig um. Rose war ein einjähriger Chihuahua-Mischling, ein bisschen zerzaust, doch sie waren der Meinung, dass Hailey sie mit viel Liebe und jeder Menge Accessoires aufhübschen würde. Der Hund war klein genug für eine Wohnung, energiegeladen wie Hailey, und von seiner Vorbesitzerin, die leider in ein Pflegeheim ziehen musste und sich nicht mehr um sie kümmern konnte, gut erzogen.

„Du hast dir einen Hund zugelegt?", rief Hailey. „Wie süß."

Mad antwortete nicht, sondern brachte Rose zu Hailey. „Wir dachten, ein Hund würde dich beruhigen."

„Für mich?", flüsterte Hailey.

Sabrina nickte. „Hunde lieben bedingungslos, und genau das wollen wir für dich. Wenn du die Verantwortung nicht willst–"

„Machst du Witze?" Hailey nahm Mad Rose ab und kuschelte sie an ihre Brust. „Ich liebe ihn jetzt schon!", sagte sie und rieb ihre Nase an der des Hundes, der sie sofort leckte. „Er hat mich geküsst!"

„Er ist eine sie", sagte Missy. „Ihr Name ist Rose, aber

du kannst ihr einen neuen geben."

„Nein, Rose ist perfekt." Hailey kraulte den Hund hinter den Ohren. „Bist du nicht eine ganz Süße?" Tränen flossen über Haileys Wangen, die Rose prompt ableckte. Sabrina stand auf, streichelte Haileys Rücken und lächelte den kleinen Hund an. Wenn Hailey Rose nicht gewollt hätte, hätte Mad sie behalten. Oder Sabrina, denn beide fanden sie zuckersüß.

Hailey lächelte sie an. „Das sind Freudentränen. Ich bin so gerührt, dass ihr mir ein so schönes Geschenk gemacht habt." Sie lachte und streichelte das Hündchen. „Ja, du bist ein wunderschönes Geschenk! Wer ist eine ganz Süße? Du!" Sie drückte Rose an sich, und der Hund legte seine Pfoten auf Haileys nackte Schultern und legte seinen Kopf dazwischen. „Sie ist ein Fellbaby!"

„Drahthaarhunde sollen keine Allergien auslösen", erklärte Sabrina. „Darum kannst du sie vielleicht mit zur Arbeit nehmen. Ich glaube nicht, dass es deinen Klienten etwas ausmachen würde."

Hailey streichelte Rose' Köpfchen. „Natürlich bringe ich sie zur Arbeit mit! Ich werde ihr ein hübsches kleines Körbchen besorgen, dann kann sie bei mir im Büro sein. Das ist einer der Vorteile, wenn man sein eigenes Geschäft hat. Sie ist so ein winziges Ding, ich kann sie überall mit hinnehmen. Ich glaube, ich werde mir so eine Hunde-Handtasche kaufen."

Mad hielt die Reisetasche mit den Mesheinsätzen hoch. „Das ist ihre Tragetasche."

„Großartig. Dann kann ich sie heute mit zur Party nehmen. Ich will sie schnell an viele Menschen gewöhnen. Schließlich wird sie in Zukunft auf vielen Hochzeiten tanzen."

„Ähm, sicher", sagte Mad unsicher und sah Sabrina an.

„Du solltest das wahrscheinlich mit deinen jeweiligen Klienten abklären, bevor du sie mitbringst", sagte Sabrina. „Und lass Rose ein bisschen Zeit, um zu sehen, wie sie sich unter vielen Menschen fühlt."

„Ach, das wird schon!", erklärte Hailey. „Schau, hier unter uns ist sie auch ganz ruhig. Sie schläft ja schon fast an meiner Schulter." Sie drehte sich um, um ihnen Rose zu zeigen, der tatsächlich auf Haileys Schulter die Augen zufielen. „Danke Mädels, wirklich. Das ist das beste Geschenk, das mir je jemand gemacht hat."

„Sie ist ein braves Ding", sagte Mad. „Ich hatte sie die letzten zwei Wochen bei mir zu Hause. Sie ist stubenrein und hört auf Sitz, Platz und Komm."

Hailey streichelte die winzige Rose. „Sie ist schlau, das sehe ich jetzt schon."

Mad hob die zweite Reisetasche auf und stellte sie auf den Küchentresen. „Hier sind Futter, Schüsseln, Leine und Leckerli drin."

„Danke, Mad", schniefte Hailey. „Danke euch allen. Gruppenumarmung!"

Alle kamen zu ihr, umarmten Hailey und streichelten die kleine Rose, die sich nicht die Mühe machte, die Augen zu öffnen. Bei Hailey fühlte sie sich sicher.

Nach der Umarmung setzte Hailey Rose in ihre Tragetasche und redete in Babysprache durch den Mesheinsatz auf sie ein. Dann richtete sie sich auf. „Ich fühle mich schon viel entspannter. Wer hat sonst noch Lust auf Party?"

„Party!", rief Lexi, und Rose begann zu knurren.

„Schon okay, Baby", flötete Hailey. „Mama ist hier." Sie zog ihren weißen Wollmantel an. „Ich fahre rüber, damit Rose sich nicht verkühlt. Ich habe Platz für zwei, wenn jemand mitfahren möchte."

Sie verteilten sich auf mehrere Autos und fuhren das kurze Stück von dem Kellerapartment, das Hailey in einem schönen historischen Haus in Clover Park gemietet hatte, zum Garner's.

Als sie ankamen, konnte Missy es kaum erwarten, Ben von ihrer Hundeintervention zu erzählen, denn er war skeptisch gewesen und hatte gewarnt, dass Hailey vielleicht keine Hunde mochte. Die Bar war voll, und laute Unterhaltungen wetteiferten mit der Musik aus den Lautsprechern. Die Esstische waren aus dem Gastraum entfernt worden, um mehr Platz zu schaffen. Entlang der halbhohen Wand, die den Essbereich von der Bar trennte, war ein langes Buffet mit Snacks aufgebaut. All die üblichen Verdächtigen standen zur Wahl – Hot Wings, Würstchen im Schlafrock und frische Tortillachips mit diversen Dips.

Sie stellte sich auf Zehenspitzen, um nach Ben Ausschau zu halten. Sie wusste, dass die Jungs hier irgendwo waren, doch es war keine geschlossene Veranstaltung, darum waren zahllose Leute da, die sie nicht kannte. Sie schickte ihm eine SMS, um ihn wissen zu lassen, dass sie angekommen war.

Hailey trat hinter sie und legte eine Hand auf ihre Schulter. „Kannst du Rose einen Moment halten, während ich meinen Mantel ausziehe? Ich will nicht, dass jemand versehentlich auf sie tritt."

„Sicher", sagte Missy und hängte den Gurt der Tragetasche über ihre Schulter. Rose wog ja fast nichts.

Als Hailey ihren Mantel auszog, hingen dort, wo Rose vorhin gekuschelt hatte, stachelige, weiße Hundehaare auf ihrem schwarzen Top.

Missy deutete auf Haileys Top. „Du solltest dir wahrscheinlich eine Fusselbürste besorgen."

Hailey betrachtete ihr Top, bei dem es sich zweifellos um ein Designertop handelte, und zupfte ein paar Haare mit den Fingern weg. „Daran sollte ich mich wohl besser gewöhnen."

Sie nahm Missy die Tragetasche ab und öffnete sie. Rose setzte sich auf und sah sich schnuppernd um. „Komm, ich glaube, Rose hätte gerne eins von den Würstchen im Schlafrock."

„Sicher." Missy folgte ihr und las eine Nachricht von Ben. *Bin auf dem Weg.* Das war seltsam. Sie hatte gedacht, dass er zwischenzeitlich hier sein musste.

Am Buffet angekommen, holte Hailey Rose aus der Tragetasche.

„Was ist das?", fragte Josh, der plötzlich aus dem Nichts aufgetaucht war, und starrte Rose an. Als er frische Tortillachips in den Warmhaltebehälter schüttete, knurrte Rose.

„Was meinst du mit *was ist das*?", fragte Hailey. „Das ist mein Hund, Rose. Sie muss sich an Menschen gewöhnen."

Josh trat zu ihr. „Bist du sicher, dass das ein Hund ist? Sieht aus wie eine Ratte."

Hailey keuchte empört. Rose fletschte ihre winzigen Zähne und knurrte, was den winzigen Hund nur noch weniger liebenswert erscheinen ließ.

„Nicht gerade ein Hingucker", bemerkte Josh und hob die Hand, um Rose zu streicheln. Der kleine Hund begann zu bellen, ohrenzerreißendes, quietschendes, Zahnschmerzen verursachendes Bellen.

Hailey wich zurück und redete sanft auf Rose ein, bis sie sich schließlich beruhigte. „Sie mag dich nicht."

Josh fletschte seine Zähne in Rose' Richtung. „Vielleicht mag ich sie nicht."

Hailey redete weiter auf Rose ein, während sie ein Würstchen im Schlafrock nahm und Rose mit einem kleinen Stückchen fütterte.

„Die sind für zahlende Kunden", sagte Josh.

„Ich zahle", sagte Hailey.

„Hunde sind nicht erlaubt", erklärte Josh und verschränkte die Arme.

Missy sah sich schnell nach Clarissa um. Wenn sich Josh und Hailey in die Haare bekamen, würde sich Clarissa sicher einmischen, doch sie sah sie nicht.

„Ist Clarissa hier?", fragte Missy Josh.

„Nein", sagte er, ohne den Blick von Haileys Hund abzuwenden. „Die Gaststättenverordnung verbietet Hunde bei offenen Büffets."

Sowohl Hailey als auch Rose knurrten Josh an.

„Kommt Clarissa bald?", fragte Missy.

Ein Muskel in Joshs Wange zuckte, doch er schwieg und starrte weiter Hailey an.

„Sie macht keinen Ärger", beharrte Hailey und wischte die Brösel von Rose' Schnauze. „Machst du doch nicht, meine Süße, oder? Du bist glücklich in deiner Tragetasche, nicht wahr?"

Josh trat einen Schritt auf sie zu, und Rose begann erneut, quietschend zu bellen.

Hailey starrte Rose an und wich von Josh zurück. „Du meine Güte, was für ein Bellen." Sie sah Josh an. „Du solltest besser gehen. Sie mag es wirklich nicht, wenn du zu nahe kommst."

„Das ist meine Bar!", zischte Josh. „Wenn hier jemand gehen muss, dann diese kleine Ratte."

Hailey blickte finster drein. „Das ist nicht deine Bar. Du bist nur der Manager."

Josh biss die Zähne zusammen und warf Hailey einen bösen Blick zu, bevor er ging.

Missy blickte ihm nach und hoffte, dass Clarissa bald kommen würde, denn so schlechter Stimmung hatte sie Josh noch nie gesehen. Sie blickte ihm nach, als er hinter dem Tresen verschwand und Getränke ausschenkte.

„Vielleicht solltest du Rose nach Hause bringen", sagte Missy zu Hailey. „Josh hat gesagt, dass Hunde hier nicht erlaubt sind. Es *ist* schließlich ein Restaurant."

Hailey hob das Kinn. „Rose ist mein Therapiehund. Man darf Therapiehunde in Restaurants mitbringen."

„Wie kann sie dein Therapiehund sein, wenn du sie gerade erst bekommen hast? Braucht sie dazu nicht eine spezielle Ausbildung?"

„Damit fangen wir gleich im neuen Jahr an. Doch sie ist so oder so mein emotionaler Therapiehund. Ich fühle mich ruhiger, jetzt wo ich sie dabei habe."

„Aber Josh möchte nicht, dass sie hierbleibt."

„Nur über meine Leiche." Ihr eisiger Ton wirkte überraschend einschüchternd.

„Wie du meinst", sagte Missy, dann vibrierte ihr Handy mit einer Nachricht von Ben. *Ich bin da. Warte am Eingang auf dich.* „Ich muss gehen", sagte sie zu Hailey, die es gar nicht bemerkte, denn sie war zu sehr damit beschäftigt, auf Rose einzureden.

Missy fand Ben am Eingang mit seinen üblichen ausgewaschenen Jeans, Lederjacke und Wanderstiefeln. Ihr Herz pochte, und sie rannte ihm geradezu in die Arme. „Prost Neujahr!", rief sie.

Er lächelte und sah sie zärtlich an. „Noch nicht, aber bald."

„Warum kommst du erst jetzt?"

„Ich musste noch ein paar Sachen im Haus erledigen."

Sie starrte ihn verwirrt an. „Du kommst spät zur Party, weil du saubergemacht hast?"

„Du wirst es schon sehen", sagte er mysteriös.

Sie gesellten sich guter Stimmung zu ihren Freunden. Bald tanzte sie, und Ben beobachtete sie mit unverhohlener Zuneigung: Missys Herz platzte fast vor Liebe und Freundschaft im Raum.

Die Zeit verflog nur so, und ehe sie sich versah, war es fast Mitternacht, und Josh stellte die Musik für den großen Countdown ab.

„Es ist fast so weit!", rief Hailey. Sie drückte Mad Rose' Tragetasche in die Hand, stellte sich auf einen Stuhl und hielt zehn Finger für den Countdown hoch. Alle Augen waren auf sie gerichtet – die meisten Frauen geschockt, dass Hailey in einem Minirock auf einen Stuhl kletterte. So, wie sie die Hände in die Höhe hob, war auch ihre Taille nackt. Sie war in Topform, straff und kurvig. Die Männer starrten ihren nackten Bauch an, während Hailey auf den Bildschirm über der Bar blickte, auf dem der Neujahrscountdown am Times Square in New York tickte.

Hailey begann zu zählen. „Zehn … Neun … Acht – Ah!"

Josh war aus dem Nichts aufgetaucht und hob sie an der Taille vom Stuhl. Rose bellte ihn wütend an, doch Hailey nahm Mad ihren Hund ab, redete beruhigend auf ihn ein und wich schnell vor Josh zurück.

Josh nahm Haileys Platz auf dem Stuhl ein und setzte den Countdown fort. „Fünf … Vier … Drei … Zwei … Eins!"

„Happy …" Missy verstummte. Es war totenstill im Raum. Was war passiert? Warum waren alle so still? Sie holte scharf Luft. Ben war vor ihr auf die Knie gegangen und hielt einen Diamantring in die Höhe.

„Missy Higgins, meine erste und letzte Liebe. Willst du mich heiraten?"

Sie schlug sich zitternd die Hand vor den Mund und nickte mit vor Tränen verschwommener Sicht.

Er lächelte. „Sag es, Sweetheart."

Sie ließ die Hand sinken. „Ja."

Alle um sie herum jubelten. Ben steckte ihr den Ring an den Finger, stand auf und zog sie in seine Arme, dann küsste sie ihn leidenschaftlich. Wilder Applaus donnerte in ihren Ohren, Konfetti regnete auf sie herab. Als sie strahlend voneinander abließen, waren ihre Freunde damit beschäftigt, einander ein gutes neues Jahr zu wünschen.

Alle Paare küssten einander – Mad und Parker, Charlotte und Ty, Lauren und Alex, Carrie und Zach, Ally und Ethan. Sabrina und Lexi ließen sich von Marcus auf die Wangen küssen, doch dann schob Logan Marcus unsanft aus dem Weg und umarmte Lexi. Dann streckte er Sabrina seine Arme entgegen und lächelte. Sabrinas ganze Haltung war unbehaglich, steif, die Arme seltsam angewinkelt. Was folgte, war die wohl unbeholfenste Umarmung aller Zeiten, bei der Sabina ihm mit einer Hand den Rücken tätschelte, bevor sie sich wieder voneinander lösten und die Blicke abwandten. Komisch. Missy hatte gedacht, dass Sabrina als Beziehungstherapeutin wusste, wie man mit Männern umging. Vielleicht war sie ja nur ein wenig schüchtern. Vielleicht hatte sie nicht viel persönliche

Erfahrung. Sabrina sprach nie viel über Männer, doch Missy nahm an, dass es daran lag, dass sie ein zurückhaltender Mensch war.

„Lass uns anstoßen", sagte Missy zu Ben.

„Ein Toast auf ein neues Jahr und ein neues Leben." Er strich ihr mit den Daumen über die Unterlippe, dann küsste er sie sanft. „Mit meiner Bald-Ehefrau."

Sie strahlte. „Ich liebe dich so sehr, dass ich es am liebsten hinausschreien würde."

„Dann tu's doch."

„Ich liebe Ben Wright!", rief sie.

„Das wissen wir!", rief jemand zurück, und alle lachten.

Sie gingen an die Bar, wo Josh damit beschäftigt war, Champagnergläser zu füllen. Alle stießen an und lachten, bevor Hailey einen weiteren Toast auf Missy und Ben aussprach.

Clarissa war nicht gekommen.

Nachdem Missy und Ben noch ein paarmal mit den anderen angestoßen hatten, machten sie sich auf den Weg zu seinem Haus, das bald ihr Zuhause sein würde. Ben würde ihr morgen beim Einzug helfen.

Zu Hause angekommen, führte er sie mit der Hand an ihrem unteren Rücken von der Garage ins Haus. Als sie die dunkle Küche betrat, sagte sie: „Schalt das Licht ein."

Ben hielt ihr die Augen zu und schaltete das Licht ein, bevor er sie weiterschob.

„Was in aller Welt hast du vor?"

„Wirst du schon sehen." Er schob sie noch ein Stück weiter, dann blieb er stehen. „Das ist der Grund, weswegen ich spät dran war." Am Fuß der Treppe ließ er die Hand sinken. Rosenblätter waren auf den Stufen und im Flur verstreut. Niemand hatte je Rosen für sie verstreut! Was für eine schöne romantische Geste.

„Ben", flüsterte sie. Mehr nicht, denn ihr fehlten die Worte.

„Ich wollte unsere erste Nacht als verlobtes Paar zu etwas Besonderem machen."

Sie drehte sich lächelnd um. „Du warst dir ziemlich sicher, dass ich ja sagen würde."

Er küsste sie. „Das wussten wir doch beide." Er ergriff ihre Hand, verflocht seine Finger mit ihren und führte sie hinauf. „Du kannst mir nicht widerstehen. Abgesehen davon ist unsere informelle Verlobung vor meiner Großmutter gerichtlich bindend nach Großmutters Gesetz."

Sie lachte. „Das wusste ich nicht."

„Oh ja, ganz ernste Sache."

Oben angekommen bedeutete er ihr vorzugehen. Sie folgte den Rosenblättern ins Schlafzimmer, wo er auf dem Bett ein Herz aus Blüten gelegt hatte. Er schaltete das Licht ein, dimmte es und zündete dann die Kerzen im Raum an.

Sie wäre ins Schwärmen geraten, wenn sie der Typ dazu gewesen wäre. Sie war überwältigt von der Großzügigkeit und Aufmerksamkeit, die ihr dieser Mann schenkte. Sie hatte so verdammtes Glück, dass sie kaum glauben konnte, dass alles real war. Immer noch sprachlos beobachtete sie, wie er seine Stiefel auszog und sie beiseite stellte. War das wirklich ihr Leben? Der sexieste, aufmerksamste, umwerfendste Mann war ihr Verlobter?

Sie blinzelte Tränen weg. Er legte sich aufs Bett und klopfte auf den Platz neben sich zwischen den Rosen. „Komm an Bord, unser Liebesbett wartet."

Sie wusste nicht, ob sie lachen oder in Tränen ausbrechen sollte.

Er seufzte, setzte sich auf und zog sein Hemd aus. „Gut, dann mache ich es eben ein bisschen reizvoller für dich. Beweg dich, Weib."

Als sie langsam auf das Bett zuging, hatte sie das Gefühl, in einem romantischen Traum zu wandeln. Dann stand er auf, zog seine Jeans aus, und sie stürzte sich auf ihn.

„Da ist ja mein sexy Alligator", knurrte er, bevor er sie auf die weichen Blütenblätter zog.

Liebe LeserInnen,
Hailey hat endlich bedingungslose Liebe gefunden – von einem Hund. Der Josh hasst. Ob sich die kleine Rose für Josh erwärmen wird? Und Hailey? Seien Sie gespannt.

Logan Campbell und Sabrina hatten an Silvester vielleicht die unbeholfenste Umarmung aller Zeiten, doch ihre Freundschaft ist unerschütterlich. Bis dem nicht mehr so ist. Haben Sie Lust auf eine exklusive Vorschau auf mein nächstes Buch? Melden Sie sich einfach für meinen Newsletter an und erhalten sie Vorschauen, Auszüge und Geschenke, exklusiv für Abonnenten. Als nächstes kommt die Geschichte von Logan und Sabrina *Eine Romantische Chance*, Buch 8 der Happy End Buchclub Reihe. Schließen Sie sich dem Club an und finden Sie Ihr Happy End!

**Eine Romantische Chance** (Happy End Buchclub #8)
*Als die Beziehungstherapeutin Sabrina Clarke eine Hochzeitseinladung von jenem Idioten bekommt, der sie am Altar hatte sitzenlassen, schreibt sie einen vernichtenden Artikel über Beziehungsphobiker, der ihre Praxis ins Rampenlicht zerrt. Doch die Publicity führt zu ungewollter Aufmerksamkeit der Konkurrenz, die ihr die Tatsache, dass sie Single ist, zum Vorwurf macht. Und, hallo, dämliche Fehler! – Mitten in einem Interview bricht Sabrina in Panik aus und behauptet, in einer Beziehung mit Logan Campbell zu sein – einem Freund, nach dem sie sich insgeheim verzehrt.*

*Dass Logan wütend ist, ist eine Untertreibung, als seine Fernbeziehung in dem Moment, in dem Sabrina in einer Fernsehsendung behauptet, dass sie ein Paar seien, aus dem Ruder läuft. Wie konnte sie ihm so in den Rücken fallen? Logan steht unter immensem Druck, als er nach Kalifornien fliegt, um seine bröckelnde Beziehung zu kitten und die Investorengespräche für seine Firma zu führen.*

*Sabrina weiß, dass sie den Schaden wieder gutmachen muss, doch als sie Logans fremdgehendes Miststück von einer Freundin begegnet, weiß sie, dass ihr nur eines übrig bleibt: nicht noch einen dummen Fehler zu machen.*

Abonniere meinen Newsletter & verpasse keine meiner Neuerscheinungen: *Kyliegilmore.com/DEnewsletter*

# Weitere Bücher von Kylie Gilmore

**Die Clover Park Reihe**
The Opposite of Wild (Buch 1)
Daisy Does It All (Buch 2)
Bad Taste in Men (Buch 3)
Kissing Santa (Buch 4)
Restless Harmony (Buch 5)
Not My Romeo (Buch 6)
Rev Me Up (Buch 7)
An Ambitious Engagement (Buch 8)
Clutch Player (Buch 9)
A Tempting Friendship (Buch 10)
Clover Park Bride (A Clover Park Short)

**Die Clover Park STUDS Reihe**
Almost Over It (Buch 1)
Almost Married (Buch 2)
Almost Fate (Buch 3)
Almost in Love (Buch 4)
Almost Romance (Buch 5)
Almost Hitched (Buch 6)

**Happy End Buchclub Reihe**
Hollywood Inkognito (Buch 1)
Gefahr im Anzug (Buch 2)
Gefährliches Spiel (Buch 3)
Förmliche Vereinbarung (Buch 4)
Wenn der Bad Boy keiner ist (Buch 5)
Ein Störenfried zum Verlieben (Buch 6)
Schicksalsbegegnungen (Buch 7)
Eine Romantische Chance (Buch 8)
Ein sündhafter Flirt (Buch 9)
Ein unbequemer Plan (Buch 10)
Eine Happy End Hochzeit (Buch 11)

# Über die Autorin

Kylie Gilmore ist die *USA Today* Bestsellerautorin der Happy End Buchclub Reihe, der Clover Park Reihe und der Clover Park STUDS Reihe. Sie schreibt unterhaltsame zärtliche Romanzen mit einer gesunden Prise Humor.

Kylie lebt mit ihrer Familie, zwei Katzen und einem verrückten Hund in New York. Wenn sie nicht gerade schreibt, Kinder bändigt oder bei Autorenkonferenzen pflichtbewusst Notizen macht, findet man sie beim Stretching – bis ganz nach oben ins oberste Regal, um dort ihren geheimen Schokoladenvorrat zu erreichen.